西江月

韩少功短篇小说自选集

四川文艺出版社

图书在版编目（CIP）数据

西江月／韩少功著. —成都：四川文艺出版社，
2015.10
ISBN 978-7-5411-4212-3

Ⅰ.①西… Ⅱ.①韩… Ⅲ.①短篇小说-小说集-中国-当代 Ⅳ.①I247.7

中国版本图书馆CIP数据核字（2015）第240414号

XIJIANGYUE

西江月

韩少功　著

责任编辑　邓永勤
封面设计　叶　茂
内文设计　史小燕
责任校对　韩　华
责任印制　唐　茵

出版发行　四川文艺出版社（成都市槐树街2号）
网　　址　www.scwys.com
电　　话　028-86259285（发行部）　　028-86259303（编辑部）
传　　真　028-86259306

邮购地址　成都市槐树街2号四川文艺出版社邮购部　610031
排　　版　四川胜翔数码印务设计有限公司
印　　刷　成都东江印务有限公司
成品尺寸　140mm×203mm　1/32
印　　张　11.25　　　　　　　　字　　数　260千
版　　次　2016年10月第一版　　印　　次　2016年10月第一次印刷
书　　号　ISBN 978-7-5411-4212-3
定　　价　42.00元

无可挑剔的完美叙述，
无可逃遁的残缺人生。

前言

韩少功

　　在我的各种作品选集中，这一套三本有所不同，是按照文体来分类选编的，比如小说分为"玄幻体""卡通体""缺略体""散焦体"等，散文随笔分为"叙说体""戏说体""演说体""论说体"等。诸如此类，无非是力图把读者眼光更多地引向文学的表现形式。

　　所谓形式，包括文体、结构、语言风格等多种元素。作为一种文字艺术，文学之所以区别于新闻、理论、文案、调查报告，当然不在于文学能传达内容——哪种文字不能传达内容呢？——而在于文学具有形式感不断变化的巨大空间，长于特别的形式能量。一如前辈说的：不在于"写什么"，而在于"怎么写"。

　　重视"怎么写"，并不意味着奇巧淫技和花拳绣腿，不是以炫技为能事。有力量的形式其实是"有意味的形式（克莱夫·贝尔语）"，是有理由的，有根据的，从某种角度上来说，都是有隐形内容的，即由特定的内容沉淀、分泌、酿化、转换而来，以实现"写什么"与"怎么写"的有机统一。二胡就不合适表现

《命运交响曲》。芭蕾就不合适表现《水浒传》。只有外行才以为形式万能并且可以任由你我来随心所欲。同样道理，在文学领域，创造形式与释放内容几乎是同一个过程。哪些故事适合于"玄幻"或"卡通"，哪些思绪适合于"叙说"或"戏说"，差不多都是响应材料本身的某种预约，缘于写作过程中不断的揣摩和尝试，以求达到文字功效的最大化。

从远古神话，到现代主义众多流派，文学的表现形式一直在变化，而且将来还会变化下去，不会有一个终期。能否在这一过程中添砖加瓦，是我特别重要的兴奋点。虽不能至，心向往之。

2016 年 9 月

好看的忧伤故事
冷静的完美叙事

钟文音

韩少功是认识内地硬派作家的一个重要关键字，他的厉害之处，是在于小说叙事时所埋藏的那种锐而不尖的东西，直勾着你的眼读下去，但又不伤到你的心。

韩少功的小说，是我长期关注的作品，当然除了韩少功小说的魅力外，这也和我的私心有关。

好像提起韩少功，我辈就将他和其经典译作：《生命中不能承受之轻》连在一块儿，米兰·昆德拉的《生命中不能承受之轻》，在韩少功的中文优美文笔翻译之下，显得如此的情韵缭绕，这个译本是我书架上的永恒经典。后来有出版社重新出版翻译此书，我却无法再读其他版本，可见韩少功的中文魅力。

这本韩少功的《鞋癖》，和之前联经出版的《红苹果例外》非常近似，都是短篇小说集结成书，且大多仍不脱写实基调，对话灵动，叙述统一，颇有为内地一整个世代衍生的乱象，重新加之解码的气魄。

小说里有两个叙述观点，一个"我"，一个"他"，不论是走进角色叙述的我，或是以旁观叙事的第三人称他，韩少功都将故事切进内地的黑暗面，他以带着黑色语气的讽刺荒诞角度，将内地当代社会百态栩栩如生地以文字演出。为何我说是"演"出呢？因为韩少功的小说魅力就是"对话"，活灵活现的对话，宛如场景现前，很具视觉感与生活趣味，加之保有地方性语言，极其生猛。

我一直认为内地小说在地方语言的保有下，显得特别生猛与张力十足，可惜台湾小说却多将地方语言一致汉化（又或是特地台客语与原住民语音译化书写的极端），使得台湾小说的叙述面目易趋于一致（或因刻意语言分界而和读者脱钩），少了内地多种语言的繁花似锦。

也因此韩少功的对话语言，在我读来显得特别突出，他的作品通篇几无形容词，不让形容词来烘托渲染人物，而多直写人物动作和情境对话，以故事带故事，以人说人，毫无多余赘词。他的短篇小说在我看来，具有为百姓发声的力道，故事开头下的力道颇重，结尾却往往怅然。

读韩少功的小说往往发现，结尾才是高潮，简笔几句结尾，竟是精华意赅之所在。我随便举个例：《鼻血》结尾："他该下决心娶个女人了。"《故人》结尾："这些疯子现在也能唱香港流行歌了。"《山上的声音》结尾："那支烟，永远留在山里面了，也许我眼下还能找得到。"《鞋癖》的结尾更妙，复活的父亲找上门了："我听到阳台那边，父亲坐的藤椅咯嘎一声。"

结尾往往是想象力的开始，悠远的开始。

这一本短篇小说集《鞋癖》，集结韩少功作品的时间漫长，从 1987－2009 年，跨越十多年的二十一篇短篇小说，几乎是一个动荡时代的缩影，从"文革"伤痕末梢，一路疾走至开放后人心浮动向钱看的种种荒诞，因为有了历史的时差，所以小说人物的荒诞历程不显而彰。于今读来，有些短篇小说竟成了"鉴往知来"的社会剧，韩少功的小说具有十足的社会性，挑动了内地人心身处时代晃动的微妙神经。

这本集结的短篇小说里，我个人很喜欢《鞋癖》这一篇，这一篇有点像是写实内地版的王文兴名作《家变》的缩影与变形，一个父亲不见了，母亲和儿子却都希望他死了，因为死了比活着光彩，死人不麻烦，真正带来麻烦的是还活着的人，至于为何对鞋子有癖好？一开始断定父亲死，是因为找到的一双鞋，小说末端则云开见月，原来鞋子是当地人送死迎生最重要的对象，骂人还用"你祖宗八代没鞋穿"为要命诅咒，读来让人莞尔（竟至颇有异国情调之感）。

韩少功的小说通篇情韵深厚，但在叙事时却冷静异常。韩少功的小说，一直保有这样的冷静基调，但那暖热的情感却总是渗透纸背。

韩少功经典名作《马桥辞典》并不是很亲切的小说，但短篇小说却是例外，毫无韩少功那种淡漠的远观书写，每一篇读来都十分亲近（可喜可爱但又可憎──社会百姓与官场人物现形记）──每一篇小说里，都可见到韩少功对人物心境的挣扎无奈，或自我嘲讽的凌厉书写。

80 年代末，内地首批富裕者多半入过牢，他们带着出狱后的城市户口开始了新生活，经历过极穷与极富的生命两极。这种两极与时代轨迹的生活叙述，或许也为韩少功叙述的手法带来了转变，他一方面以生动对话来浮现人心的真正所想与所掩，一方面回头写人物在时代跳动里所紧握与失落的细节。这本书虽是短篇小说集，但集结到一个程度，竟也刻画了一个晃动时代下城乡里的无尽小故事。

比如收录的《领袖之死》，台湾人读来应该也有共鸣，这也让我想起南美作家马奎斯的短篇小说集，有近似的旨题书写与国族变动下人物内心的多重凝视。

在这里，我说一个题外话。

我们都知道，内地知名小说家在台湾出版小说，未必能造成像在内地一样的热潮，主因是文字叙事的隔阂，以及情境和台湾大相径庭。

内地是小说故事的粮仓，生长于无故事年代的我辈（出生于60年代末期后的作家）应该都很羡慕那取之不尽的小说故事粮食，但我读韩少功的小说，也体悟到作为一个台湾小说写作者，或许只能好好欣赏对岸名家之作，确实只能是"欣赏"，想偷点小说法宝都有点难，因为我发现不独是两岸文字使用的差异，最重要的是，故事的源头与叙事方法差异也甚大。

以韩少功为例，他的社会经验与地方写实书写，其实也是内省的再现，荒谬只是其叙述主调，保有对纯粹小说的极度语言自觉。相反的，台湾小说则多走向极度个人化与内化书写，关于写实，其实往往是不写实的，或说虚构往往指向写实，虚实光暗交错，使得台湾小说也产生了自己的独特情调，但和内地小说已然大异其趣，也因此韩少功的小说给了我不同界面的欣赏，像是在看一部又冲突又协调的好看电影。

这也可以说明为何我比较喜欢他的短篇小说，都不是他近期所写的，我喜欢这本书收录的短篇小说，多是他八九十年代所写的小说，我喜欢他锐而不尖、谐而有趣，在嘲弄下隐含着难以言尽的伤怀书写。

无可挑剔的完美叙述，无可逃遁的残缺人生。

谁能不读韩少功？

至少我不能。

目录

玄幻体

归去来 ················· 1

鼻　血 ················· 19

余　烬 ················· 34

山上的声音 ················· 50

暗　香 ················· 62

卡通体

飞过蓝天 ················· 78

老狼阿毛 ················· 100

第四十三页 ················· 123

缺略体

801室故事 ················· 145

方案六号 ················· 157

故　人 ················· 167

西江月 ·············· 178

生 气 ·············· 192

散焦体

收水费 ·············· 205

北门口预言 ·············· 214

土 地 ·············· 228

能不忆边关 ·············· 242

常规体

领袖之死 ·············· 259

白麂子 ·············· 273

生离死别 ·············· 287

末 日 ·············· 296

怒目金刚 ·············· 314

附 录

韩少功印象及延时的注释 ·············· 334

归去来

很多人说过，他们有时第一次到了某个地方，却觉得那地方很眼熟，奇怪之余不知道是何原因。

现在，我也得到这种体会。我走着，看到土路一段段被洪水冲过，冲毁得很厉害，留下路面一道道深沟和一窝窝卵石，像剜去了皮肉，暴露出人体的筋骨和脏器。沟里有几根腐竹，一截烂牛绳，是村寨将要出现的预告。路边小水潭里冒出几团一动不动的黑影，不在意就以为是石头，细看才发现它们是小牛的头，鬼头鬼脑地盯着我。它们都有皱纹，有胡须，有眼光的疲惫，似乎生下来就苍老了，有苍老的遗传。前面的芭蕉林后冒出一座四四方方的炮楼，墙黑得像经过了烟熏火燎。我听说这地方以前多土匪，还有"十年不剿地无民"一类说法，怪不得村村有炮楼。民居房屋也绝不分散，互相紧紧地挤靠和纠缠。石墙都厚实，上面的窗户开得又高又小，大概是防止盗匪翻爬，或者是防止瘴雾过多涌入。

这一切居然越看越眼熟。见鬼，我到底来过这里没有呢？让我来测试一下吧：踏上前面那石板路，绕过芭蕉林，在油榨房边往左一折，也许可以看见炮楼后面一棵老树，银杏或者是樟树，已经被雷电劈死。

片刻之后，预测竟然被证实！连那空空的树心，还有树洞前两个烧草玩耍的小娃崽，似乎都依照我的想象各就各位。

我又怯怯地预测：老树后面可能有栋牛房，檐下有几堆牛粪，有一张锈了的犁或者耙。没想到我一旦走过去，它们果然清清晰晰地向我迎来！甚至那个歪歪的石臼，那臼底的泥沙和落叶，也似曾相识。

当然，我想象中的石臼里没有积水。但再细想一下，刚下过雨，屋檐水就不该流到那里去吗？于是凉气又从我的脚跟上升，直冲我的后脑。

我一定没有来过这里，绝不可能。我没得过脑膜炎，没患过精神病，脑子还管用。那么眼前的一切也许是在电影里看过？听朋友们说过？或是曾在梦中相遇……我慌慌地回忆着。

更奇怪的是，山民们似乎都认识我。刚才我扎起裤脚探着石头过溪水时，一个汉子挑着两根扎成A字形的杉木从山上下来，见我脚下溜溜滑滑，就从路边瓜地里拔出一根树枝，远远地丢给我，莫名其妙地露出一口黄牙，笑了笑。

"来了？"

"嗯，来了……"

"怕有上十年了吧？"

"十年……"

"到屋里去坐吧，三贵在门前犁秧田。"

他的屋在哪里？三贵又是谁？我糊涂了。

随着我扶杖走上一个坡，一些黑黑的檐瓦在前面升起来。

几个人影在地坪中翻打豆荚，连枷摇得叭叭响，几下重，又一下轻，几下重，又一下轻，形成了统一的节拍。他们都赤脚，上衣短短地吊着，露出脐眼和软和的肚皮，裤边松松地搭在胯骨上，看上去随时可能垮落下来。这些人脸上都有棕色的汗釉，釉块的边缘残缺不齐，在日光下一晃，颧骨处就有一小块反光。直到发现他们中的一个走向摇篮开始解怀喂奶，直到发现他们都挂了耳环，我这才知道他们应该是她们——女人。有一位对我睁大了眼。

"这不是马……"

"马眼镜。"另一个提醒她。觉得这个名字好笑，她们都笑了。

"我不姓马，姓黄……"

"改姓了？"

"没改。"

"就是，还是爱逗个耍呵？从哪里来的？"

"当然是县城。"

"真是稀客。梁妹呢？"

"哪个梁妹？"

"你娘子不是姓梁？"

"我那位姓杨。"

"未必是吾记糟了？不会不会，那时候她还说是吾本家哩。吾婆家是三江口的，梁家畲，你晓得的。"

我晓得什么？再说，那个马什么又与我有什么关系？姓马的怎么又扯出一个姓梁的？……事情有点复杂。我似乎是想去访友，想做点生意，却鬼使神差地来到这里。我不知自己是怎么来的。

这位大嫂丢下连枷，把我引进她家里。门槛极高，极粗重，不知被多少由少到老的人踩踏过，不知被多少代人闲坐过，已经磨得腰中部分微微凹陷，木纹像一圈圈月光在门槛上扩散开来，凝成了一截月光的化石。小娃崽过门槛要靠攀爬，大人须高高地勾起腿，才能艰难地倾着身子拐进去。门内很黑，一切都看不清楚。只有高高的小窗漏下一束光线，划开了潮湿的黑暗。我的瞳孔好半天才适应过来，可以看见满壁烟灰，还有弯梁和吊篓。我坐在一截木墩上——这里奇怪地没有椅子，只有木墩和板凳。

妇人们都叽叽喳喳地挤在门口。喂奶的那位毫不害羞，把另一只长长的奶子掏出来，换到孩子嘴里，冲我笑了笑，而换出的那一只还滴着乳汁。她们都说了些奇怪的话："小琴……""不是小琴。""是吧？""是小玲。""哦哦。小玲还在教书吧？""何事不也来耍耍？""你们都回了长沙吧？""是长沙城里还是长沙乡里？""有娃崽没有？""一个还是两个？""小罗有娃崽没有？""一个还是两个？""陈志华有娃崽没有？""一个还是两个？""熊头呢？找了娘子没有？""也有娃崽了吧？""一个还是两个？"……

我很快察觉到，她们都把我错当成一位既认识什么小玲也认识什么熊头的"马眼镜"，一位曾经居住在这里的青年。也许那家伙同我长得很像，也躲在眼镜片后面看人。

他是什么人？我需要去设想和伪装他吗？从女人们的笑脸来看，今天的吃和住是不成问题了，谢天谢地。当一个什么姓马的也不坏。回答关于一个还是两个的问题，让女人们惊讶或惋惜一阵，不费多少气力。

梁家畲来的大嫂端来一个茶盘，四大碗油茶，我后来才知道，这是取四季平安的意思。碗边黑黑的，令我不敢把嘴沾上去，不过茶倒香，有油炒芝麻、红豆以及糯米的气味。她满意地看着我喝下第一口，把地下两件娃崽的衣捡起来，丢进木盆，端到里屋去，于是一句话被切分成两半："老久没有听到你的音信，听水根夫子说……（半晌才从里屋出来）你一回去，就坐了大牢。"

我吃了一惊，差点让油茶烫了手。"什么大牢？"

"就是判徒刑呵。"

"胡说，我从来没犯过事！"

"背时的水根打鬼讲！讲得跟真的一样，害得吾家公公还吓心吓胆，还为你烧了好多香。"她捂嘴笑起来。

妇女们都笑起来。有一位还绽开黄牙补充："她公公还到杨公岭求了菩萨呢。"

真是晦气，扯上了香火与菩萨。也许那个姓马的真的撞了什么煞，确有牢狱之灾，而我代替他在这里喝油茶。

大嫂又敬上了第二碗。"他老是挂牵你，说你仁义，有天良。你给他的那件袄子，他穿了好几个冬天。他故了，我就把它改了条棉裤，满崽又穿……"

我想谈谈天气。

屋里突然暗了下来，回头一看，是一个黑影几乎遮挡了整个门。看得出这是个男人，赤裸的上身线条很硬，隆起的肌肉

5

有棱有角。他手里提着什么东西，从那剪影来看，是个牛头或是树蔸。黑影向我笼罩过来了，没容我看清面孔，他扑通一下丢掉了手里的东西，两只大巴掌捉住了我的手开始猛锉起来。

"是马同志呵，哎哟哟，呵呀呀……"

我又不是一条毛虫，他惊恐什么？以至发出这样的尖声？

当他转到火塘边，侧面被镀上了一层光亮，我这才看清是一张笑脸，有黑洞洞的大嘴巴，有满嘴的胡桩。

"马同志，何时来的？"

我想说我根本不姓马，姓黄，叫黄治先，也不是来寻访故地的，只是进山来随便问问山货。

"还识得吾吧？你走的那年，还在螺丝岭修公路，吾叫艾八呵。"

"识"大概是认识的意思。

"艾八？识的识的。你那时候当队长？"

"不是队长，吾当记工员。你嫂子，还识不识呵？"

"识的识的，她最会打油茶。"

"吾同你去赶过肉的，记不记得？那次吾要安山神，你说是迷信，不让我敬香和念诀。结果还不是？野猪毛都没打到一根。你还碰上牧麻草，染了一身毒疮。你碰了只小麂子，也没叉着……"

我听出来了，"赶肉"是打猎的意思。

黑洞洞的大嘴巴笑起来。女人们也笑了笑，然后纷纷起身，摇晃着宽大的屁股，出门继续去打场。自称艾八的男人搬出一个葫芦，向我大碗大碗敬酒。酒很混浊，有甜味，也有辣味和苦味，据说浸过什么草药和虎骨。他不抽我的纸烟，用报纸卷了一支喇叭筒，吸一口，吸出了烟头的明火，但看也不看一眼，待我着急了好一阵，才从从容容一口气把明火荡灭，烟卷还是好好的。

"如今日子好过了，酒肉不稀奇。过年，家家都杀了猪，柴熏肉要吃半年。"他抹着嘴巴，"只有那几年大干快上，累得翻筋斗，谁都没得禄。你晓得的。"

"是没得禄。"

"你视德龙哥了吗？他当了乡长，昨日到捉妹桥栽树去了，兴许回来，兴许不回来，兴许又会回的。"他谈起一些令我糊涂的人和事：某某做了新屋，丈六高；某某也做了新屋，丈八高；某某也要做屋了，丈六高；某某正在打地基，兴许是丈六也兴许是丈八。我紧张地听着，捕捉这些话后面的各种脉络，猜测某些陌生词语的含义。"视"大概就是指看，"得禄"大概是指得利。还有一个个"集"，是起立的意思？还是站立的意思？

我有点醺醺然头重脚轻了，对丈六或丈八胡乱地表示着高兴。

"你这个人念旧，还进山来视一视。"他又把烟纸吸出了浅浅的明火，让我暗暗急了几秒钟。"你当民师那阵发的书，吾还存着哩。"他咚咚地上楼，好半天才头顶几丝蜘蛛网下来，拍着几页黄黄的纸。这是一本油印的小书，大概是识字课本，已经撕去封面了，散发出霉气和桐油气。上面好像有什么夜校歌谣、农用杂字、辛亥革命，还有马克思以及地图，印得很粗糙，一个个字也大得出奇，杂有油墨团子。

"你那时也造孽，饿得脸上只剩一双眼睛，还来讲书。"

"没什么，没什么。"

"腊月大雪天，好冷呵。"

"是好冷，鼻子都差点冻落了。"

"有时候晚上还要开田，打起松明子出工。"

"嗯啦，松明子。"

他突然神秘起来，颧骨上那一小块光亮，还有几颗酒刺，一齐朝我逼近。"吾想打听件事，阳矮子是不是你杀的？"

阳矮子？我头盖骨乍地一紧，口腔也僵硬，连连摇头。我压根儿不姓马，也没见过什么阳矮子，怎么刑事案都往我身上扯？

"真的不是你？"

"我连鸡都没有杀过。"

"这就怪了。"见我否认，他似乎有点怀疑，又不无遗憾。"都说是你杀的。那家伙是条两头蛇，该杀！"

"还有酒没有？"我岔开话题。

"有的有的，尽你的量。"

"这里有蚊子。"

"蚊子欺生，要不要烧把草？"

草烧起来了。又有一批批的人来看我，拐进门来，照例问起身体可好和府上可安一类。男人们接过我的纸烟，嗖嗖嗖地抽得很响，靠门或靠墙坐下来，眯眯笑，不多言语。他们相互之间偶尔说上一两句，无非是说我胖了，或者说我瘦了；说我老多了，或者说我还很"少颜"，当然是城里油水厚的缘故。待纸烟烧完，他们又笑一笑，说是去倒树或下粪，懒散地出门而去。有几个娃崽跑过来，把我的眼镜片考察了片刻，紧张得兴高采烈，恐惧得有滋有味："里面有鬼崽，有鬼崽！"他们一边宣告一边四下奔逃。还有一位女子，咬着一根草站在门边，反复打量着我却不说话，不知是什么意思，弄得我很不自在。

这类事我已经碰得多了。刚才我去看他们种的鸦片，路上碰到一位中年妇人。她一见我就显得恐惧，脸色像一盏灯突然黯淡，赶紧拔了拔鞋后跟，低头择路而去，也不知道是什么缘故。难道姓马的曾经与她有过什么麻烦？

艾八说我还应该去看看三阿公——其实三阿公已经不在，不久前死于蛇咬，只是在人们的谈论中还留下了一个名字。在砖窑那边，他的孤零零小屋已有一半倾斜，眼看就要倒塌。两棵大桐树下，青草蓬蓬勃勃地生长，已从四面八方包围过来，阴险地漫上了台阶，摇着尖舌般的草叶，眼看就要吞灭小屋，吞灭一个家族的最后几根残骨。挂了锁的木门，已被虫蛀出了密密小洞，在门边留下一堆堆蛀粉。我不知道主人在的时候，房屋是否会破败得这么厉害。难道人是房屋的灵魂，一旦灵魂飞去，躯壳就会腐朽得如此迅速？齐腰深的草丛里倒栽着一盏锈马灯，上面有几点白色的鸟粪。还有一个破了的瓦坛子，你不经意地一碰，坛口就嗡的一下涌出很多蚊子。艾八叹了口气，说这口瓦坛腌泡的酸菜最好，当年我就经常来这里吃酸黄瓜和酸豆角（是吗？）。艾八扯掉门前几把草，又打望檐下的蛛网与鸟窝，说墙头灰壳剥落之处，那几个还未完全褪色的油漆字，"放眼世界"云云，还是我当年写的（是吗？）。

我朝窗里瞥了一眼，看见屋里有半筐石灰，几捆干柴，还有一个铁圆盘，细看一阵，才发现是铁杠铃，已经锈得不成样子——我感到惊异，这种罕见的体育用品，怎么会出现在山里？是怎么运来的？大概不用问，也是我从城里运来，直到临走时才送给三阿公的。是么？我希望三阿公用它去打几把锄头或钯头，而他终究还是没有打。是么？

有人在坡上唤牛："呜吗——呜吗——"于是满山都是回声，林子里有隐隐的牛铃声响。我发现这里唤牛的方式比较特别，像一声声喊妈，喊得有些凄凉。

一位老阿婆背着小小柴捆，从山上走下来，腰弯得几乎成了直角，每走一步下巴就朝前一锄，像一步步锄着归途。她抬头仰望了我一眼，黑瞳孔顶着上眼皮，但目光似乎穿透了我的脑袋，投向我身后的桐树，还有桐树上的鸟巢。她没有任何表情，只有满脸皱纹深刻得使我一震。"树也死了。"她看看高高的桐树，又看看三阿公的老屋，没头没脑地嘟囔，"人也死了呵。"然后慢慢地锄着步子离开，额上几根枯枯的银丝，被一阵阵寒风压下去，压下去，再压下去。

我现在相信，我确实没有来过这里。我更无法理解老阿婆的这句话——一片无法看透的深潭。

晚饭做得很隆重。牛肉和猪肉都大模大样，神气十足，手掌大一块，熬得不怎么熟，有一股生油味，一层层堆出了碗口，靠草箍码成了砖窑模样——几千年来山民们就有这种待客的豪爽和奢侈吧。同很多地方的规矩一样，男客才能上桌。不过有种做法比较新鲜：如果有哪位没来，主人就在空着的座位前摆放一张草纸，大家吃一块，往纸上夹一块，算是那位也吃了。席间我继续充当马眼镜，应邀唱了几首歌，谈了些城里的故事，生意之事当然也在偷偷进行。我谈到了香米，他们根本不肯出价钱，简直是要白送。至于鸦片，今年鸦片好是好，但国家药材站统一收购，我果然没法插手。

"阳矮子该杀。"

艾八嗬嗬地喝下一口热汤，把汤勺放回桌面黏糊糊的老地方，又在碗边猛敲筷子，"翘屁股，圆手板，什么功夫都做不像，还起了两栋屋，不就是靠猞心阴毒？"

"就是，哪个没挨过他一绳子？吾腕子上现在还有两道疤。操他老娘顿顿的！"

"他到底是何事死的？真的碰了血污鬼，跌到崖下去了？"

"人再狠，拗不过八字。命里只有一升，偏要吃一斗。夏家湾的洪生也是这个样。"

"连老鼠肉都敢吃，几多毒辣！"

"是蛮毒辣，没听见过的。"

"熊头也造孽，挨了他两巴掌。明明是几管颜料，吾视过的，染不得布，油不得桶，只在纸上画得菩萨。他硬说是国民党的炮子。"

"炮子"就是子弹的意思。

"也怪熊头的成分大了一点。"

我鼓足勇气插了一句："阳矮子的事，上面没派人来查过么？"

艾八把一块肥肉咬得吱吱响："查过的，查卵呵！那天来找我，我背都不给他们看。哎，马同志，你的酒没动呵？来，取菜取菜，取。"

他又压给我一大块肉，令我喉头紧缩，只好再次做出装饭的模样，溜入暗处时把肉拨给胯下一挤而过的狗。

饭后，他们说什么也要我洗澡，我怀疑这是不是当地的风俗，得装得很懂，很配合。没有澡堂，只有大木桶一个，足可以装几锅热水，戳在灶屋当中，如同让我在广场上脱衣起舞。女人们在桶前来来去去，梁家畲来的大嫂还不时用瓜瓢来加水，使我不好意思，往桶内一次次蹲躲。直到她提桶去喂猪，我才偷偷出了口长气。我已经洗得一身发热，汗气腾腾了。大概水是用青蒿熬出来的，全身蚊虫咬出来的红斑，一过水就不再痒。头上那盏野猪油的灯壳子，在蒸汽中发出一团团淡蓝色光雾，给我的全身也抹上一层幽冷。

洗着洗着，我望着这个淡蓝色的我，突然有一种异样的感觉，好像这具身体很陌生，与我没有关系。他是谁？或者说我是谁？这具赤裸裸的肉身有手脚，可以干点什么；有肠胃，要吃点什么；生殖器呢，当然可以繁殖后代。由于很久以前一个精子和一个卵子的巧合，才有了一位祖先。这位祖先与另一位祖先的再巧合，才有了另一个受精卵子，有了世世代代以后一具淡蓝色的身体。作为无数偶然巧合之后的一个受精卵子，他或者我为什么要来到这个世界？……我蠢头蠢脑地也许想得太多了。

我擦拭着小腿上一道伤疤。这是不久前在足球场上被钉鞋刺伤的，但似乎也不是，而是……一个什么矮子咬的。那是一个雨雾蒙蒙的清早？是在那条窄窄的山道上？他撑着伞过来，被我的目光盯得全身颤抖，脸上红一块白一块，然后跪下，然后叩头，说他再也不敢，再也不敢了。他说二嫂的死与他毫无关系，三阿公的牛也不是他牵走的，熊头被抓入狱更不是出于他的举报。最后，他在一根绳子下反抗，眼球凸突得像要掉出来，一嘴咬住了我的小腿，双手揪住绳套，接着又猛地伸开去，在空中抓拉一阵，十个指头最后抠进泥沙。

我不敢想下去，甚至不敢看自己的双手——是否有血腥味和牛绳勒伤的痕迹？是否将成为刑警辨认和展示的物证？

我现在努力断定，我从来没有来过这里，更不认识什么阳矮子。眼前这一团团淡蓝色的光雾，我甚至从未梦见过。

堂屋里还很热闹。有一位老人进来，踩灭了松明子，说他以前托我买过染布的颜料，欠了我两块多钱，现在是来还钱的，还请我明天去他家吃饭。这就同艾八争起来了。艾八说他明天接裁缝，已经砍了肉，已经买了豆腐，明天我毫无疑义该去他家……趁他们还在争执，我悄悄溜出门，浅一脚深一脚上了石板路，想去看看我以前住过的老屋——听艾八说，马眼镜以前就住油榨房后的那间瓦房。

又经过了桐树下，又看见了杂草将要吞灭的破屋。萤虫是破屋的眼风，鸦噪是它的咳嗽，沙沙树叶声是它的低语。我甚至还感到了一股似有似无的酒气。

孩子，回来了么？自己抽椅子坐下吧。吾对你说过的，你要远远地走，远远地走，再也不要回来。

可是，我想着你的酸黄瓜和酸豆角。我自己也学着做过，做不出那个味。

那些糟东西有什么好吃呢？那时候是你们饿，造孽，一犁拉到头，连田塍上的生蚕豆也剥着吃，才会觉得什么都好吃。

你总是惦记着我们，我知道的。

谁没个出门的时候呢？那是该的。

那次担树丫，我们只担了九担，你记数，总说我们担了十担。

吾不记得了。

你还总是催着我们剃头，说头发和胡须都是吃血的东西，留长了会伤精气。

吾不记得了。

我该早一点来看你的。我没想到，变化会这么大，你走得这么快。

该走了。再活不快成精了么？

阿公，你抽烟么？

小马，喝茶自己去烧吧。

……

我离开了那股酒气，举着将要熄灭的松明子，想着明天早上要干的农活，不时听到脚边的青蛙跳到水田里，摇摇晃晃地回家。但我现在手中没有松明子，我的家也变成了牛房，显得如此生疏和冷冽。我看不清屋里的情景，只听到牛反刍的声音，还有牛粪热烘烘的酸臭涌出门来。几头牛以为是主人来了，有什么好事，头挤头地往外探，撞得木头门栏咔嗒作响。我每走一步，脚步声就从牛房土墙上折回来，一声套着一声，似乎还

有一个人在墙那边走，或是在墙里面走——这个人知道我的
秘密。

巨大的月亮冒出来，寨子里的狗好像很吃惊，猖猖地叫唤。
我踏着树影筛下的月光，踏着水藻浮萍似的圈圈点点，向村口
的溪边走去。此情此景，使我猜测溪边应该坐着一个人，比方
说一位姑娘，嘴里含一片木叶什么的。

溪边老树下果然有人影。

"是小马哥？"

"是我。"我居然应答得并不慌张。

"你们喝酒也喝得太多了。"

"你……是谁？"

"我是四妹子，听不出来？"

"四妹子，你长得好高了。要是在外面什么地方碰到，我根
本认不出你。"

"你跑的世界大，就觉得什么都变了。"

"家里人都好吗？"

"你还好意思问。"

"怎么啦？"

她突然沉默了，望着溪那边的水榨房，声音有些异样。"你
为什么还要回来呢？为什么不忘记这个地方呢？吾姐好恨
你……"

我紧张地回望村里的灯光，有点想逃之夭夭。"对不起，我
有很多事情不知道，也一直说不清楚……"

"你傻呵？你疯呵？那天你为哪样要往她背篓里放苞谷呢？

15

女儿家的背篓，能随便放东西么？她给了你一根头发，你也不晓得？"

"我……我不懂，不懂这里的规矩。我只是……想要她帮忙，让她背些苞谷。"

大概回答得不错，还可以混过去。

"你教她扎针。"

"她一直想当个医生。其实我那时也不懂，只是翻翻书，乱扎。"

"你还教她读书。"

"我以为她只是要多认几个字。"

"你们城里人，是没情义的。"

"你不要这样说……"

"就是，就是！"

"我知道……你姐姐是个好姑娘。我知道，她对我也很好。她歌唱得好听，针线活做得巧。有一次带我去捉鳝鱼，下手就是一条，次次都不落空。这些我都是知道的。可是，有好些事我确实不知道，永远也说不清楚。我对她没有做过坏事。"

她捂着脸抽泣起来。"那个姓胡的，好狠毒哩。"

我似乎知道这是什么意思，继续试探着回答下去："我听说了。你放心，我迟早要找他算账。"

"那有什么用？有什么用呵？"她跺着脚，哭得更伤心了，"你要是早说一句话，事情也不会这样。吾姐已变成了一只鸟，天天在这里叫你。你听见没有？"

月光下，我看见她的背脊在起伏，落下来的头发在抖动。

我真想伸出一只手去擦泪，更想让所有泪水都流进我的嘴里，咸咸的，苦苦的，被我吞饮。但是我不敢。这是一个奇怪的故事，我不敢舔破它。

树上确实有只鸟在叫唤："行不得也哥哥，行不得也哥哥——"声音孤零零地射入高空，又忽悠悠飘入群山，坠入树林。我抽了支烟。

行不得也哥哥。

行不得也哥哥。

我走了，行前给四妹子留了张字条，请梁家畚来的大嫂转交。我在信中说她姐姐以前想当医生，终究没当成，但愿妹妹能实现姐姐的愿望。路是人闯出来的，她愿意投考卫生学校么？我将寄给她很多复习资料，寄给她学费，一定。我还说，我永远不会忘记她姐姐，请她相信我。

我几乎像是潜逃，没给村里任何人告别，也没顾上香米样品——其实我要香米或者鸦片干什么？似乎本不是为这个来的。整个村寨莫名其妙地使我窒息，使我惊乱，使我似梦似醒，我必须逃走，一刻也不能耽误。走到山头上，我回头看了看，又见村口那棵死于雷电的老树，伸展的枯枝，像痉挛的手指，要在空中抓住什么。毫无疑问，手的主人在多年前倒下，变成了山脉，但它还在挣扎，永远地举起一只手。

进了县城的旅社，我做了个梦，梦见我还在皱巴巴的山路上走着，看土路被洪水冲洗毁得很厉害，如同剐去了皮肉，留下筋骨和脏器，来承受一代代山民们的草鞋。不知为什么，这条路总是在延伸，似乎总也走不到头。我看看手腕上的日历表，已经走了一小时，一天，两天，三天……可脚下还是黄土路，长得令人绝望。

我惊醒过来，喝了三次水，撒了两次尿，最后向朋友挂了个长途电话。我本想问问他在牌桌上的战绩，一出口却成了打听卫生学校招生的事。

朋友称我为"黄治先"。

"什么?"

"什么什么?"

"你叫我什么?"

"你不是黄治先吗?"

"你是叫我黄治先吗?"

"我不是叫你黄治先吗?"

我愕然，脑子里空空荡荡。是的，我眼下在县城一家小旅社里。过道里有一盏蚊虫扑绕的昏灯，有一排临时加床和疲倦的旅客们。就在我话筒之下，还有个呼呼打鼾的胖大脑袋。可是——这世界上还有个叫黄治先的人？而这个黄治先就是我？

我累了，妈妈!

1985 年 1 月

＊最初发表于 1985 年《上海文学》杂志，后收入小说集《诱惑》等，被译成英文、法文、意文、荷文、韩文、希伯来文、塞尔维亚文等，获 1985 年上海文学奖。

鼻　血

马坪寨，错错落落的一片木楼房，夹着一座青砖楼，老远就能看见。砖楼的梯形封火墙檐角高翘，一角叠着一角，一级落下一级。檐草居然已粗大如树，当然是吸吮了漫长岁月的结果，若出现在夜里，将冷不防给路人一种黑森森的狰狞感。苔藓从墙基蔓延开来，蓬蓬勃勃泼染于墙，眼看就要把砖楼完全包藏。

老屋空了多年，囤积着一屋发霉的气味。但不时有人跨进门槛，把一角角黑暗认真地盯上几眼，似乎努力地要看出个什么究竟。他们是过路歇脚的农夫、叽叽喳喳的少女，或一些坐汽车远道而来的读书人。读书人喜欢负手闲步，把门口两尊石头狮子拍拍打打，把蛀眼密集的大木柱抚摸抚摸，更喜欢在厅堂里一张女士玉照前整顿神色，交头接耳一番。

女子的大照片陈旧灰黄了。年龄说不准。衣着在今天看来不算十分洋式：一件短袖旗袍把胸脯小心裹住，却把颈脖大面积裸露出来，交给公共目光去七叮八咬。

本寨人都知道，这里原住着一个大户，姓杨，是个大药商，家有两位千金。姐姐在九州外国行医，照片中的这位则是妹妹，曾是著名演员，用本地人的话来说，在上海"唱电影戏"唱得大红大紫，想必在大码头上赚了不少银洋。如此而已。本寨人不知城里的读书人为何这样惦记一位戏子，一趟趟来察看老屋。有什么可看呢？有曹跛子耍蛇那样好看么？有湖北班子的大变活人那样好看么？

他们把外地统称"开边"，似乎唯马坪寨才是中央，只有身处中央的人才活得最有道理，而"开边"人总是有些古怪的。

待外地人走了，本寨人进去捡个烟盒子，捡个汽水瓶子，看能不能废物利用。有时他们也把招引远客的大照片评议一番。

"乖致得婊子样的。"

"乖致什么？嘴巴好大，丑死了。"

"奶子砣砣的，养五个娃崽不碍事。"

"色是祸呢，没听说过吗？红颜薄命。"

"莫搞下的。人家是人民代表，毛主席都请她到北京去坐皮椅子。我舅舅说过，那皮椅子一坐下去就塌两尺，你裆心都到了口里。"

"死猪子，你坐了我的斗笠。"

众人意见各别，有一点共识却坚定不移，即这号洋式女子担不得粪桶，铡不得猪草，只能摆看，切切不可做娘子的。至于电影戏，他们也觉得不以为然。县里的班子来挂白布放过两次电影戏，既无锣鼓也无唱腔，不论生旦净末丑，只是讲讲白话，才端上碗就吃完了，才上床睡觉就天亮了，快得实在没有道理。当时村长看见银幕上又打仗又开荒硬有几百号人，忙煮了两锅面条办招待，后来电灯一黑，千军万马不知去了哪里，场上只剩下两个放片子的伙计——他娘的电影电影，就是这样骗人的呵？

杨家二小姐不过是唱唱这种没腔没板的骗人戏，一没当上县长太太，二没在城里开铺子，马坪寨乡亲觉得这事并不怎么光彩——尽管她还算仁义，给乡政府捐过一台水泵。

乡长严禁马坪寨人破坏老屋，也不许用它来囤粮谷或关牛羊。有一次，三老倌拆了一根檩子去修水车，乡长知道后立刻瞪眼开骂："胡闹！你晓得人家是什么人？毁了人家的家产你有几个脑袋去赔？就要打第三次世界大战了，你搞破坏呵？"

众人想到第三次世界大战，觉得乡长的眼瞪得极有道理。

这一年，坡上的竹子全开了花；挖山时又挖断一条碗口粗的冬眠蛇，各户都剁去一截煮着吃了；有人还更下作，在水井边上厕下一堆臭粪，沤出了一窝蛆。总之，这世道有些不正经了。城里的一些青年学生跑到马坪寨来贴大字报，喊口号，舞红旗，砸烂石头狮子，召开批判大会，撕下杨家二小姐的大照片，四下里瞪眼睛恶狠狠一番。据他们说，"文化大革命"开始了，这臭妖婆也被都市里的革命人民揪出来了。哪是什么革命艺术家呢？她不过是个臭妖婆罢了，大破鞋罢了，美国女特务罢了，不但大搞反革命活动，还同好多男人不干不净——妖婆子有勾魂术哇，勾的都是大人物。你看看，你想想，有这样的祸水，中国还能不亡党亡国么？有朝一日美国和日本的飞机还能不来丢炸弹么？……这些话，说得马坪寨人面色惨白。

到岁末时分，马坪寨的返销救济粮没有发下来，大概是杨家妖精婆反了革命，乡亲们也跟着受连累。众人便气愤，尤其是男人们，纷纷诅咒那勾魂的淫妇。

某位妇女被柴烟呛了一口，不免火冒三丈："勾魂也是本事，你曹跛子要你家妹子去勾勾看，勾猴！"

几位女子立即附和："勾猴！"

妇女又说："哪个叫你们男人浑身骨头轻？勾了魂，活该！"

几位女子再次附和："活该！"

旁人便默然。

关于杨家二小姐的消息从此绝迹。她或许死了，或许坐了大牢，大家对此都吞吞吐吐。马坪寨青砖老屋的阶基已被荒草湮没，再无什么人来探访。

不知什么时候，邻居开始悄悄议论，说半夜时分常听到空楼里有人咳嗽，还有清清楚楚的脚步声和泼水声，想必是老宅子不干净，闹鬼。这一说，男人们胆子再大，也不敢用老屋来码柴和囤石灰，白天也躲它远远的。有时候母鸡跑到那里去了，或许生了野蛋，男人们也不敢去寻找清查。

这一年，公社机关的干部又多了一两桌人，加上有几个单身汉要结婚，房间显得十分紧缺。公社干部看中了马坪寨这栋砖楼，又觉得有责任打破闹鬼的迷信。黄秘书来看过几次，说根本没听到什么脚步声和泼水声么，只有几只老鼠么，看把你们吓成了这样。乡亲们不相信黄秘书，说你们吃国家粮的福气大，八字硬，阳气足，火焰高，自然是看不到鬼的，哪能与我们农夫子比？

兵马未动，粮草先行。第一个奉命搬进空楼的是伙夫，一个叫熊知仁的后生，众人都叫他知知。他挑着铺盖卷来到老屋前，被前面一团黑影吓了一跳。他挺长脖子，眯缝眼睛，透过又破又旧的两块小眼镜片，把前面的黑影警觉地辨认了一番，发现是棵普普通通的樟树，方定下心来。

他的小眯眼自然是被灶火柴烟熏坏的，很多东西看不真切，以致他迈进大门时，差点又被门槛绊了一跤。他晃晃地站稳脚跟，收收鼻孔。

"香！"

天井里只有鸟粪和腐草的酸臭，左边厢房里有两个木匠忙着破木下料，松木味也不能说是香。

黄秘书说："你放下东西，去下湾村喊四个泥匠来。"

"香！"他依然专注地收缩鼻孔。

"什么香？"

"牙膏香。"

"哪来的牙膏？"

"真真是香。"

"鬼打蒙了，快去喊泥匠吧。"

"贼养的，我鼻子明明……"知知觉得自己的鼻子是有点不堪信任，咕咕哝哝去下湾村请泥匠。

下午，他清扫老屋，扫走几堆落叶和鸟粪，又嗅到了那股似有似无莫可名状的香味，不觉有些奇怪。那香味到底从哪里流出来的？或者——到底有没有那股香味？他四处查找，挺长脖子，对楼宅的各个局部投去警觉目光。一砖一石都放大了，清晰了，凸现了，柱子在移动，墙壁在旋转，头顶的大瓦盖也波动翻涌起来，似乎有了某种活气，暴露出某些意思。他在天井一角捡了个破灯盏座子，觉得分明有个人，曾经在这盏灯下等人，想起了什么伤心事，默默地流泪。他看到后院荒草掩盖着的一条石板小径，觉得分明有个人，曾经在这里跑来跑去捉蝴蝶，笑声碎碎地装满一院子，还有汗津津的肩胛在枣树杆上倚靠。他又发现一口废荷塘，积满干泥，长满茅草，有个癞蛤蟆跳了一下就不动了，胸有成竹地盯着他。他猜想当年这里定有一湾碧水，半池莲荷，映着蓝的天白的云，映出塘边一件红衣衫，跳动得像一团火。塘边有块石板特别平滑，差不多是一面墨色大镜，那当然是一双柔嫩的赤脚，曾经反复在这里踩踏，才有今天细腻柔软的石面。

他像一条狗，继续找着，嗅着。他来到楼上，看见许多碎瓦片。他还在板壁上发现了一个墨写的"羊"字，在一道壁缝中发现了丝线球和钢笔帽，在一个窗台上发现两道刀砍的痕迹，一个缺了腿的铸铁香炉。这一切过于琐屑零散，没有什么含义，但似乎也能串起来，串出一个关于某人的故事。知知是一条能嗅出故事的狗，甚至明白了这个故事的许多细节，连很久以前的一个眼波，一声病中的呻吟，他也能用鼻子在尘封的砖瓦梁桷中细细挑剔和挖掘出来。

他很有信心地走进一间杂屋，与蛛网和蚊虫大战，在成堆的松子里果然又有新收获。有一个玻璃镜片，不知曾照过什么样的容颜。还有一根泥垢包裹的银簪子，在掌心里一擦，便闪出一道诱人的银光。

"乱丢乱丢，不就在这里么？"

他自言自语，带着一种埋怨的口气。话一落音自己也奇怪，他埋怨谁？为什么事埋怨？其实他至今什么也不知道，只知道这个楼宅曾经住有一个大户，家中有男有女，如此而已。但他又很有把握，似乎认定曾有一个女子经常在这里敲核桃壳，经常在这里绣花和画画，经常与母亲斗嘴抬杠。她的牙齿还老出血，尤其是刷牙的时候，一吐便是一口红水，这是不会错的——他这种把握简直无根无由，一冒出来后却顽固透顶赶也赶不走。

伙房里有人叫他。他挑着一担草往柴房走去。他走过曾经有人走过的楼梯，穿过曾经有人穿过的厅堂，跨过曾经有人跨过的门槛，听到长长一声娇滴滴的嗯——啦，不觉吓了一跳。仔细一听，发现刚才不是人声，只是一扇木门旋出的声音。

接下来，他听到柴房内有人泼水，进门一看，却未见到人影，但地上和柴捆上真真切切有些水渍，还透出女人的发香，好像刚才确实有人在这里洗过头发。怪了，今天这里只来了泥匠和木匠，绝不可能有女人，而且谁也不会如此浑蛋，往柴房里泼水吧？

回头想想，刚才的嗯——啦，到底是人声还是关门的声音？

"鬼——"

一担草丢在地上，他须发倒竖，扭头就跑，一口气跑出半里地，钻进路边一户人家，在桌子下蹲了好半天。"有鬼呵——"

乡下闹鬼的事很多。供上豆腐、雄鸡、糍粑，请法师来偷偷念一通咒语，就算驱鬼辟邪了。熊知仁瞒着黄秘书，请寨子里的四伯爷做了一场法事，又睡了一天一晚，出了身透汗，自觉是好些了。收收鼻孔，至少是不再有香气。

这一段时间，公社干部陆续入住空楼，食堂里越来越忙。不过知知不用去砍柴，也不用买柴。村村寨寨都在闹"文化革命"，打烂了很多泥木菩萨，清剿了很多报刊和图书，包括物理化学小说散文什么的，乱七八糟堆在灶口，都可以当柴烧，用来煮人食也熬猪食。知知有点怕菩萨，不知烧菩萨会不会遭到报应，但想到自己只是奉令行事，干部要他下毒手，神灵未必怪罪到他的头上吧？劈着烧着，他胆子越来越大，甚至还有点兴高采烈，一刀劈下菩萨的大耳朵，又一刀剁掉菩萨的肥脚板，对各路神仙大开杀戒。

他在废纸堆中发现一张大纸，不知是什么纸，反正纸面很光滑，很坚硬，指头一弹便有嘣嘣脆响。他凑上前一瞅，发现是张大照片，上面有一个女人，似有几分眼熟。他突然想到，这不是小杨子么？不就是老杨家的二姑娘么？以前他也听说过小杨子的故事，只是他想象中的大小姐，嘴巴没这般宽大，头发没这般卷曲。

美人，美人呵。可惜，好端端的照片已经撕破，截掉了大小姐的一只胳膊。他在纸堆中翻来找去，好容易才找到那只断臂。

他想了想，把照片带回自己的住房，贴在米桶上方的墙上。那里已经贴了两张治虫防虫的宣传图，还贴了张表现五谷丰登的新年画，现在再加一个女人，屋里显得更加明亮。他眨眨眼，觉得照片上的人也冲着他眨眨眼。他转过身去，觉得照片上的人也乘机东张西望，只是你再看到她的时候，她就迅速恢复原态，直愣愣地盯着你。这妖精，好勾人的眼睛，看人怎么看得这样深呢？看得这样呆呢？无论你躲在哪个角落，不论你在干什么，她都死死地盯住你，像有什么话要说。怪了，她对知知有什么可说？他虽说是她的同乡，但从不认识她，成天只知道劈柴、烧火、刷锅、挑水，那两个大水桶，压得他腿杆子上青筋直暴，一球球地扭成了结。伙房里还老是丢失东西，昨天留给公社书记的一碗豆腐，不知被谁偷去吃了，害得他被书记臭骂了一通。

他发现杨家小姐眼里有亮晶晶的东西，吓了一跳，忙取下镜片擦了擦，戴上鼻梁再去瞅，发现那双漂亮眼睛里又没有什么了。

但他坚信，杨家小姐刚才的确确哭了，这是绝对不会错的。

想到这里，他慌慌出门在伙房、厕所、菜地乱窜了一阵，返身来到照片前，声音直哆嗦："你哭什么？"

杨家小姐依然一动不动。

"你到底是人还是鬼？"

对方仍然沉默。他现在似乎看得更清楚，那眼里确实有泪光。想必是痛？是有病？是有什么伤心事吧？知知把她的脸蛋摸了摸，找来几颗饭粒，把照片的另一块粘接上去，算是把胳膊还给了女人。借着窗外一抹霞光看去，杨家小姐脸上似乎泛起一抹红润，嘴角也有一丝感激的微笑。

天色渐晚，窗纸被风吹得叽叽响。知知怕杨家小姐受寒，便在照片上方钉两颗竹钉，挂上一件棉衣，这样可给照片增加一些温暖。到后半夜，他索性把照片从墙上揭下来，压到了自己的枕头之下。

这以后，旁人都觉得这个眯子有些异样。他干活特别卖力，还特别高兴，挑着一大担水上路，有时还扯开鸭公嗓，把不成调的山歌吼上两三句。他开始变得勤于洗衣、洗澡、洗手，手背上那张黑膜不知何时已经揭走，衣上的补丁也整整齐齐。到他房里去看看，床下不再有那些乱糟糟的草须了，摆放大小腌坛的屋角也不再有蛛网。他的桌上还出现过肥皂盒和小圆镜，甚至还出现过鲜花。"熊大相公也摩登了，恐怕也想收亲呵？哈哈哈！"黄秘书觉得这件事很可笑。

知知似乎没听见，仍然捉针捉线地补衣，赤裸的背脊弯曲如弓，脊骨一节节清楚地挺突可见。

"是四妹子唱歌？"黄秘书竖起双耳，好像听到了什么，在老宅子里里外外转了一圈，最后又回到伙房。"奇怪，明明听到有人唱歌，怎么听着听着又没有了？喂，死聋子，你没听见么？"

知知还是不抬头，不理他。

黄秘书常到伙房里来转悠，有时要炖牛肉，有时要煮面条，有时要取点酱油。他来一次，油罐里的猪油或茶油就要浅去一截。知知很讨厌这只油老鼠，找公社会计和公社书记嘀咕过两次，黄秘书就对他脸色很不好看，总是支使他去打扫厕所或者下井清污。这一天，他又支使对方为刘会计去洗鞋袜，然后在伙房里大找橱柜的钥匙，大概对酱油或猪油有所图谋。不料在桌上床上翻找了一阵，竟翻出了草席下的大照片。嘿，这不是那只大破鞋么？不是那个美国女特务么？

黄秘书当时就大叫起来。

正巧碰上春耕在即，公社照例要召开大会，以阶级斗争促进农业生产。一批地主富农被押到台上低头认罪，知知也被挂上了木牌，与地主富农为伍了。小杨子的照片成了他抗拒革命、思想堕落的铁证，被涂上红叉，倒贴在木牌上。

"熊知仁，你那天蒸饭不记得放水，蒸出几十斤锅巴没法吃，是不是贼养的故意浪费人民的粮食？"

"熊知仁，你炒的白菜里有蛆，把我们革命干部当猪婆喂呵？"

"你三天两头就剃头洗澡，一个癞蛤蟆还想当相公，是不是忘了本？"

"你房里没有毛主席的像，只有女特务的像，什么意思？"

"你还流氓，把那妖精片子藏在被窝里！"

……

干部们展开了揭发批判，没顾得上几个小后生躲在人群里哧哧暗笑，还有一些女人很不自在地你揪我一把，我捶你一拳。

知知勾着脑袋一直没吭声，呆了一般。忽然，一注红血从他鼻孔里流了出来，吧嗒吧嗒，一滴滴落到地上。他用手抓了一把，手掌顷刻间就血淋淋了。用袖子揩了一把，整个袖口也立刻血糊糊了。有位干部愣了一下，端来半碗冷水，往他脑门和后颈拍了几把，但他的鼻血还是一股股往外涌，染红了胸襟，染红了鞋袜。干部推他下台去，他硬着颈根不肯走，一摆头，鼻孔里一个血泡爆炸，在身旁一位老地主的脸上溅下几颗血星。他的血开始很浓，是黑红色，流着流着变淡，掺了水一样，成了浅红色。不知是谁递来一团棉花，塞住他的鼻孔，但红血很快浸透棉花，继续向外奔涌，弄得批斗台上的桌子、板凳、茶杯、话筒、标语牌全都血迹斑斑。随着会场秩序的混乱，他的鼻血越流越快，简直是向外喷射。一条老狗从他胁下窜过去，不小心被喷出一个红艳艳的狗头，汪地惨叫一声，向台下窜去。一只白母鸡也被喷成了红母鸡，扑打着翅膀飞到树上，于是树叶也被染红了大片。地上的血水积厚了，涨高了，开始蠕动，裹着沙粒和落叶向低处扭摆而去。不知被谁踩了一脚，立刻又带出几个血脚印，让人不能不想到杀人现场。

知知自己也被这景象惊呆了，吓慌了，开始捂着鼻子哇哇大叫地乱跑，血雨就随着他四处飞洒，满地狂溅，简直是一台指向哪里就红到哪里的高压喷漆枪——在场人谁都不敢相信，这个瘦精精的孤儿，竟有那么多血来染红马坪寨。

这一天的批判会只得草草收场。据人们说，自这一天以后，公社机关所在的杨家老宅不再传出女人的歌声，但有时会飘出女人的哭声，时有时无，似近似远，而且不是所有人都能听到的——看来还是有鬼呵。

多年以后，据说"文化革命"结束了，杨家二小姐也获得平反，仍然是著名演员和革命艺术家，还上了电视和画报。那天乡政府周会计脸上像抹了一层油光，夹一册画报从县里开会回来，干部们都尾随而去争相观看。熊知仁搓搓手，想起了什么，也跟了上去。周会计正眉开眼笑，回头看见他便挥挥手："开干部会，你来干什么？去去去！"

知知怏怏地回到家里继续磨豆腐，看白色的豆汁一汪汪流下来，不觉发了呆。

此时他早已经离开了政府机关的食堂，回到寨子里，开了个路边小饭店。饭店生意还不错，尤其是馒头卖得好，猪血豆腐更有名气。知知不记仇，当年的公社干部来了，他给老熟人的碗里多抓点葱花姜末，汤勺子往鼎锅里舀猪血豆腐，也总是搅得深一些。听说乡政府要黄秘书退休回乡，退休费每月却只有两百元，他还推了推那架断了腿的眼镜，肃然正色地说："只两百块钱就打发了？这样对待老同志，不平民愤的！"

有一天，从乡政府方向来了两个"开边人"，说的京腔不容易听懂。一位老妇人身着无袖旗袍，有细嫩白净的脸皮，但下眼皮松弛垂落，叠出了肥厚的两个眼袋。大概腿不灵便了，她坐在轮椅上，但还是描眉画眼，香气扑扑，抹了淡淡的口红，戴一圈金光闪闪的项链，显得很有些身份。推着轮椅的另一位女人约莫五十来岁，挎一个小皮包，对老妇一口一声"阿姨"。

两人看了杨家老屋，看了水电站和学校，回头把知知的小饭店也很有兴趣地打量。老妇人似乎是在说，她小时候最爱吃这种猪血豆腐。

知知眯缝着眼辨认来客："来两碗？"

老妇人望了他一眼，眼中透出惊异，是一种看见熟人时的表情。"这位乡亲，是不是姓彭呵？"

"不是，我姓熊。"

"我们见过面吗？我们好像在哪里见过的。"

"肯定见过的。这几年我经常到县里去进货……"

"对不起，我们不住在县里，住在老远老远的地方。"老妇又低头自语，"哎哟，你看我这个脑子。"

不知是谁在旁边插了一嘴："知仁大哥，她就是马坪寨的小杨子呢。"

小饭店里的几张面孔都转了过来，熊知仁更是吃了一惊。

他没料到当年照片中的女人，竟躺在轮椅里，浓妆艳抹，皮泡眼肿，像一条香喷喷的五彩大金鱼。这就是小杨子么？就是以前大照片上的女子？不会吧？他搓搓手，有点手足无措。

周围人头攒动，议论着轮椅和项链。大概被那张老脸弄得有点扫兴，也没看到人们预料中的小轿车，几位后生子立刻大不以为然。不知是谁对谁在说："县酒厂的酒糟好得很，你要的话就赶早去。"

"来两碗吧，不要钱的，你们尝尝。"知知终于想起了可以做的事情。

他注意到小杨子伸过来的手臂，又肥又白，靠肩胛的地方，有一条两寸多长的疤痕——正是当年照片撕裂的地方。他胸口一紧，感到吐不过气来。

"大婶，你……这只手受过伤？"

"唉，也记不清了。"对方笑了笑，眉梢优雅地向上一挑，"那些年，受林彪和'四人帮'的迫害，身上的伤哪止这一处呵？腰上和背上还有内伤哩。"

"阿姨，你要不要一点？"陪着她的中年妇人似乎吃不下，把猪血块往她碗里转让。

"兰兰，我够了。"老妇人嚼了一小片，嘴唇舐了舐汤，也把碗放下。"同志，味道还可以，只是有点不卫生，你这些碗都没有蒸过吧？没用过洗涤剂吧？我一看你这锅灶，这碗筷，哎哎，想吃也吃不下。"

知知慌慌地不知该如何回答。她又说："你们农民同志，现在可以劳动致富了，形势很好呵。不过，还要注意提高社会主义觉悟，要讲究心灵美呵。没有美，就没有生活，对不对？劳动光荣，但要按照党的方针政策办，是吧？现在这个物价，乱啦。社会风气，乱啦。我就真纳闷，怎么也没人来管一管？兰兰，上次报上也说了，有些人赚黑心钱，我看还是心灵美的问题没解决好……"

"阿姨……"中年妇人看了知知一眼，似乎觉得老人把话题拉扯得太远。

这时候，知知才发觉，杨家小姐虽头发花白了，但声音还脆亮如童。大户人家的女人就是养得娇些。

老妇人取出香水纸餐巾，擦了擦手。两人道过谢，一高一低往大路而去，只留下淡淡的香水味，还有地上那坨皱皱的纸餐巾。

知知一直没有说话，看面前两碗几乎没怎么吃的猪血豆腐，腾腾冒着热气。

他肯定不适应香水味，感到头有点晕，鼻腔深处也热热的，有液体在涌动。他知道那不会是什么好东西，赶紧捂住鼻孔，进屋去找棉花。屋里乱糟糟的，没有洗晒的衣服四处堆放着。两只老鼠从谷箩里惊慌地逃窜出来夺路而去。他眯缝眼睛四下瞅去，也没找到那件破棉袄，没找到可以塞住鼻孔的东西。看来，是得有个人管管家了，他该下决心娶个女人了。

1988 年 2 月

*最初发表于 1988 年《青年文学》杂志，后收入小说集《北门口预言》，已译成法文。

余　烬

当时政府禁山育林，设了很多卡子拦截竹木。福庄和其他买客们只能偷运，白天空着手进山去，寻到某个寨子，与卖主私下交易，等日头落水，贼一样把竹木挑出山来。这一路昏天黑地，一是必须夜行，二是必须急行。碰到卡子，怕人家放狗、敲锣，甚至开枪，还得绕小道，有时候也少不了打架动武落下伤来，回家吃草药。

福庄是跟着庆子去的。照当地习惯，成年男子都被叫作什么"子"，比如元庆就是庆子，见孔就是孔子，福庄就是庄子，如此等等。

庆子看不起庄子的一身泡肉，让庄子很生气。"庆子，我要是比你少挑一两，就去拱猪栏！"他愤然劈了一个竹筒。

当地人很看重起誓，一看福庄劈了竹筒，庆子就不说什么了。

孔子沉默了很久才想出一句话："带个秀才去也好，万一被抓住了，有人写检讨。"

他们一共五人，带了一袋糙米，每人三角钱菜金，还有福庄贡献的一小瓶酱油拌干椒，算是路上两天两夜的伙食。那还是酱油很稀罕的时候，乡下人只看见城里人吃过这种东西，觉得有些神秘。所以庆子吃得额头冒汗时就幸福地抹嘴巴："毛主席一个月三斤酱油怕是要吃的?"

吃完了饭，太阳落到山后去了，峡谷里突然变暗，雾气弥漫，溪流的嘀嘀声寒气侵骨。有一只乌鸦开始慌慌叫唤。这是该下山的时候了。庄子不想被庆子那双鼠眼小看，刚才挑竹子时，怎么也不听庆子的劝告，偏偏选了两根大竹，扎成 A 字形，一挂秤，八十多斤。他满不在乎的样子，一甩长腿冲在最前面。为了表示体力还有富余，他没事找事似的，把挑子当举重杠铃往上推举，一二一，复习以前学校里的体育课。他的嘴也闲得慌，需要发出点声音：

亚——非拉——人民要解放——

孔子听见庄子在前面唱，说："这洋戏不好听，没有调的。"

庆子说："现在做马叫，等下就要做牛叫。"

果然，下了一个岭，就再也听不到福庄唱歌了，也很难看见他了。他总是落在后面很远，需要别人一次次来等待。在淡淡月色里，大家等啊等，好容易等到他跌跌撞撞跟上来，只见他弓着腰，五官乱成一团，汗津津的背上映出月光，扁担被肩头与脑袋吃力地夹住，就忍不住笑。

"我崽，你还唱呵。"庆子冷笑。

庄子哼哼哟哟，没工夫回嘴。

"你裹了脚么? 照你这样走，就要在这里过年了。"

"这么远呵？我……我都走得脱肛了。"

"嘿嘿，你来月经了吧？"

"庆痞子，我这裤子太紧，勒裆。"

"你那也叫裤子，妇女的骑马带子一样，要它做甚？"元庆终于抓住机会把读书人的球裤糟践了一番。

福庄眼下没有办法嘴硬。他对脱肛有些羞愧，粗腿被紧紧的裤边磨出了血，火燎燎地痛，只好横下一条心干脆脱了裤子。好在山里人稀，即便碰到女人，黑暗里谁也看不清谁。

他的大腿间凉爽多了，但还是觉得竹挑子越来越沉，怎么也跟不上队伍，走着走着就听不见前面的脚步声了。他仔细听了听，嚓嚓声还是无影无踪。他走错了路吧？前面是个菜园，还有一口井，路已经消失。他两眼一黑，绝望地想起刚才的一个岔路口——肯定是当时自己选错路了。可恨庆子他们既不等他，也不在那里留个什么标记。

"喂——"

一片陌生群山里，他的声音孤零零的。

"你们在哪里——"

远处有狗吠。不一会儿，路上有了庆子那种左脚略有些轻的脚步声。"你喊什么喊？怕卡子上的人睡着了是不是？"

"你们也不等我。"

"要你跟紧点。"

"这到什么地方了？"

"才走了二十几里地，到了汉沙坪。"

福庄全身都软了，差点哭出来。

"起来，快起来！"庆子见庄子平躺在地上，就对他的屁股猛踢，"你这个没用的货，老子剜了你的卵子！"

"我就喘口气，只喘口气，求你了。"

"哪个耐烦等你？"

福庄只得挣扎，只得捶腿和揉腿，只得咬紧牙关站起来。他全身汗如水洗，往脸上抹了一把，竟抹出一手的蚂蚁。

幸好下雨了，他们不得不停下来歇脚。庆子路熟，带着他们躲进了一个窑棚。这里没有人，但留有一口锅。算一算，快过小年了，窑棚主人可能已经回家。他们搬来两捆烧窑的柴，燃了一堆火，烘烤刚才雨中淋湿的衣。他们互相看到男人的裸体，看到阳物在火光中晃来荡去，觉得很开心。孔子对庆子笑嘻嘻地说，听说你的家伙可以挂得两块窑砖，是不是真的？庆子哼了一声，似乎不以为然，说当后生那时候岂止挂两块！现在是老了，还挨了一刀——他是指在政府的动员之下，做了计划生育的结扎手术。

孔子看看自己，又看看庄子，觉得庄子也不可思议，你的怎么那么小？大蒜子一样！我看你一天到晚勒着三角裤，也就是藏了个这样的宝物呵？福庄自我解嘲：天冷么。

收了汗，确实有些冷，正好湿衣已经烤干，大家就穿上衣，还找些柴草来围堵自己遮挡风寒。庆子说睡就睡，一点也不耽误时间。先放出几声鼾，接着又哇哇哇地跳，原来是他一不小心把脚伸进了火堆，一只草鞋烧得冒烟。他把睡着了的一一踢醒，说睡不得，睡不得，这样睡会冻坏人的。

他又说，这雨看样子一时半刻停不了，我们得先搞点吃的再说。他四下查看，找到一个破筐，里面只有几只陶钵，有半碗盐，此外什么也没有。他吩咐庄子烧一锅水，自己出去了，不一会儿拿着几棵沾泥带土的白菜回来，大概是从附近住户那里偷来的。

雨还在下。可以清楚地听见满山的雨声，随着风一层层地由远而近。甚至可以听清楚每一滴雨，落在对面山上的某一片叶子上，某一块石头上，或者某一个稻草人的斗笠上。静夜使人的耳膜变得极其敏锐，可以捕捉到这个世界任何一丝微弱的动静。即便有千万种声音，它们也都被静夜一一过滤出来，洗刷得干干净净，面目各别，纤毫毕现，绝不会互相混淆。

庆子说，他听到了麂子的蹄声，一大一小，就在岭上跑。

庄子听了听，好像确实听到山那边轻微的蹄声，甚至听到了鼻息的声音，树叶在嘴中咀嚼的声音，还有后腿滑了一下的声音。他还听到了别的什么，听到了山里的所有重大奥秘，只是没法说。一说，那些声音就没有了。

庆子断定，那只大的足有二十斤，一身好膘。

孔子说，打到它就好。

庆子说，再养肥点，下次来吃。

你下次还碰得到？福庄有些惊讶。

庆子笑了笑，舔舔嘴巴，只是吸烟。他的笑里透出一种自信，似乎山里的野物都是他养的，都是他碗中的食，吃不吃，什么时候吃，一切由他从容安排。

锅里冒出了白汽。一锅没油没荤的白菜汤也香味扑鼻。他们没找到筷子，各自找一根树枝，一折为二，凑合着去锅里搅捞。可惜锅里没有米，庆子不容许庄子下米，一定要把几斤米留到曹家洞再吃。

庆子吹着热汤，突然手举在空中，目光凝定："有人来了。"

孔子也听见了什么："是有人来了。"他朝黑洞洞的外面看了一眼，大叫一声："妇女！"听到这两个字，有个裤子还没烤干的后生，立刻手忙脚乱往暗处躲藏。

一盏马灯已经晃在门口，门外确有女人的声音："请问一声，李福庄在这里么？"

"李福庄？呵呵。"福庄奇怪有人来找他。

"总算找到你了——"一条影子从门外跌进来，冲着福庄倒地就拜，吓得他连退了两步。这是一张中年妇人的脸，面色发白，目光慌乱，挂了一只铜耳环，全身水淋淋的。"李局长，救人一命，胜造七级浮屠。今天你一定要大慈大悲，帮助我家过了这个铁门槛。我们将来给你打鞭炮，烧高香，贡三牲，一辈子感激不尽……"

"慢点慢点，你找错了人吧？"

"你是不是李福庄？"

"是呵。"

"那就对了。求你同意给我们出一趟车。"

"什么车？"福庄越听越糊涂。

"就是你的专车呀。司机说，要经过你批准。李局长，我们也是没法子，我儿媳难产，接生婆没办法了，得赶快送医院。母子两条命呵……"

福庄哈哈大笑："你看我是个坐专车的人么？我连牛车都没

有，哪来什么汽车？要是有汽车，我自己还想坐一坐哩。"

妇人把他全身看了一眼，也觉得有些疑惑："你不是李福庄？十八子的李，幸福的福，村庄的庄？"

"我是呵。"

"那你如何见死不救？"妇人扑通一声跪下，紧紧抱住福庄的双腿，"你做做好事，做做好事吧。你要是不同意，我今天就死在这里……"说着说着就号啕大哭。

福庄没法吃白菜了，哭笑不得地望着同伴。庆子走上前去，拍拍妇人的肩："喂，疯婆子你快走，这些人都是土匪，你不晓得呵？他们扇起耳巴子来铁重的。"

"你们打吧，打死我算了！我空手回去反正也是一个死。可怜我那媳妇和我那孙儿呵，可怜我那命苦的儿呵……"

这婆娘看来疯得不轻。庄子与同伴们交换了眼色，只能硬的改软的，哄哄她算了。庄子笑着说："好好好，本局长同意了。别说是汽车，就是要飞机，你看中哪一架就给哪一架。谁让我们是人民好公仆呢？一心急人民之所急嘛！"见妇人破涕为笑喜出望外，又应对方要求，摸出一截铅笔头，铺开一个纸烟盒，给对方写下一纸同意调车的手令——铅笔头本来是准备写检讨书用的。

妇人把手令塞入襟怀贴身藏好，千恩万谢，对在场人一一鞠躬，提着马灯匆匆跑了。他们忍不住追到门口，哈哈哈送疯婆子远去。"大婶，你慢点走呵——"他们没有听到回答，只听到哗哗雨声，还有远处寨子里的狗吠。

庄子继续喝他的白菜汤。他喝白菜汤的时候怎么也不会想到，他会永远记住这汤，记住这汤的美味，后来还与自己的儿子说过多次。当时他儿子把蛋糕或者肉包子扔在地上，就是不好好吃。他差点一巴掌扇到龟儿子的脸上。

他更没想到，他多年以后还会来到这一片熟悉的山区。转眼又是初冬，有家公司在山里发现了一处好水源，计划生产矿泉水，急需申请一笔贷款。福庄是主管局的局长，邀一位银行副行长来考察项目，替公司争取支持。车驶出省城，进入了这个县的地界，他就再也睡不着了。大团大团的灰黄色涌入车窗，是秋后寂寞的农田，是随处可见的干草垛，还有远远的枯草山坡，将要抛甩到地球那一边的山坡。他想找到自己以前熟悉的房子，熟悉的道路，熟悉的面孔和口音，但是找不到。目不暇接的新楼房阻挡着记忆。一些风情女子站在路边店门口，对他们招手和微笑，介绍着身后的小店。补胎。饭菜。补胎。饭菜。饭菜。补胎。这些大字刷在粉墙上，木板上，篾席上，接连不断撞击他的目光。他的全部过去似乎只能用这四个字来表示欢迎和问候。

矿泉水厂选址在汉沙坪。眼下还只有几间破旧的瓦房，有几个乡下女子守着一根从山上接下来的水管，懒懒散散地接水装瓶，如此而已，其余什么还没有。筹备建厂的张厂长是本地人。他听说福庄以前在这里当过知青，喜不自禁，眉开眼笑，口口声声叫他"庄子"，说亲不亲，故乡人，美不美，矿泉水，这笔项目不上马实在天理不容。福庄倒一直没松口。他担心矿泉水只有夏天几个月的旺销，还希望公司方面提出淡季的生产方案，比如能不能生产芦笋罐头或者糯米酒？

张厂长说什么也要领导们多住两天。吃了石蛙和果子狸不算，还要邀客人去钓鱼，去打猎，去看一座什么神庙。他瞪大眼睛鼓动客人们胡作非为："天高皇帝远，出了县城三公里就没有王法了，你们可以把自己想象成日本鬼子，想怎么乐就怎么乐！我去找些花姑娘来跳舞吧？"

福庄带来的周科长爱跳舞，一听此话就说自己今天晕车，胸口很闷，确实不能再走了。他动员一行人都在这里住下。

入夜，周科长左等右等，西装皮鞋一直没舍得脱，但没看见什么花姑娘来，只是有人骑着脚踏车送来两筐橘子和猕猴桃，说是张总让送的。眼看着入夜已经多时，周科长气得大骂张厂长是个大骗子。

福庄觉得老周太可笑，但他也不大喜欢那个姓张的。对他特地为客人选定的旅馆，也觉得哭笑不得。这家旅馆属于财政所，电热水器是进口的，但电压低，根本不出热水。新式马桶也是有的，但下水道不通，脏水从卫生间一直漫流出来。地毯有地图般的花纹，墙纸到处起泡，都透出阴沉的霉味，似乎这些城市的器官一旦移植此地就只能腐烂，房客只能在腐烂器官的围困中度日。这一切使福庄感到陌生，无法与他记忆中的往事发生任何联系，连橘子也完全吃不出当年的味道。

电话倒是有一台，串线的电话一再闯入房间："姓曹的，你的满崽是要留左腿还是留右腿？"

"你说什么？你找谁？这里没有姓曹的……"

"少装蒜，你九爷的刀子不认人！"

叭嗒，对方把电话摔了。

谁是九爷？这个九爷与什么人结了仇？……福庄还没明白电话是怎么回事，又再次感到腰间剧痒。肯定是有虱子和臭虫。他满身抓挠，脱下衣服寻找，实在没法安睡，忍不住敲击司机的门，想连夜打道逃回省城。

门里面没有声音。

他敲另一张门。

"小王到哪里去了？"

"不是去县城了么？"

"干什么去了？"

"不是你要他去的么？"周科长醉醺醺开了门。

"我什么时候要他去县里？这家伙，不会是去拉私货了？"局长知道这里的茶油和猕猴桃特别便宜，司机们总爱往这边跑。

周科长瞪大眼："你忘了，你亲自写的条子呵。"

他返回房里找出一张字条，说大约是熄灯前不久，一个妇人拿了字条来，说李局长同意派车送一位难产的妇女去县城急救，小王这才紧急出车的。

"根本不可能！你说些什么呢？"福庄今天没见过什么妇人，没听说过什么难产不难产，更没批过什么字条。

"你仔细看看，字倒是有点像你的字。"

福庄打开手里一张烟盒纸，这才吃了一惊。盒纸上确有他的签名，字迹也非他莫属，只是有些模糊和潦草，像年轻时代写的字，就是自己当年摹习魏碑时的那种。

"怪了！"

"局长，这不是你写的？"

"不是……"

"坏了坏了，我们上当了。这事只怪我，没回来问你一下……"

"也不是什么上当。只是……这什么时候写的呵？"

福庄毛发倒竖，依稀想起很多年前的某个雨夜，想起自己在某个破窑棚里遭遇的一幕。这就是当年那张字条么？他怎么也无法相信，事隔二十多年，这两件事怎么可能连接起来？他猛拍自己一耳光，看能不能把自己从梦中打醒。

周科长见到脸色大变，吓得赶快摸他的额头，摸他的脉跳，给他打开水和找药瓶，小心地查问原因。听他说完来由，忍不住大笑："局长，你今天没喝多少么，怎么就酒话连篇？我喝了八两白干，还可以玩游戏机。"

"信不信由你，这事实在是太奇怪。你想想，什么人可以拿出我二十多年前的字条？你看看，烟盒纸上是红橘牌。现在哪里还有这种牌子的烟？"

"那婆娘一定是个鬼！"

"我同你说正经的。"

"只能是鬼么。局长，她在二十多年前就看出你会当局长，就提前向你开口借汽车，不是个鬼又是什么？"老周又哈哈大笑，拍拍福庄的肩膀。

月亮已经移出云端。刚下过雨，溪里的水大声洪。从窗子里看出去，对面的山壁在月色里显得突然膨大了许多，逼近了许多，压得让人有点吐不过气来。黑森森山岭的剪影，嵌入当年的天空，与记忆中的曲线仍是严丝密缝地吻合，对于福庄来说十分眼熟。好了，有了这条聚焦清晰的山脊曲线，就有了通

44

向回忆的一条线索，足以分解混沌的往事。牛粪的气味，腿上的血痂，大路上嚓嚓嚓的脚步声，还有远处山脚下若明若暗的一粒灯火，都一齐扑面而来。

这附近肯定有一个窑棚。他记得更清楚了，他曾在那里躲雨歇脚。那是他第一次进山，来去两百多里路程，累得人死过几遍似的。他当时被同行人叫作"庄子"，担着Ａ字形的竹挑子，总是跟不上队伍。他还记得，他曾经用钓鱼线钩系上虫饵，在一个寨子附近钓了一只鸡，带到僻静处再把鸡头扭下。要不是庆子怕遭报应，他本来还可以偷得更多。但就是那天晚上，他下山的时候一脚踩空，摔在深深的水沟里，嘴里咸咸的，一摸，竟有一颗牙齿滚落手中——真的遭到报应啦。后来，同伴总算找到了他。他们在天亮前赶到一个小镇，见店铺都没开门，只得和衣睡在檐下，直到天亮时才被冻醒，发现破棉袄上已经披霜，甚至冻出了喳喳作响的冰凌。他们没有几个钱，吃不上肉和酒，只能用大米在饭店里换来几碗白饭，一个个蹲在街边狼吞虎咽……

他走出了旅馆，看到路边有一座旧戏台，粗大的木柱布满了虫眼，还有交错密集的划痕，就像重新披上了粗糙树皮，甚至有绿苔暗暗地爬上来。他走上一个坡，看见坡上有排排砖坯，有一个人字形茅棚，一如他记忆中的窑棚。他打亮手电筒，让光柱射进棚里，照亮那里的大堆柴草，其中有几捆已经摊散，是有人在那里睡过的样子。在窑棚的正中央，几匹砖架起一口锅。锅里的残汤还冒着热气，锅沿还沾着一片白菜。看看锅下，柴灰似乎很新鲜，风吹过的时候，有暗红色的余火一闪一闪。

这里显然有人刚刚离开。他突然心头一动：刚才上坡的时候，不是与几个人影擦肩而过么？大概有五六个人，发出嚓嚓嚓的脚步声，很像进山来担运竹木的买客。靠水库中一片月光的反衬，他看见那几个人鱼贯而行，背脊弯曲，脚步晃荡，A字形的竹挑子在肩头轻柔地一跃一跃。其中走在最后面的一个，两腿尽量向外撇开，走得有些别扭，好像裤裆里有什么伤。

"喂——"他突然一惊，追出去大喊，在群山里放出孤零零的声音。

"庆子，你们站住，等一下我——"

远处只有几声狗吠。他希望听到大路那边有应答，有脚步声返回来，然后有庆痞子的大骂和数落……但是庆痞子没有出现，最终也没有出现。眼前只有一片银月的光雾，行者的脚步声已深深落入雾海不知去向，没法打捞上来了。

"庆痞子——"他气喘吁吁，不知怎样才能追上去。

"贼养的！"

前面有喝骂声。一个黑影挡在路上，走近才可以看清楚，那不是庆子而是一个老头，手里操一根木棍。

"你们这些过山贼，搞下的呵？烧了窑棚里的柴，吃了窑棚里的菜，抹抹嘴巴就想跑？我一听见狗叫就知道没好事。"

"对不起，这事与我没关系。"

"没关系？那你喊什么喊？我看你们就是一伙。"

"真的没关系。我刚才只是好奇，想看看那些人是谁。"

"你是干什么的？"

"我从省城里来，考察你们这里的矿泉水……"

"矿泉水？"老头用手电筒把他上下都照照，"那也不是好事。牛也吃猪也吃的水，装个瓶子就卖肉价钱。这也是本分人做的事？难怪名字也叫得无聊：诳钱水。　诳就来钱了是不？你们以后不吃谷只吃水是不？"

"您就是那个窑场的主人？"

"黄老板拜托我守棚子。"

老人不让福庄离开，押着他返回窑棚，用手电筒照一照现场，更是气不打一处来："搞下的，搞下的，臊尿到处屙，钵子也打烂，何不把锅也吃了？"

"这样吧，我替他们赔钱。"

福庄掏掏口袋，发现自己没带钱，皮包留在旅馆里了。"你跟我到旅馆里去拿钱？"他又说。

"你知道现在一担柴多少钱？两捆柴，一只钵子，不收你多了，八块吧。白菜就算了。"

"好吧，八块就八块。"

两个往坡下走。天地转暗，月亮被云遮去了。他们走到半途遇到阵雨，便在路边屋檐下躲躲。这一阵风雨来得急，吹得树弯了腰，落叶飞上天，还吹出树枝噼噼啪啪断裂的声响。山上涌动着一种轰轰隆隆的声浪，大概是林木的呼啸。

"这声音好吓人，好像是人叫。"

"这算什么。"老头隐在黑暗里，只有烟头红了一下。"你要是到春上四月，碰上这样的风雨，在这里还可以听得到锣鼓声，号角声，刀枪过招的声。上百上千的人喊杀，也听得清清楚楚。这事一点都不假，要不这里怎么叫作喊杀坪呢？"

"这里不是叫作汉沙坪么?"

"汉沙就是喊杀。怕吓了外地人,就改个斯文的名字么。"

雨还在下。老头就说得更多。据他说,这里原来出了一个天子,是一个铁匠老婆与一条神犬配的种。天子一生下来就可以说话,七步之内可以成诗,用他的尿研墨写状子,没有打不赢的官司。朝廷晓得了,怕他篡位,发了十万军队前来攻打。没料到军队一进山,满山的竹子都炸,满山的石头都跳,都是帮助天子的兵,把官军杀得血流成河。不过寡不敌众,天子还是被朝廷拿去用油锅炸了。喊杀坪的杀声就是那时留下来的。

老头的结论更有意思:要是那次真让天子登基了,中国哪还会现在这样子?莫说竹木不会砍光,起码平价化肥和薄膜是尽量供应的,要走什么后门?

福庄忍不住大笑。

天亮之后,周科长出了房门,看见局长正在门口擦皮鞋,便问对方昨晚到哪里去了,怎么搞得满鞋都是泥。福庄只顾上擦鞋,没顾得上回答。

局长的奥迪牌轿车已经开回来,停在旅馆门口。福庄吃过早餐,推开司机小王的房门,把对方轻轻拍醒:"你昨晚辛苦。送到医院了?"

"送到了。"司机揉揉眼皮。

"生了么?"

"生了。"

"男的还是女的?"

"男的,还是双胞胎。母子都平安。你放心吧。"

"那一家姓什么?"

"我忘了,好像是姓林,又好像是姓王……"

局长其实也没打算问清楚,就算问清楚了,也记不住的。"时间不早了,起来吃点东西吧。我们要走了,趁天晴好赶路。"

1993 年 10 月

* 最初发表于 1993 年《上海文学》,获当年上海文学奖,后收入
小说集《北门口预言》,已译成法文。

山上的声音

山上有声音。

笃，笃，笃，像有人在那里砍树，越是夜深越听得清楚。

这很奇怪，什么人这个时候还在岭上？

好几天都是这样。月出东山，山上的声音就出现了。黄毛狗朝山上大吠，没吠出个结果，就喉头挤出一缕呜咽，夹着尾巴不安地逃窜，一次次被门后的一角黑暗吓得掉头就跑。地坪里有什么轰然倒地，好像是晒萝卜干的那一张大门板。不知是狗绊倒的，是风吹倒的，还是出于别的什么原因。两个女知青很害怕，关紧房门，一个劲地叫"全保、全保"。全保便和卫克来敲我的门，手里有手电筒和梭镖，邀我一起上山看看。

全保说，肯定有人偷树。

我有点害怕，问怎么天天都有人来偷树，不会是有鬼吧？不会是野兽吧？不会是外星人吧？

也可能是台湾特务来了。全保把路边一个破筐踢得很响亮，嗓门也雄壮地一连喊七八个走字，却没有真正往前走。"场长说，前几天台湾飞来的气球丢传单。"

卫克笑着说："可惜一张也没有看到。听说传单上尽是美女。

还有饼干，恐怕都让干部收上去吃了。"

"快走快走，去抓两个特务看看！"我也不能显得太胆小，得吼出点声音给女人们听听。她们的门紧闭，窗纸透出一团飘飘忽忽的灯光。

我们带着黄毛狗从谷仓后面上山，一路上蹑手蹑脚，没在乎谁在前谁在后，似乎也暗中在乎这种不在乎。白天看惯了的一切，山塘，水沟，田埂，林中小道，一截烂牛绳，都从黑暗中浮现出来，给人陌生异样的感觉，似乎它们都是一个人刚才来过这里的物证。

全保大叫一声，原来是发现了一头牛，不知是谁忘了牵回家的，正在山坡上甩着尾巴，散发出汗和粪的酸臊气。我能听到牛蝇嗡嗡的声音一哄而起。

全保又跳起来，把我的脚狠狠踩了一下。他说刚才看到一条蛇，足有扁担长，五光十色地在草丛中一闪，游到水田里去了。

我们总算勇敢地爬上坡，经过一片密密的树林，已经接近山顶，来到奇怪声音的大致来处。我们已经可以看见山那边另一个村寨，还有山下若隐若现的河湾。不知为什么，声音此时已经消失，就像什么事情也不曾发生。这就是说，没有人偷树，没有人盗墓，没有马熊或野猪的痕迹，更没有什么来自台湾的特务。连一个树干上的新斧痕也没有发现。风小些了，林子不再呼啸，蛐蛐声消散在腐叶气味里，消失在我脸上毛虫蜇出的奇痒之中。我只发现雾水开始在枝叶凝集，还发现了月光，潮湿而且毛茸茸的那种，似乎从河湾爬上山来，镀亮千山万水，渗入树木、草叶、岩石、泥土以及我们的肌肤，使一切都变得熠熠透明。我伸出手，差不多可以看见自己两手的血脉和骨骼，看到手臂里月光的流动。这是一个惊人的发现。我从此相信，月光是夜晚最大的事件。

月光也是夜晚一切事件最大的原因。我相信，月光可以使人心慌，使人无措或者失常。如果有女人在这个夜里突然尖叫，肯定没有什么别的原因，就是因为月光。如果有人在这个夜晚一刀结果了另一个人的性命，那同样不会有什么别的原因，还是因为月光。这些念头在我脑子里挥之不去。

我们放心地下了山，经过北坡那边的小庙。庙已经作为封建迷信被政府拆毁，只剩下几条麻石墙基和蔓延的野草。也许最近什么人家有了难，居然还有人来此供上长明灯，在残墙上贴几条红纸。纸上歪歪扭扭的一些字，大概是香客的祈愿。

全保把油灯嗅了嗅，说是菜油，可以带回去炒菜。我们早就缺油了，当然为之兴奋，找到一个较大的灯壶，把所有的灯油囊括一尽，也算今晚没有白跑一趟。

只有黄毛狗仍是惶惶，从前面往后面跑，又从后面往前面窜，溜出一串沙沙沙的急跑声，几次挤撞我的小腿。我不知道它在搜寻什么，要提醒我们什么。

后来有一天，我从镇上背了满满一篓薯种回来，路过石砒寨的一座桥——其实不算什么桥，只是横跨深涧上的两根大木。因为走的人少，桥面爬满了青苔，甚至还长出苦蕨。桥下是寒气升腾的哗哗水声，还有掩盖溪谷的杂树，鸟雀这一下那一下的鸣叫。一个小石子丢下去，很久才能听到闷闷的落地之声，有时候甚至什么也听不到，小石子被沉重的寂静吞没了一般。

我在这个桥上来去过多次，没把它当回事，有时还在桥上大吼大唱，唱草原红卫兵来到天安门什么的。但这一天有些奇怪，刚刚上桥不久，一种可能失足身亡的念头无端袭来，突然抓住了我。这个念头如此顽固和强大，顿时使我双膝僵硬，已经不像是自己的，怎么也没法探出步子。我伸出手想抓住什么，比方说抓住脚下的木头，但腰弯不下来，抓了好一阵还差几寸。我趔趄了一下，顿时两眼一黑。

事后想起来，这一天的风可能比较大，把我的喘息和自语都迅速吹远，变成我身后另一个陌生者的声音。盖满溪谷的树林在摇晃，似乎已经杀机毕露，眼看着就要呼啦啦向我扑来。我知道，这个时候任何一个不当的动作，任何一口粗鲁的呼吸，都可能造成强大的反推力从而把我轻而易举抹下桥去。但我不知道哪一棵树或者哪一块石头将是我的末日。

我一定是发出了惊叫。

桥对面有一个人。

这个人早就在桥那边，静静地蹲着，大概在等我先过桥。我曾隔桥看见他脸上白花花的疮痂，显然是个麻风佬，是从附近麻风村跑出来的。他蜷缩身子如一尊息翅的老雕，只有一双锐利的眼睛不时闪动，显出他还是一个活物，在暗暗捕捉眼前的动静。我不知道他什么时候已经上桥，朝我递来一只手。确切地说，这不是手，充其量是根肉棒，披着疮痂的细小肉棒，因为除了拇指以外，其余的指头都已经没有了。

我没有工夫恶心，也没有任何选择，只能不顾一切地扑上去紧紧抓住生命的希望。在这一瞬间，我万分惊讶那只手的力量，透着硬，透着重，透着狠和倔强，透出一种在地上生了根的稳定感，并且像电一样立刻贯通我的全身。我感到它足以挂住我的全部重量，即使我用全身气力去摇撼，即使再加上五六个人用全身气力去摇撼，也无法使它动摇丝毫。我从没有接触过这样的钢蹄铁爪。

我被这只手接引过桥，一脚踏到了厚重的土地。直到这个时候，身上全部毛孔才突然齐刷刷张开，顷刻就有大汗湿了衬衣。几乎被恐惧消灭的心跳，此时也才咚咚地恢复。

他往桥那边走去。

"多谢了，请问大叔贵姓？"

他给了我一脸疮痂，没有什么表情。

"你……抽烟？"我急急地举起红橘牌烟盒。

他犹豫了一下，走过来，伸出刚才那只肉棒，靠残留的拇指夹住香烟。

我给他点火。他不要，只是把香烟插进衣袋。

"你是唐家湾那个麻风村的么？"

他喉头发出咝咝的一道尖音，走了。

回到林场。天已近黑。我的第一件事情当然是赶快洗手，用肥皂，用敌敌畏，用碘酒和盐，恨不能把手刨去一层皮。全保和卫克听说我接触了麻风，也立即宣布戒严措施，大喊大叫，不准我碰他们的脸盆水桶以及任何东西，要我赶快去医院检查。场长哈佬的经验当然多一些，说麻风最毒在尿，不沾风尿就不碍事。他要我去镇上买一种三蛇祛风酒来喝，又要我站在伙房里，关闭门窗，烧了一把柴火。他不知从哪里弄来一把土硝投到火中，然后借着火光仔细看我。这种小游戏的结果是，他宣布我的脸色如常，没有蓝光，大可放心。

我后来才知道，这是本地人检查风虫的方法。

哈佬还向我打听过桥的麻风佬是什么模样，待我细细说完，他若有所思地点点头："是二老倌呵。"

"二老倌是谁?"

"你不认识的。"

"是唐家湾的?"

"莫是，二老倌就是这个村的，死了——哎哟，死了上十年吧?"

"死人?"我吓了一跳。

"你们明日早上到蛇坡上挖杉树坑，一人挖两个就回来吃早饭。我不来喊了，听见没有?"哈佬披着褂子准备回家。

我不让他走，不容许他这样吓唬我，这样搞乱我的思想和制造我的噩梦。他凭什么把一个大活人说成是死人?

他显得有点不耐烦了："我屋里桂蓉都要放人家了，我屋里的雪梅都做了娘，我还会同你打诳? 莫是别人，定局就是他。他走起路来左脚有点跛是不是?"

我回忆不起了。好像是，又好像不是。

这已经让哈佬把鼻涕抹得更加自信。"他镶了一个金牙是不是?"

我这次回忆起来一点印象，那个上唇完全溃烂的嘴上，确实有过金光一闪。

哈佬高兴了，一口咬定：就是二老倌么。他还说，前几天听到夜里的山上有声音，他就猜想是二老倌飘魂，只是当时没给我们交底。

这是一种让人心惊肉跳的说法。两个女知青闻之变色，吵吵嚷嚷就要哈佬批假，让她们回城里去。我当然半是害怕半是好笑，不想把农民的迷信当一回事。我和全保、卫克强烈要求哈佬说下去，让我们知道二老倌是个怎样的人，是怎么死的，怎么可能飘魂。世界上还真有飘魂这回事么？

哈佬朝猪场那边张望一下："莫什么好说的。回家卧南风去呵——"说完就走了。

他的躲闪是一个谜，更加引起了我们的好奇。我后来又问过其他人。这些本地人不觉得飘魂有什么奇怪，倒觉得我们的奇怪很奇怪。你们怎么认为世界上没有鬼呢？如果没有鬼的话，这人死了就到哪里去了呢？如果没有鬼的话，这做了善事或恶事的人如何得到报应？岂不是两腿一伸都赖了账？这天下还有什么公平可言？如果没有鬼的话，有的人活到八十岁，有的只活到十八岁，有的天天吃肉，有的天天吃糠，这一切不平之事如何解释？如何让人心服口服？

这一天，哈佬扛着一杆秤来称猪，走到塘坝上不慎摔了一跤，秤砣滚落到水塘里。他不会水，央求我们下水帮他寻找。我乘机胁迫，一定要他说出二老倌的故事，不然我就不下水。他没有办法，只好从实招来。

他说得没头没脑，东一句西一句的。我费力地去粗取精，才从他的话里总结出这么几条：

（一）二老倌就是他侄儿，从小不大务正业，心里不明亮，性子又烈又横，喜欢到外面打架惹祸，有一次还被人家打得自己的左腿骨折。

（二）二老倌被小镇上的一个麻风女惑住了。那麻风女面若桃花，搔首弄姿，围裙里经常藏着菱角和米糖，用来勾引过往少年。照老班子的说法，男风不能卖于女，女风可以卖于男，一卖风虫就可以给自己消灾，所以麻风女常用这个办法转嫁恶疾。

（三）二老倌的死是因为他作恶，有一次调戏一位小寡妇，还打劫人家的金镯子，一失手竟把人家推下山，尸体后来被一个挖药的人发现。这样的暴行自然引起公愤，寨子里的人只好给他"开款"。

我后来才知道，开款就是动家法杀人，是民国以来政府明令禁止的族规。当然，是否真正存在过这种规矩，说法也是各个不一。我见到的一位地方志专家就断然否认有这回事，说开款同放蛊一样，同"白马会"一样，都是以讹传讹，纯属历史伪造。专家还说，二老倌的故事更不足为凭，不过是长辈人编个故事进行道德训诫，吓吓人而已。

我不知道哈佬是否伪造历史。从他叙说的模样来看，他倒是说得有眉有眼活灵活现的：每一次秘密开款，全村男子都得参加。每人持铁钯一把，在开款前先将铁钯钉在树干，表示各自的决心和誓约。他们烧一堆大火，在冲天火光中由最长者唱款，也就是宣布族规家法。然后由伏法者的父母和全部嫡亲行款，就是动手杀人。他们用火烧或者用刀砍，一边杀自己的亲人，一边还必须大叫：杀得好！杀得好！不杀不平民愤！不杀天理不容！诸如此类。他们必须大碗喝酒，高声大叫，扎脚勒手地在场上冲进冲出，拿出一种大义凛然威武豪壮的劲头。如果他们不这样，如果他们有任何一丝悲戚或迟疑，他们就会受到宗亲各户的鄙视，比如说他们的红白喜事都不会有人来喝酒，他们盖房子不会有人来帮工——以后就永远抬不起头，做不起人了。

二老倌就是这样死的。

我对这个介绍颇感意外，因为我在石砒碰到的那个人没有半点凶顽迹象。

"这就对了。"哈佬认真地说，"开款才能开出好人来，这就叫归款。你懂么？这样的孽种，阳世时做了一件恶事，阴世里就要做七十七件善事来补过。阎王老子办事公道，规是规矩是矩，不是明求那号货。"

他是指大队的一个喜欢弄权的会计。

哈佬得到了他的秤砣，走了。他当场长只有一年，大概被上面认为工作不力，就免职回家了。他后来打米或打红薯浆，还路过林场的小土屋，一见面就模仿我们用省城官话骂娘，学着我们大喊"全保鳖""卫克鳖"，以示朋友间的亲热。但实际上，他还是越来越生疏了。我们请他进房里坐一坐，他只是嘿嘿笑，朝屋里一看，并不跨进门槛。

我们几个知青也很快散了。我的女朋友调去当民办教师，去了很远的学校。另一个女知青老是叉着腰，办了个腰骨损伤的病退证明，把户口迁回城了。卫克主管林场的代销点那半年，凡是干部来打酒或打酱油，他总是收半斤钱给七八两货，还加两颗纸包糖，把干部一个个都拍得眉开眼笑，终于被党支部推荐去读大学。惨一点的是全保，他年纪最大，做功夫又最卖力，还有一副唱歌的好嗓子，但因为父亲坐过牢，几次招工招生都没让他过政审关。他后来也是办病退才回城的。那一天晚上我帮他挑了一部分行李，送他到镇上。从镇上回来，我突然发现林场的小土屋里只剩下我一个人形影相吊。这张床是空的，那张床是空的，另一张床还是空的。这间房是我的，那间房是我的，另一间房还是我的。我望着窗外投进来的一角月光，心里有些空空的难受。

我不知道拿什么来度过今后的夜晚，那些好长的夜晚，好长好长的夜晚，好长好长好长的夜晚。那些夜晚里不再有朋友的笑闹和梦话，死一般的寂静里，只有山上不知来历的声音。我感觉到那种声音是专为我发出的，我是它的唯一听众。月出东山，它就及时地出现，笃，笃，笃，顺风飘流和飞扬，在我门前的地坪里旋绕，从我的窗子木栅间潜入，在我某本读过几十遍的破小说上跳荡，在我的床下或墙角悄悄囤积。

我认识了一个复员军人，住在一个叫棉花畲的村寨。他邀我去他家下象棋，让我少些寂寞。我去了，玩得太晚也就宿在他家。他家境不错，厚大被子有新棉的气息。但我光光的眼睛怎么也睡不着。主人以为我忌生床，我说不是。主人掌着灯要为我拍蚊子，我说不用。我后来总算想到，这里的月夜缺少我耳熟的声音，也就缺少了我必不可少的催眠曲。我已经不习惯窗外的山影一声不响。

我后来被招入县文化馆，最初一段也出现过这样的失眠。我不得不在睡觉前猛喝一大口白酒，把自己灌得天旋地转，才可勉强入睡。

我重返这个山寨，是十多年之后，熟人们一见，都哎呀呀大为惊喜，都说我"过得旧"，意思是没忘掉穷地方和穷朋友。他们知道我是作家，却不知道我写的小说。说实话，我以前写的小说很多都取材于此地，如果被他们读到，不知某些原型人物有何看法——他们不会责怪我过于刻薄和丑化吧？我后来才知道，他们并不知道我在小说里写到他们。他们只是一口咬定我在《人民日报》上的征联十分了得，三年之内居然无人可以对出下联。我大吃一惊，问这是听谁说的。他们说是中学的胡老师说的。我问那上联是什么。一个后生想了片刻，才想出来：童子打桐子桐子落童子乐。

我差点笑翻。

"你真是个化学脑壳，怎么读得进那么多书呢？出的上联怎么那样难对呢？听说科学院开了三天会，也没人对得出下联。"有个后生还是瞪大惊羡的双眼。

"哪有这样的事？胡老师怎么能造出这种谣言？"

我的大笑并不能纠正他们的误传。相反。我越是否认，他们越是觉得我谦虚，不过是低调做人，免得树大招风和引人攀附。我这才明白，传说比真实的力量要大得多。

我没有见到哈佬。听说他儿子去城里打爆米花，他插完早禾就给儿子帮忙去了。我去找另外一个熟人，顺便到岭上走一走。我想到了当年山上的声音，想起当年关于飘魂的奇怪故事。我看见岭上已有了几户新的瓦房。其中一户的门前，一位后生正在修理手扶拖拉机，两手油污污的。他给我让了座，筛上茶，说这岭上从没有什么奇怪声音呵。我仔细描述了那种声音。他想了想，哦了一声，说是懂鸡婆吧。他说懂鸡婆叫起来就像是砍树，要不就是岩蛙——岩蛙叫起来也是惊天动地，几里路以外都可以听到。

我下了山，走在一条泥路上，不时跨过深深的车辙。我想起那时候哈佬带着我们来修路迁坟，其中就有二老倌的一座——是哈佬指认的。我们砍去茅草和杂树，刨去草根错结的土层，撬开拱砖中的一块，一股热气立刻从缺口里冒出，吓得我们纷纷闪避。女知青更是捂住口鼻逃得老远。我从逐渐扩大的缺口里，看见了黑暗洞穴里面已有很多落土，还有依稀可见的朽木和白骨。我们已经挖过很多坟，发现所有白骨都一样，无法辨别贵贱，甚至无法辨别老少，二老倌的当然也没什么特别。他只是有一颗金牙，已经蒙上泥垢和污水，被哈佬擦一擦，才有微弱的一粒闪光。

我最为惊异的是，我在这座老坟里，看见了比较新鲜的板栗壳和苞谷粒，据哈佬说，这就是他飘魂出土的证明，是他吃剩的东西。在坟前的一棵歪脖子桐树旁，我还发现了一支红橘牌香烟，虽沾有雨渍和泥沙，但基本上完整无损，商标隐约可辨。

我捡起来看了看。

可能是出自我的烟盒，也可能是陌生过路人无意间的遗落。

那支烟，永远留在山里面了，也许我眼下还能找得到。

1994 年 11 月

＊最初发表于 1995 年《作家》，后收入小说集《北门口预言》，已译成法文。

暗　香

　　已经很久没听过这种声音，听上去有些耳生。他开始以为是老鼠啃木箱，工地上打桩，或者是楼上人倒腾什么，后来才发觉这声音与自己有关，就发生在自家门上——是敲门呵？

　　老伴从不敲门，因为她有钥匙，回家时只要戳得门上咯啦一响，篮里的蔬菜以及一天的日子就回来了。儿子也从不敲门，因为他去南边打工多年，连信都写得越来越稀，越来越短，后来干脆不写，充其量打个电话来，让老爹老娘颠颠地去巷子口，接听那个米粉铺里的公用电话，接听遥远的一声"喂"。

　　邻居更不会来敲门。他很少同他们交道，有时还会把张三叫作李四，把李四叫作王五，惹得对方不高兴。那么谁会来敲这张门呢？也许是敲错了门。他懒得理睬，但咚咚咚的声音锁定这一家，一次次再度炸开，更加气势汹汹惊天动地，让他不知所措也无路可逃。他偏偏一个人在家，如果老伴这时没有去菜市场，事态也许不会如此严重。

　　他从床上爬下来，总算找到了拖鞋，哆嗦着两腿来到门前，突然想到这副模样颇为不雅，又回身寻找棉袄，遮挡自己的内裤，包括补丁成团以致沉沉垂到膝头的裤裆。

"你……是找谁?"门外是一个逆光的黑影,他看不清楚。

"老魏!"

"对不起,你是……"

"你认不出我了?"

"我没戴眼镜,耳朵也不大管用……"

"我就是竹青呵,你连我都不认识了?"

对方已经报出了名字,主人应该恍然大悟才对,应该呵呵呵地及时亲热起来才对。老魏并没认出对方,但已经这样做了。

"师母还好吧?"

"好呵好呵。"

"令郎还好吧?"

"好呵好呵。"

"二哥和二嫂还好吧?"

"好呵好呵。"

"三哥……"

直到三哥三嫂、舅舅舅妈、姨妈姨父都好过了,全问候了一遍,老魏还没有看清来人。门廊里没有窗光,加上厨房的窗子已破了两块玻璃,用马粪纸凑合着挡风,整个门廊就如同暗夜。老魏接待着一种暗夜里的声音,努力地鞠躬和微笑。

对方显然听到了他急促的呼吸。"你病了?"

"老病,老病,就是心肌炎,支气管炎,还有点风湿。"

"哎哎,这穿堂风好冷,你赶快上床去。"

来者把老魏护送回床,用余温尚在的被子严密捂住他。到这时,老魏才拉亮电灯,总算看清了一脸大胡子,一脸有些僵硬的笑，还有一顶软塌塌贴在头上的蓝色呢子帽。这就是叫竹青的来人。这个叫竹青的人他应该认识，他毫无理由不认识。

"好久没见了呵。"他试探着搭腔，心里却寻思客用的茶杯在哪里，还有烟灰缸和火柴，因为久不用，不知被老伴收藏在何处。

"你不要动。"对方的屁股刚沾座位又跳起来，"你不要泡茶，小心着了凉。"

"既然进了屋，茶总是要喝一杯的。"

"天冷，我不喝。"

"对不起，没有准备烟。"

"我不抽烟，你躺下。"

"你今天怎么来了？"

"一晃就十多年了，想看看你。"

"你现在……府上何处？"

"回家了。在广西平果县，你知道这个地方？等到冤案平反，我身子骨也不行了，没干几年就退休了。乡下过日子省钱，空气也好。我还喂得几只鸡，捡些鸡蛋。"

"从广西来？好远呵。"老魏继续含糊和试探，"现在路上又不大安全，昨天报上还说有人在火车上明火执仗地打劫。"

"不晓得你情况如何，不看看你不得心安，就下决心跑一趟。哦，你躺下，不要凉了肩。"

"不敢当不敢当。你今天就住在这里。我家老秦去练气功，就要回来了。她做菜也还不错，刚好屋里有排骨，酒也有。可惜我不能陪你。我现在只喝点稀饭。"

"不要麻烦，我不吃饭，等下就要走。"

"就走？哪有这样的道理？"

"我坐几分钟就走。"

"你还有急事？"

"倒没有什么事。不就是看看你么？看见了，放心了，就可以了。饭在哪里不能吃？我这个人不会讲礼性。你看我，也是空着手进门，没给你带什么东西，也没带东西给玉姐，没带东西给小波。"

他是指老魏的妻子和儿子，看来对老魏家十分熟悉。这使老魏感到更加惭愧和窘迫：他也得问候一下对方的家人吧？可是直到现在，他装模作样地把药瓶子放到桌上又取回来，装模作样地把药瓶盖打开又给合上，还是没有记起眼前这个人是谁。他毫无意义地咳嗽，自觉咳得很空洞。

已经这时候了，老秦的气功还没完？他有点烦恼，认定女人是过河去买豆瓣酱了。她总是迷信河那边的豆瓣酱，河那边的肉肠，河那边的肥皂、卫生纸、扫把以及一切流言蜚语。其实哪里的不都一样？她迟迟没有回来，不能帮着老魏回忆一下，从往事中找出这个竹青。她至少应该招待一下客人吧？应该把炉火生旺一点，把旧棉絮和氧气包挪开，把尿盆塞到厕所里去，让客人有个像样的坐处。

客人扶着老魏坐了一次尿盆，倒了尿，洗了盆，又扶着老魏吃了一次药，量了一次体温，洗了个热水脸，没等到主妇回来，便搓搓手起身告辞。他不管老魏如何瞪大眼睛，如何拉住他的衣袖不放，如何叫叫喊喊像对付一个将要逃窜的入门大盗，只是一个劲地笑笑，说看到人就好了，看到人就够了。

等到主妇回家，椅子上只有一点余温。

"是个女的？"刚刚练完气功的老伴缩缩鼻孔，觉得屋里似乎还有点香气，嗅一嗅，又没有了。

"怎么会是女的？他一脸胡子，张飞一样。"

"哪里来的一股香味？"老伴狐疑地四下看看，"你从没说过竹青这个名字。"

"我刚才想过了，出版社从没有这个人。"

"下放认识的？"

"也不是。那些人你也都见过。"

"那不一定，我又没特务样的成天跟着你。"

"他刚才说，他遭难的时候我关照过他，他一直记在心里。你说怪不怪？那时候我关照过谁？我还能关照谁？"

"你还有不记得的事情？三皇五帝那些陈谷子烂芝麻你都记得，湘剧名旦姓甚名谁你也都记得么。"

老魏听出老伴的语气不对劲，便笑："你以为我要瞒你？你以为我还想瞒下什么作风问题？"

"放屁，这是你自己说的。"

"你也不看看这几个脚印，女同志有这么大的脚？"

主妇这才注意到，卫生间有两个泥水脚印，大概是洗尿盆时留下的。她操起拖把擦洗脚印，哼了一声："真是小脚印我倒也服了。也不看看你这吊颈鬼的样子，有什么值得看？莫说是同事，就是亲兄弟又如何？还记得你是老几呵？"

老魏知道妻子话里有怨气，怨他的三哥。很多年前，三哥被打成右派，遣返原籍劳动改造，挑塘泥时还闪了腰，一家日子十分困难。老魏便从每月三十多元的工资中省下十元，寄到乡下去。大侄女后来进城读中学，也一直住在他家，光是补习功课，光是病人请医生，就没让老魏少操心。不料"文化大革命"结束以后，三哥平反复职，又顺风顺水当上什么处长，甚至局长，还换了个年轻美貌的老婆……这就有点牛头马面了。前不久，老魏六十岁大寿，三哥据说要去北戴河避暑，不能来吃饭。这也就算了，可怎么连一个电话都没有？北戴河就不通电话么？大侄女倒是来了一下，坐了不到十分钟就走，丢下一盒瓷茶具和两把折叠雨伞，一看就是单位派发的福利用品，自己用不着，拿来打发叫花子……算了，这些屁事一说就血压高，不说也罢。

　　厨房里开始传来捶打煤块的声音，叭叭叭叭，捶得天地间有些震荡，人的思绪更有些破碎。老魏还想起了一些人，也都是与他有过交情的人。如果他没有记错的话，那些人以前的笑脸是多么热情，多么甜蜜呵。可是不久前他住医院，病危通知单都下了，病床前却冷清无比，连个鬼影子都没有。同房有一位病友，看着床头的苹果香蕉麦乳精蜂王浆等不胜烦恼，让家属一袋袋往家里搬运，简直是搬走了一个食品店，搬得老魏大为心寒。这叫人比人得死，货比货得扔。老魏呀老魏，你怎么活得这么惨？这是老伴当时说的。到最后，谢天谢地，他儿子以前的一位同学在医院里当电工，发现了他，送来一些苹果，在他床前违规抽烟，说了些不堪入耳的粗话，总共不过待了三分钟。但这已经足够，这些粗话也足以使他热泪盈眶，激动了整整一天，总是想找人说说。

他老魏不是个想不开的人。至少，他还是相信自己的人缘，相信老熟人们没来医院，不过是不知道他住院的消息罢了，不会有别的原因，不会。眼下竹青不就来了么？不就远道而来探望么？谁敢说他没人缘？

但他以年龄为线索，以姓名为线索，以自己的履历为线索，以表情特征为线索，一步步开掘自己茫茫的记忆，但最终还是没有找到一脸大胡子。这有些怪。

竹青到底是谁？

他怀疑自己脑子里叽叽叽叽全是煤渣。

又有十多年过去了。老伴病逝，老魏也更加年迈，买个米买个煤都十分不便，就应邀搬到女儿家。有一天，他去街口买了份晚报，吐匀了气，稳稳地朝垃圾站后面的大槐树走来。这里有一处空坪，成了一些老人经常聚集之处。有人在这里拍掌，有人在这里号叫，有人在这里退行或横行，大瞪眼睛或者猛伸舌头，总之形状无奇不有，几如牛鬼蛇神出笼，而且越奇越让人们信服，觉得必是强身健体的好门道。牌桌也必然会有的。围成一圈的玩家当中，必有一个耳朵上挂夹子或头上顶布鞋，忍受着输牌以后的惩罚。鸟笼也必然会有的。主人们交头接耳，交流着养鸟和驯鸟的经验，听群鸟喌喌啾啾啄走自己的晚年。

老魏不玩牌，不养鸟，只是在树下的水泥墩上坐一坐。他结识了一位老妇人，以前的湘剧名旦。老魏年轻时远远地看过她演戏，还记得她当年的倾城之貌，倒也不在乎她现在身肥如桶，一见到老魏就总是说："今天还好，打了两个屁。"或者说：

68

"不知如何搞的，一整天都没打屁了。"或者说："见鬼，今天的屁要打不打的。"她每日扑上脂粉描好眉眼以后便为这件要事欢喜或焦急，向旁人咨询这种动静对于腹部手术以后的意义。老魏还在这里结识了一位中学的老同学，也是死了老伴的，也喜欢谈古论今。但自从老魏有一次把对方的母狗踢了一脚，对方就有些赌气，脸上不再有笑容。无论老魏如何热情搭腔，对方总是不大聚神，顶多只是敷衍两句天气："今天天气很好。"或者是："今天天气不大好。"他们的交谈似乎在一声狗叫之后就由气象局管着，永远不再有其他内容。

老魏正在看报的时候，听到有人叫他的名字，直到那个声音越来越大，吸引了在场所有其他人的目光，他才抬起头来，朝垃圾站张望。

一双手捉住了他的手。

"你是……"

"你看我是谁？你看我是谁？"

"竹青吧？呵呵呵，认识的，我认识的……"老魏睁大眼，看清了眼前的大胡子，还有风尘仆仆的呢子帽。

"那一年你病在床的时候，我来看过你。"

"对对对，那是八三年，八三年吧？"

"又是十年了，你到底又老多了。"

"一年是一年么，你也都是两鬓见白了。"

"一餐还吃得两碗饭，就是有点哮喘。"对方掏出一个喷药器，朝喉管里熟练地哧哧喷了两下。

"你怎么找到这里来了？"

"问来的。"对方吐匀了气,"问了我一上午。"

"到屋里说话去。"

"不不,在这里看看你就蛮好。这里太阳好。"

"哪有这种道理? 到了门口不进屋的?"

"我就是看看你呵。看见人就好了,就放心了。"

"上次茶都没喝,这次说什么也要多住两天。"

"茶哪里不能喝呢? 饭哪里不能吃呢? 再说人老了,啰唆,我又哮喘,不方便的。"

"你到别人家不也是要住?"

"我不住了。今天还有一班车回广西。"

"你就要赶这班车?"

"人情累人,你礼性来,我就得礼性去,是不是? 我们都老了,不讲这个了。"他笑笑,又朝喉管里哒了两下,"只图个心安。见了面就好。"

四只手紧紧地抓着和揪着。他们以一种年轻人中少见的别扭姿态,带有一种疑似摔跤过招的意味,两体交缠相连,朝街口摇摆而去。巷子很窄很长,与热情奔放的大街相比,小巷最合适老人缓行,也最合适他们暗淡的唠叨和回忆。他们哎哎呀呀唏嘘了一阵,说了些有关死亡的事。老魏的妻子死了。竹青的长子也不幸病逝。君良呢,去年居然被汽车撞死,惨。余耀德呢,更惨,刚分上一套新房,还没住进去,就在一条棉毛裤里蹬岔了气,蹬出一个中风,去了太平间。还有老金,就是金大姐呵,最喜欢吃零食的金大姐呵,据说在床上瘫了四年多,磨得儿子女儿都没有个好脸色,摔东打西的。这样还不如死了的好。是的是的，自己连屎尿都管不住了，在后人面前如何做人？这刀子、煤气、安眠药不家家都有么？哎哎哎……

老魏闻到了来客身上一种香味："你身上怎么好香？"

"是栀子花香吧？这一段时间我家里那些栀子花开得正好，什么人去坐一坐，都要染上一身香。"

"对，你这一说就对了，是栀子花的香。"

"我同花木打了大半辈子交道，退了休也闲不住。我不抽烟，不喝酒，连茶都不爱，也就是有这小小的一好。"

"有点雅兴好呵，花草可以养心。"

"说不上雅兴。闲着也是闲着。我那位养女下岗待业，我教她一点老手艺，卖卖花，还赚得几个钱，可以贴补一下。"

这么说，他该是一个花工，而且是一个没有亲生儿女的花工。老魏感到疑惑的是，自己一生曾供职于学校、教育局、扫盲委员会以及出版社，但那里从来都没有花工，也没有什么花。他什么时候认识了一个花工？这位花工又怎么可能熟悉老魏这么多同事？还熟悉老魏的全家？

老魏正想用一种合适的方式打探究竟，刚清清嗓子，巷子已经走到头，暗淡的往事已经终结于喧嚣大街，对方开始告辞。他说哎哎时间不早了，他要去赶车了。他希望老魏老师以后多保重，多多保重。

"你慢些走，不要喘着了。"

"起风了，你自己回去加衣。呵？"

"现在挤汽车的人多，你等人家上完了，再上。"

"好的好的，我等人家上完了，再上。你留步，留步。呵？"

客人连连欠身，转身融入了上车的人流。他被挤得偏偏倒倒，最后一个登上公共汽车，一只套鞋还被车门夹住。

老魏看不见他了，只能对那只夹在门外的鞋后跟挥手。他久久地发呆，遭到一次友情的突袭后不知所措。他突然想起自己还应该说点什么，比方交代对方在车上要注意小偷，要抓紧扶杆，要注意站名，以后穿长裤时也不要硬蹬，要注意慢慢地穿稳稳地穿，如此等等。但他已经来不及说了。他甚至有点生气：你怎么这么匆忙呢？怎么来去得鬼鬼怪怪偷偷摸摸？当然，更重要的问题是：你到底是谁？

老魏一直走到邮局的门口才发现自己走错了，自己买的晚报也不知在哪里。他猛回头，没有大胡子在身后。这就是说，竹青确实走了，从记忆的空白中走来，一晃，又回到记忆的空白里去。也许，他永远没法知道这个叫竹青的人是谁。

后来有一天，他准备刷鞋，却打开了一只木箱。他老了以后总是这样，想要喝茶，却走到了阳台上。想要看看电视，却到处找自己的假牙。想要说点让女儿高兴的话，一开口却埋怨她把饭煮硬了或者把菜做淡了。他不知道自己为什么会这样，不知道什么人总是通过他做出他十分意外的事，包括打开了眼下这口木箱。箱子里有以前一些书、笔记本以及手稿，是他当编辑时留下的。其中还有两件小说手稿，是他偷偷写下来的，从来没有发表过。

一件大事就在这个时候发生了。他发出了一声大叫——原来他在一篇小说手稿里看到了竹青，蒋竹青，千真万确就是这个名字，而且还长着大胡子！是不是就是前不久那个来看望他的广西老汉？

小说是这样写的：竹青是个归国华侨，因为有一台照相机，被怀疑从事反革命活动，开除出教师队伍，当上了一名花工。在一次校园火灾事故中，他再次蒙受冤屈，被当作纵火嫌疑犯，由革命师生愤怒地扭送公安局。但他事实上是一个好人，多年来帮助一位素不相识的邻家哑女，得知哑女喜爱鲜花，每逢节日就在哑女窗前献上一束，以鼓舞对方自学和自强的勇气，直到哑女多年后成为一位名声大震的画家……那年头的小说，当然多是这一类浅白的故事。老魏现在记得更清楚了，他当时自以为写得还不错，尤其得意于自己对各种花卉的描写，真是写得五彩缤纷，芳香四溢，出神入化。

如果说有什么不满意的地方，他只是后悔自己没把故事线索展得更开，没把男主人公写得更加多姿多彩。竹青去了公安局以后会怎么样？他不会成为囚犯中的英雄吗？不会因为在地震或洪灾中救死扶伤，把警察们感动得一愣一愣的吗？他原来还有过什么经历？不可能是一个飞行员？一个实业家？一个教授？一个演员？在回国之前不可能有一段感天动地的恋情或者出生入死的历险？……

他越看越觉得恼，很不喜欢自己的旧作，尤其后悔当初没给竹青添上几个儿女，让他的晚景有点孤单。为此他吃不下饭，好几天都郁郁寡欢，甚至赌气不吃药，同自己过不去。当然，女儿和女婿知道事情原委以后，都大不以为然。女婿买来几瓶钙片，说报上早就警告过，老年人一缺钙就容易患痴呆症。女儿的看法不大一样，说不是什么钙不钙的问题，主要是要多动脑子，要用劲地想，想不出来的时候更要想。她还对父亲说："你一定要学会玩麻将。麻将活动手，也活动脑子。"

老魏笑了笑："我天天活动脑子，明白得很。"

"你明白什么呵？把去年记成今年，把长沙当作武汉，还明白？明白个鬼。电视里一下雨，你就要我们出门打伞。"

老魏瞪大眼："你说谁？你是说我？"

"怎么不是你？还成天念叨什么竹青不竹青的，我都怀疑你是白日做梦。未必真有这个人？你说他来过，怎么没见他到家里来？我们怎么没看见？"

老魏生气了："你们这是什么意思？说我骗人？"

"没什么意思，你吃饭，饭都冷了。"

"你们是嫌我么？我不一定要住在这里，我明天就走，我有自己的房子。我早就说过我要回去。"

"哪个嫌你了？你不要动不动就拿这话来吓人。我只是要你少一点胡思乱想，这也是为了你好。你住在这里，没饿过你，没冻过你，我们当晚辈的也对得起你不是？"女儿也生气。

"我给了钱的，我有退休工资！"

"我们是为钱么？是为钱么？"女儿更委屈，眼一红，跑到厨房里去了。

一餐饭不欢而散。老魏本来就无心吃饭，现在连汤都不喝了，偏不喝，留下那么一碗，看他们怎么办。他本来也可以不开窗子的，但他偏要打开，让冷风吹得自己浑身哆嗦，看他们怎么办。他从来说到做到，何况有退休工资他怕什么？

他不再与他们念叨竹青，只是窝在自己的房里，决心改写

74

旧稿，重写过去的日子，弥补自己的歉疚，追补自己的一番情义。可恶的风湿，使他手上的每个骨节都痛，胀大如竹节，整个手抽搐起来形同鸡爪。他揉揉骨节再写，写得很慢，甚至字都写不成形，写着写着就全身汗湿，大口喘气，心跳得厉害。他写到春天来了，写到竹青在那个春天落入情网，忍不住哧哧哧傻笑。写到秋天来了，写到竹青在那个秋天无辜受辱，忍不住老泪纵横，哭湿了衣袖。他后来完全进入了纸上的情境，比如写到苦雨，便已经换上了胶鞋；写到打雷，先用棉花团塞住了耳朵；写到饥饿，就赶快去厨房啃个冷馒头。他写到当年全国的武斗风潮和城里的停电断水，禁不住脸色惨白，急忙用脸盆水桶屯水，又买来一些蜡烛。

下一步就要写到竹青和他的花木了，就要写到蜜蜂嗡嗡嗡了。他关了窗子，也要女儿把所有门窗关起来。他们开始还不相信，说也奇怪，不一会儿，果真有蜜蜂撞得窗户玻璃叮叮响，这才惊讶老父亲的先见之明，才手忙脚乱地用碎布或废纸去塞住门缝墙缝，怕蜜蜂钻进屋来。他们发现屋里越来越暗了，原来是窗子渐渐被蜂群遮盖，黑压压的一片，眼看就要封住最后一孔日光。他们听到门外轰轰轰的声响，开始还以为是附近的汽车行驶，后来才知道是蜂群旋起一浪又一浪的轰鸣。女儿百思不得其解，是什么把这些讨厌的小虫子引来的？

她根本不相信，它们是前来寻找父亲笔下的花香。她收收鼻孔，冲着父亲冷笑："屋里哪有香味？明明只有咸鱼味。"

她是指丈夫买来的咸鱼——那种海鱼气味太重，一进门就要腥了整个屋子。

父亲哈哈大笑："你那个橡皮鼻子，还算个鼻子呵！"

父亲没有办法。没有人能证明花香，没有人能证明他的鼻子是对的。竹青也不在身边，不在他的房间里也不在客厅里也不在厨房里。他转了一圈后记起来了，竹青已经退休，已经回了广西的平果县。下一次来看他还不知是何时。他只能等着，一心一意地等着，等着他再次出现在面前。

他想好了，那个家伙肯定是见一面就要跑的，他没法挽留他，让他喝口水或者吃口饭。但老魏至少应该多送送他，一路上也可以多说说话。他有好多话要说呵。他已经多次了解和确证去火车站的路线，只是担心自己两腿无力，到时候登不上公共汽车的那个门阶，要急坏自己也急坏后面的人，要被后面的人白眼或埋怨。想到这一个要害问题，他找到一张木椅，把它当作汽车的门阶，每天偷偷地练习往上登。开始的时候，他憋得满脸通红，憋得尿湿了裤裆，怎么也登不上去。一个月，两个多月，三个月过去了，功夫不负有心人，他居然可以靠一只手攀住窗台，颤颤抖抖登上去了。再过了三个月，他更有长进，一声嘿，就可以无须攀扶地稳稳跨上木椅，志得意满，无限风光。他站在上面从容四顾，看到整个世界在他面前突然怯怯地矮了一截。

每一天的日子都过得很实在，让人放心。

他后来是在一个秋雨天去世的。他的手痛得只能停笔，看着远处电视天线上停落的一只鸟，突然感到肩背酸痛，胸内轻轻一颤，大概是撕开了一道裂纹，几分钟以后就撒手西归。大平间的护士给他换衣时，只是稍有些奇怪：这个老人身上骨瘦如柴，胸膛只剩下一包壳，两条腿倒是饱满强健，肌肉还略有弹性，是很青春的腿么。

女儿清理他的房间，发现一张木椅的椅面已经磨去一块油漆，磨出了黄澄澄的木纹，右边沿还磨去了棱角。这张椅子没法补救，拿给客人坐，肯定有失体面。她想了想，便拿去厨房里垫米桶。她还发现了一大堆纸，是七八个练习册，上面有些字大，有些字小，乱七八糟混在一起，完全看不清楚，如同天书。她想了想，把它们塞进火炉子烧了。

不久，她收到一封来自广西的电报：

家父×月×日不幸死于意外火灾，丧葬已毕，专此哀告。

落款是三个眼生的名字，大概是死者的后人。但老魏的女儿既不认识死者，也不认识拍电报的后人，还发现发报人没有留下地址，觉得这封电报没头没脑，可能是邮局出了错，便把它退给邮递员。邮递员说，这种死电报以前也有过，因地址不详没法投递又无法退还，只能在邮局里积压，真是毫无办法。

邮递员临走时打了一个哈欠。

1995 年 2 月

＊最初发表于 1995 年《作家》杂志，后收入小说集《北门口预言》，已译成法文、日文。

飞过蓝天

它是一只鸽子，但有人的名字，叫晶晶。

它饿了，落在屋檐咕咕叫，左顾右盼，总希望看到那个人的身影。晚霞已越来越暗，炊烟已快飘尽。要是平常，那个人早就回来了，担着柴，或扛着锄头，或提着柴刀，老远打响一个长长的呼哨。于是，晶晶飞过去，落在那个带有汗渍气味的肩上，挺胸四顾，得意扬扬，尾巴在主人脸上挤挤蹭蹭。那个人会轻轻抚摸它，从口袋摸出一把稻谷或绿豆，有时还有它吃上了瘾的野葡萄。

那个人把晶晶的名字叫得多了，它知道那就是自己的名字。它迎上去，任主人给它梳毛，任主人给它装哨子，在自己难受的时候，任主人填喂一种气味奇怪的白色粉末。有时候，他会带着它出门旅行，一次比一次走得更远，于是它兴奋无比，翅膀越飞越健壮，升腾和俯冲的动作越来越熟练，掠过附近一个大湖的时间也一次次缩短。如果带上足够的食物，它相信自己几乎可以啄来天上那些熠熠闪光的银色颗粒。

它当然不能全部听懂主人的话，但也能慢慢琢磨出对方的很多意思。比方说一声呼哨，那是他召唤它。比方说拍几声巴

78

掌，那是他放飞它。如果几声巴掌之后还加一声"着——"那它就得飞向北山，飞越大岭，飞到山谷里一间木屋前。它在那里会见到一个女人，就是一个长头发的人。对方解下它腿上的一个小竹筒，取出里面的字条。

当它从长发人那里带回了字条，主人常常会笑容满面。"这样快？老子要给你提高工分！"他可能这样说。"亲爱的，你是我的幸运之神。求求你，行行好，不会带来什么坏消息吧？"有一次他还这样说。

一般来说，他看完字条后会特别高兴，挠挠脑袋，伸伸手臂，在地上翻一个筋斗，摸出一个闪亮的铁匣子塞进口里左右拉动。奇妙的声音就在这时发出来了，像清晨雀噪，像流水回环，像阳光流经密林，雨点敲打绿叶……它常常在这种声音中发呆。

可现在，它很久没有去过那个木屋，没听到铁匣子里的奇妙声音，甚至好几次在例行进食的时候没有见到主人。牛犊饱了，正舔着母亲的肚皮。乳燕困了，正躲进妈妈的羽翼。人们呢，在一片片屋顶下与亲人们团聚。而它正面临着孤独与饥寒。

它要找他，要找到他。它飞到桌上，桌上只有几个臭烘烘的烟头，还有半钵剩菜。它飞到床下，床下只有破鞋烂袜。它飞到门外的大树上，四周仍然不见那个人的身影。如果说鸽子的锐目可以帮助它发现云外的来客，那么眼下不论如何睁大眼睛，它也没法发现天边那张圆乎乎的黑脸……

他是一个人，但有鸟的名字，外号叫麻雀。

在公社里整整一天的外交活动，累得他筋骨酸痛和喉干舌燥，脸部肌肉也紧张到了极点——那都是赔笑脸的结果。唉，招工，招工，招工！这件要命的事闹腾得自己脸面扫地，人不人，鬼不鬼。给公社秘书递烟，请招工师傅喝酒，装出谦恭和诚实，又迫不及待地吹牛自夸。要招有专长的人吗？你看看吧，我马上给你来一个底线切入反手上篮——嚓！这可是市甲级队主力的水平呵。不行吗？那我再给你来一段草原红卫兵之舞吧。你们要吹口琴的吗？要装收音机的吗？我还会杀猪和爬树和修锁配钥匙。可这样说出来的结果，是对方的哈哈大笑，然后还是摇头。

当然，有的知青竞争优势明显，不必这样劳神费力。他们到邮电所给局长老爹挂长途电话去了，或者到公社干部耳边打小报告去了，或者拿着钱打酒砍肉大摆宴席去了……谁都不是省油的灯，都有秘密武器，关键时刻一个个都彻底暴露，他妈的乱纷纷豪英四起一决雌雄。

他必须投入最后的一搏。现在，他坐在床上，靠着墙卷完第四根旱烟，长吁了一口气，无耻的目光落在鸽子身上。

晶晶从未发现过这种目光，感到有点紧张。

"好鸽子呀，一看就是名门出身，军鸽世家，祖上在比利时或者意大利立过战功的。行家哪看不出来？"

咕咕一声，晶晶感觉到什么，更增添了慌乱。

"不要怕，不要怕，你这样子人见人爱，人家不会把你怎么样。说不定让你更加吃香喝辣呢。"

晶晶可以听懂鸽子的语言，基本上可以听懂鸡鸣狗吠，但人的语言对于它来说还是过于复杂。它小心地继续观察着。

主人摸摸它的头，理了理它的羽毛，还从木箱里摸出半捧绿豆送到它嘴前……看来情况正常，没有什么事要发生。晶晶放心了，伸展一下翅膀，咕咕嘟嘟地表示兴奋和感激，啄掉第一颗绿豆。

主人的声音又透出了沉重："兄弟，这事只能你来帮我一把了。实在对不起，我舍不得你走，可有什么办法呢？人家还看得上你。我也只有你这件宝贝。那个老王八蛋，那个臭杂种，居然也是个玩信鸽的家伙，居然看上你了。你说这事……"

晶晶对这种语气和脸色再一次感到奇怪。他在跟谁说话？是跟门边那条狗吗？或者是对门外那棵树吗？不然神情为什么这样陌生？

"朋友总要分手，你不要怪我，好好地跟着那个王八蛋去吧。你帮了我这一次，我一辈子记得。你要是这一次帮成了，你就是我的大恩人，大救星，我会天天为你祷告……"他已经盘腿而坐，两手合十，闭上双眼，"天灵灵，地灵灵，保佑我的兄弟一路平安，无病无灾，长生不老，阿弥陀佛……"

晶晶不懂这些声音，但懂得脸色和语气。它不再啄食，飞到屋梁上，占据了一个随时可以逃飞的安全地带。

"吃吧，吃吧，你不要怕，下来吧。这就算咱兄弟一场，也有个告别宴会……"主人看着它，不再说话，眼里突然有了亮晶晶的东西。

也许是想让它安静，让它放松，让它最后一次听到主人的吹奏，他把铁匣子再次塞到嘴里，吹响了俄国的《三套车》，知青中的一支流行歌曲。他吹出了呼啸的雪花，颤抖的冰凌，一望无际的茫茫大雪原，还有从冷冷历史中飘来的马嘶。那是在一个异邦的河岸上，一个车夫在孤独而哀伤地歌唱——你看吧这匹可怜的老马，它跟着我走遍天涯，可恨那财主就要把它买了去，今后苦难在等着它……

晶晶觉得主人的泪花不怎么危险，咕咕一声，再次飞落桌面。

第二天一早，主人把晶晶塞进一个硬纸盒。里面多暗呵，多闷呵，多狭窄呵。鸽子开始不安地大叫，扑扑地挣扎。

主人找来剪刀，给它挖了两个方方正正的透气窗。

鸽子把头探出窗口，还在叫。

它是有点不习惯吧？主人嘀嘀咕咕，把它的食盆、衔来的树枝以及经常戏耍的乒乓球，都塞进了纸盒。

咕嘟嘟，咕嘟嘟——窗口里透出的声音仍然凄婉而惊慌。

主人提着纸盒出门了。一开始，晶晶虽有所不安，但以为现在不过是再一次出门旅行，倒也不像是什么灾难。但它渐渐有了疑心，因为过了好一阵后，它不再听到主人的说话声，更没听到口琴声。窗外有时明亮，有时昏暗，有时人多，有时人少，但都是陌生面孔和陌生话语。它还先后嗅到了汽油味、沥青味、皮革味等等它不知道的气味，先后听到了汽车喇叭声、火车轮子声、列车广播声等它不知道的声音，看来一切都非同寻常和凶多吉少。它在剧烈晃荡的黑暗中一直紧张万分，咽喉里抽出嗖嗖嗖的弱音。它只有在遇到猛兽时才有这种喉音。

窗口里塞进米粒和绿豆，还有盛着水的瓶盖，但它不吃也不喝，直到自己昏昏沉沉有点站立不稳。

不知什么时候，眼前突然变得明亮，一股新鲜空气扑面而来。是天亮了吗？是放飞了吗？是……它本能地缩紧全身，往后一坐，再猛地一弹，就箭一般射了出去。

"哎呀！你怎么搞的？随便打开盒子！我的鸽子，鸽子，鸽子哟……"一个中年人的粗嗓门留在了它身后。

一个小孩的哭泣声也留在了它身后。

晶晶不知道那些声音是什么意思，也不想知道，只是一头扑进了无边无际的开阔与自由。它又能飞了，又开始飞了，再一次让地面在翅下唰唰唰地微缩和模糊。当然，它很快就觉出些异样，忍不住打了个寒战。这是什么地方？空气太冷了，太干了，也似乎太粗硬了。它记得家乡充满着绿色，而这里黄蒙蒙的灰乎乎的。它记得家乡流动着白雾，而这里奔跑着一浪浪迷乱的飞沙。它记得家乡的群山中，有个美丽的湖，里面总是蓝天、白云以及一只与自己相像的鸽子。湖边还有一片林子，其中靠水的那棵老树旁，有几块构成三角形的大石头。它只要找到那些石头，就可以找到穿过竹林的小路，找到熟悉的屋顶，还有主人圆乎乎的黑脸。而那一切眼下都无影无踪。

这里离家乡大概太远。

它越飞越高，想望到更远的天边，哪怕看到一丝家乡的痕迹也好。但它绕飞了一圈又一圈，仍然一无所获。它呼叫了一遍又一遍，仍然没有听到任何回应。

高空中风小了，很宁静，但寒气更重。它已经有点昏眩和疲惫，但突然有一种不祥的预感袭来，抬头一看，眼睛睁得大大的。不好，那是什么？穿透云层而来的一个黑点，不正是一只兀鹰么？黑云般的翅翼，阴森的眼光，尖嘴利爪，甚至根根羽毛，都已经越来越清晰，如一股无声的阴风迅速逼近……

它只剩下一个意识——逃！

他一早醒来，觉得这个早晨少了点什么，想了好一会儿，才知道是少了鸽子的叫声。他看了看窗外屋梁上那个空空的鸽笼，心里很不好受。

他恨不得抽自己两个耳光。有什么办法呢？这次鸽子外交同样失败，虽然过五关斩六将，好容易讨得了招工师傅的欢心，但在"公社推荐"这一关仍踩了地雷。他妈的，公社书记明明是想安排老上级的儿子，明明是要做一把人情，却满嘴的漂亮话。先算了他偷狗和偷菜的老账，说他思想改造还不达标，狠狠打下了他的气焰。然后又笑嘻嘻地来拍他肩膀，说革命工作行行都重要，山区尤其需要知识青年，需要像你这样有文化的一代新人……呸，真是笑里藏刀的老行家呵！

一个老人喊着他的名字，咳了一声，把光光的脑袋探进房门："还没吃早饭啦？要吹哨子了。上午在丝瓜冲散囫粪。"

"队长，我……手痛。"

"你昨天背痛，怎么今天又手痛？"

他挪下床，右手腕一弯，好像再不能伸直了："哎哟哟，哎哟哟，怕是骨折了，怕是生了骨瘤……"

"那，那你就去看牛吧。"

"看牛……"

老队长没注意他的暗笑，吧了口烟，走了。临出门补了一句："快些搞饭吃吧。我摘了点辣椒和黄瓜，就在门口。你那个菜园子，也要趁天晴上点粪水了。莫懒呵。"

一把菜蔬又放在门槛边——不知这是队长第几次送菜了。当然，老人的关心还包括讲授各种为人处世的道理，包括给他找一把治感冒的草药，包括给他削一根扁担或补一顶草帽。更重要的是，他不知道养鸽子有什么用，总说应该养几只下蛋的鸡。他也不知道铁哑铃有什么用，总是劝主人把它拿到铁铺去打两把好耪锄……他不知道这个城里伢身上的哪个地方接错了筋。

麻雀有点感动，但并不后悔刚才的手腕弯曲表演术。他实在不愿在这个山冲与泥粪打交道了。记得六年前刚下乡时的情景，那时他有多么火热的幻想呵。他是瞒着母亲转户口的，是揣着诗集偷偷溜进下乡行列的。他渴望在瀑布下洗澡，在山顶上放歌，在丛林中燃起篝火，与朋友们豪迈创业就像要建起一座康帕内拉幻想中的"太阳城"。他还想靠自学当一个气象专家或林业专家，登上现代化科学的殿堂。当然，他也要让手上生出那值得自豪的硬茧，让腿上留有那英雄勋章似的伤疤。第一次上山砍竹子，他凭着年少气壮，不顾劝阻砍了百多斤。不料下山时，他逐渐跟不上队伍了，一步一跪，忍受着肩上火辣辣的痛，竟远远落到了最后。在一个急弯处，竹子太长，两端都抵住了岩石，卡得他既不能动，又放不下，加上草丛里沙沙地响，一条蛇倏然逝去，他急得哇哇哭起来……

后来，是老队长举着松明子来找到了他。

但这些并不使他泄气。那么是什么使他学会了手腕表演术呢？他想不太清楚。他只知道，第一次招工给人们的震动太大了。地位分化的可能和现实，使朋友们的热情消失得太快，算计增加得太多。关于托洛茨基和德热拉斯的讨论不知道什么时候停止，社会调查记录什么的被人们撕了卷烟，连菜园子也变得荒草丛生。对干部的顶撞，与农民的纠纷，知青户内部为大事小事发生的争吵，使大家在入睡前更多地想起了今后的出路。"光阴飞快地流逝，一去不再来……"一位知青经常唱起这支印度歌。

一个个都走了。有的是靠爸爸一张字条当兵走了，有的是招工或升学了，有的则公开宣布姑娘和金钱是目标，户口也不要，藏着匕首下山。连山那边那位热情为自己掌管衣服钱粮的姑娘，也不再让鸽子带来字条，一走就没有音信……于是，这个一度热闹的知青户，只剩下一只鸽子——就像他的影子。

现在，他连影子都没有了。

没有影子的人，还是一个人吗？还是个东西吗？

好久没打柴了。稻草也潮湿，根本不接火。小收音机里正在播气象预报，说是今后几天内还要下雨。他啪的一声把收音机关掉。

收音机旁有一封信，是一位老同学写来的："……老弟，你白长了一个脑袋，要干部推在（荐）你，实在容易。让他们喜欢你，有这号本事没有？如果没有，就得让他们怕你。专给他们找麻烦，让他们脑壳痛，逼他们甩包付（袱）！我陆大爷的成工（功）（经验）就是这样的……"

他用信纸点火的时候，把信再看了一遍，脸上冒出恶毒的冷笑。对呀，如今软的怕硬的，硬的怕狠的，狠的怕亡命的。

老子破罐破摔，要让他们六神不宁！

晶晶感谢那只灰鸽。要不是它，自己早被老鹰撕成碎片了。当时自己一个劲奔逃，忽而俯冲，忽而腾空，但那个巨大的敌人紧紧咬住它，始终像一片乌云笼罩头顶。不知什么时候，自己被刺树挂住，掉了两片羽毛，未感觉到痛，但身体不平衡了，速度开始放慢。就在这千钧一发的时刻，晶晶看到了它。咕嘟嘟——那是召唤还是在声援？晶晶飞过去，跟着它飞越一片枣林，滑过一个麦场，然后钻进一个大石磨下的窄缝里。这里老鹰无法挤进来，而且附近有人影，有狗吠，老鹰果然只敢在高空盘旋，绝望地叫喊一阵，最后丧气地飞走了。

晶晶向灰鸽拍拍翅膀，发出亲切轻柔的咕咕声。

灰鸽走了，不一会儿，又带来一大群鸽子。这是个多么热闹的群体呵。雄的，雌的，大的，小的，白的，灰的，此起彼落地飞翔和跳跃，鸽哨声响成一片。大家都打量着这个浑身雪白的新朋友。几只雄鸽还大声叫唤，蓬松羽毛，显示声音的圆润洪亮，展示宽阔的肩幅和挺健的龙骨。

咕咕咕——晶晶听出了它们的欢迎和安慰，也尽可能做出了回答，只是它关于湖水和水田的描述，似乎使对方觉得不可思议。它觉得自己已经说得够清楚了，但新朋友们还是一个个目光茫然。但不管怎么样，它眼下结束了孤单，重新进入火热的集体。是的是的，它记起了母亲的话，没有集体，活着还有什么意思呢？尽管在集体里也会有不愉快，也会出现争食或争偶的打斗，但群居才会有安全，有交流，有游戏，有欢乐的歌唱。它们扑扑地从一块麦田飞向另一块麦田，从一个屋顶飞向另一个屋顶……在这个过程中，晶晶已经学会了吃麦子和高粱米。

它吃饱了，喝足了，但还在东张西望，瞪大眼睛寻找什么。这里的一切使它没法忘记"那个地方""那个人"。那里有青山中的湖面，有山沟里的小木屋。它不是应该飞到那个小木屋去，取来小竹筒里的字条吗？它不是应该在那棵熟悉的老树枝上，等待主人在晚霞中归来吗？它怎么能停留在这里？

当然啦，这里有食物、有朋友，也有草窝，但好像还少了点什么。是的，这里似乎什么也不缺，唯独没有它日日相守的图景和动静。

它扶摇直上，又徘徊飘落，引得鸽群追随它求索上下，投来种种惊疑和询问的目光。天色暗了。首先是两只胖鸽发出了疲倦的呻吟，接着是一只麻色雄鸽发出了回家的号召。什么新鲜东西也没发现的鸽子们，渐渐不满意外来者的引导了。咕嘟——咕嘟嘟——它们用嘴梳理羽毛，清洗泥灰，摇着尾巴，恢复了如常的自在和安闲。当它们动身回巢时，发现晶晶还孤零零地立在一个废碉堡上。

如果附近有人，如果人可以听懂鸽语，那么就可以听到这样一场对话：

"你还要干什么呢？"有一只鸽子问。

"我要寻找。"晶晶回过头来。

"你找什么呢？"

"我……要寻找。"

鸽子们耸耸肩，发出杂乱的咕咕声：奇怪，奇怪。它们劝晶晶不要胡思乱想——是的，它们什么也不缺少，什么也不必去寻找。咕咕，它们吃了就玩，累了就睡。咕咕，在满足之后，它们是慷慨大方的。在饥寒面前，它们并不缺乏勤劳。但它们这些菜鸽从不幻想，只有刚出壳的乳鸽才幻想啦。咕咕，它们有祖先，也有后代，有自己的窝巢。它们虽然一旦长得肥满就会死于人类的刀下，但谁又能免一死呢？它们虽然飞不了多远，但谁又能逃出天地的大限？既然如此，那么大家就安于现状，至少赚一份舒适，不必自寻烦恼和自找苦头吧？

不，我要寻找。晶晶低下头去。

菜鸽们终于扫兴地飞走了。大地寂静下来，冷冷的夜雾漫湮过来。地头冒出一个金闪闪的圆，记得它有时像一个钩，有时像一个桃，今天怎么变得这样又大又亮？记得有一次晶晶向它飞去，想啄一啄它，但飞了好久好久，它还是远远的。现在，晶晶要去寻找心中的一切，会不会也像那次一样无功而返？

它完全没有把握。

它突然听到身边有扑扑的声音，回头看，是一只灰鸽——哦，它没有回去。

他开始了新战略。那天，燕子低飞，水缸出汗，蚂蚁筑坝，明明是要落雨的征兆，而且收音机里明明有大雨的预报，但他作为气象员偏偏不去通报消息。眼看一场暴雨说下就下，晒的一坪油菜子全被打湿了。刚下田的千多斤碳氨，被山水一盖，只怕肥水跑走了一半，急得老队长跺脚喊皇天。

公社秘书下来检查工作，他正好利用这个机会耍赖，口口声声说没衣服换了，要借秘书身上那件中山装。衣服虽没借到，但衣袋里一包烟却被强行"借"走了。秘书脸上红一块白一块，不好发作，只得拔腿就走，怕他又来搜钱和粮票，说不定还要抢手表。不几天，秘书的话就风传下来了："那个叫麻雀的，什么知识青年？简直是城里的街痞子。第三次世界大战一打，先把他捆起来！"

看牛当然也不能太老实。一上山，他就一个大字躺在地上呼呼睡觉，要放牛伢给他打扇，摘杨梅来供奉他。结果牛吃禾，牛打架，闹得队上鸡飞狗跳。那天收工点数，发现少了一头黑牛。

"我的娘，何得了！"队长在禾坪里急得团团转，"那头牛婆刚抱福，万一跌到山下，出手就是千多块呢。"社员们也惊动了，围拢来叽叽喳喳，对他投射埋怨的目光。

"我一双眼睛，哪里管得那样多？鬼知道它到哪里去了。"他坐在地上满不在乎。

"你是一个人，你要拿工分的呀！"

"我根本不稀罕工分。"

"那你吃什么？要你喂头猪，你懒。要你出粪平田，你又说做不了。看牛也当好耍？你你……"

"我怎么样？我早就不想在这里干了。你们讨厌我，谢天谢地。我就是希望你们讨厌我。快去给公社进一言，把我送走吧。"

队长的胡子都翘起来了，一跺脚："你枉吃了二十多年的谷米哟！"转身就急匆匆找牛去了……

老饲养员甚至急得呜呜地哭了起来。

深夜，队长带着几个人找牛还没有回来。山上有松林的呼啸和竹林的喧哗，间或有野猪叫或野鸟叫，还有一些不可名状的声音。唉，他们找到牛没有？他们会碰上野猪或者毒蛇吗？他们肚子饿了吗？会摔跤吗？他们的老婆孩子还在门边等待吧？……麻雀有点六神无主，终于提着马灯出门。高一脚，低一脚，四野黑森森，只有点点萤火飘忽不定。他后悔自己不该故意怠工，惹下这一场大祸。

但他捶捶脑袋，又停止了脚步。不行，他不能中止自己的战略战术，做事得做到底。他要咬牙关挺住，要继续表演下去。这个世界上强者生存，是蜂得有刺，是狗得有牙，是牛得有角，自己怎么能这样心肠软？对，应该回去，喝酒，睡大觉……

他挠挠脑袋，把一包香烟塞进队长家的门缝，然后跑回家了。

它们飞向南方。

脚下有波浪撞击的声音，大概是一个大湖，或是一条大江吧？到处弥漫着浓雾，浓得简直是一团团水。晶晶和灰鸽分不清白天还是黑夜，既看不到阳光，也看不到星光，更听不到人或者禽兽的声音。它们只感到翅膀已经潮湿，沉重如铅，麻木如无，一股无形的力量拖着自己下坠。但一听到波浪声逼上来，它们意识到灭顶的危险，于是尽最大的力量升飞……

它们不记得这些天来飞过了多少高山和大江。记得那天的暴风雨，真是惊心动魄。天地似乎卷进了一个无底的深渊，树干喳喳地被风刮倒，飓风抓住杂乱的沙石抛向高空，又重重地摔下去。它们无法控制自己，被风一次次掀倒，撞在树干或岩石上，撞得自己昏天黑地。跟跟跄跄飞了整整一天后，它们发现自己竟飞回原地，一眼就看见那根曾经告别过的歪脖子树，还有自己停栖过的小桥……

它们没有灰心，继续挣扎着向前，向前，向前。好，现在终于有希望了。空中渐渐变得暖和，地上的绿色也多了起来。还有那镜子般的湖泊，玉带般的渠道，多么眼熟呀。晶晶甚至隐约嗅到了故乡炊烟特有的气味。感谢灰鸽一路相伴，增添了旅途中的热情和勇敢。遇到老鹰，它掩护晶晶先行逃走。夜里栖息，它警觉地发现黄鼠狼的脚步声。晶晶打冷噤时，它亲切地靠过来献出温暖。它还那样善于歌唱：咕——嘟——咕——嘟——

它们飞呵飞，寻找呵寻找。对于晶晶来说，寻找成了性格和习惯，成了生命的寄托和生活的目的。为了不能忘怀的一切，它穿过了白天和黑夜，从远方飞向远方。

雾渐渐消散了。绿树上布满了金色的斑点，随着太阳冉冉升起，这些斑点在纷纷燃烧又纷纷熄灭。大雨把大地上杂乱的气味全部洗掉了，只剩下一片清新。鲜花摇动湿润的花瓣，与晨风低声交谈，与蝴蝶互送眼波。

应该休息一下了。晶晶回过头去，突然发现灰鸽不在身边，却停落在远处一个树墩上，眼光直愣愣的。它怎么啦？

是发现什么动静了？还是累得不想动了？如果晶晶现在能看见自己，就会理解灰鸽的眼光了——阳光下，晶晶显得多么瘦，多么脏，哪是什么鸽子，完全是一只老乌鸦。如果晶晶是一只从未远行过的鸽子，也能理解灰鸽的眼光了——这是一次多么茫然的寻求，多么疯狂的胡闹，多么可笑的一厢情愿！他们还要向前飞吗？还要投向没完没了的苦难么？

爱唱的灰鸽今天有一种反常的沉默。相反，沉静的晶晶今天反而成了个饶舌妇，咕嘟咕嘟唤个不停，一股脑地吐出焦急、惊疑、央求和鼓励……

可惜它的声音既细弱又嘶哑。它不知道，这种破砂罐的凶音不能再使雄鸽们摆尾挺胸，也很难再换来灰鸽的歌唱。

灰鸽犹疑着，焦急着，躲躲闪闪地支吾，终于长啸一声飞向天空，不过嘴指的方向不是南方而是北方。晶晶明白了什么，大声惊呼紧紧追上，在对方的前面绕飞一圈，想拦住对方，又在对方的侧面伴飞了一阵，想纠正对方的方向。但灰鸽看来去意已决，在空中来了几次躲闪，再次脱离晶晶的指引。

抛开情侣对于哺乳类和爬行类来说也许不算什么，但对于鸽子来说很不容易。悲伤浸透在晶晶的目光中。它追呵追，声嘶力竭，筋疲力尽，眼前只有那个飘飘忽忽的灰点。它根本不在乎灰鸽也瘦了，也掉毛了，但它不能没有对方的温暖，不能没有对方的保护，不能在劳累之后没有对方来清扫自己的羽衣。咕嘟嘟，咕嘟嘟，它叫得还不凄厉吗？它要怎样才能打动对方的铁石心肠？它边飞边哭，眼前不再有霞光和湖泊，不再有鲜花和露珠了，甚至也没有那个该死的故乡。它们一前一后又穿过了白天和黑夜。在向北的路程中，它们又看见了曾经飞过的高山和平地，一步步得到的，正在一步步丧失。

这一天早晨，灰鸽醒来时，突然发现身边并没有晶晶，只有一堆小松子，大概是晶晶留下的。当它真的发现身边空空荡荡，也感到一种莫名的恐慌和孤独。它大叫一声，闪电般升入高空，纵目四望，仍不见晶晶的踪迹。它已经不辨方向了，向东，向西，向南，向北，有点手忙脚乱和四处乱窜。终于，当太阳高升时，它发现脚下一片白光中有一只鸽子。白光在雾中闪着鳞波，而鸽子时隐时现，似真似幻。那就是晶晶吧？它为什么不回答？

它猛扑下去，失神中竟没注意到水的声音。扑通——它惊恐地挣扎出水面，但水淋淋的羽翼很难伸展，刚拍打出水面，又落了下来，再拍打起来，再落了下来……直到最后一条大鱼咬住了它的爪子，直到更多的鱼扑了上来。

水纹一圈圈渐渐平息了。

晨光从大树的枝缝里筛落。蘑菇笑眯眯抬起头的地方，蜜蜂和蝴蝶又开始了工作……

这里没有工作。这些与城市和农村同时疏远了的生物，只有笑骂，扑克牌，空酒瓶，来自父母的汇款单，《三套车》和《献你一束玫瑰花》。今天在这里吃完了，明天游击队向哪里出动呢？吃光用光，身体健康！来，干杯！为了友谊，为了户口，为了我们的好运气！

不好，酒没有了，现在到处缺烟缺酒，物资供应太紧张。听说河南水灾，辽宁地震。地震怕什么呢？在这里震震也好。第一把公安局的户口管理处震掉，第二把县政府知青安置办公室震掉，这样我们就可以返城了，就可以再次享受可爱的电影、足球、冰激凌、霓虹灯以及跨着脚踏车的街头聚谈了。

麻雀狠狠地抽着烟，一直没吭声。如果说，他第一次到这里来还有些不安，那么现在他已经对这里的空气渐渐习惯。自己似乎正在做一场梦。他学会了打扑克输了以后钻桌子和夹耳朵，学会了骂人、打架以及讲下流笑话，学会了大段背诵老电影里的台词，学会了用酒米引来社员的鸡，然后抓住塞进书包……可不这样又能怎么样？有时候，他也犹豫过，觉得日子不能这样瞎混，他也许应该去找另一些伙伴，比如那些爱因斯坦的崇拜者，或者那些能一气拉完整本练习曲的小提琴手，让自己多少活出点知识来，活出点豪气来。但他有点怯，觉得自己是一只疲乏不堪的麻雀，翅膀已经折断。

"你太懒了！"外号叫"瓦西里"的黑大个敲敲锅瓢，发布命令，"今天罚你和猪头去捕凤，有摆尾子也要得。"他是指打鸟或者抓鱼。

"凭什么要我去？"有人站起来，"我搞来了葱！"

麻雀倒没有争辩。

"那……"大个子为难了，只好求助于这个集体的最高裁决方式，"划拳吧！"

麻雀和瓦西里一出手都输了，好汉不食言，只好提起气枪出发。两人转了两个山冲，并未见到凤。好容易见到一条狗，瓦西里舔舔嘴唇，打了个响指，刚要举枪瞄准。麻雀猛然发现那是队长家的，一挥手，让黑大个的枪打偏了。

枪托一拐，还磕痛了射手的下巴。

"你疯了？"瓦西里怒吼起来。

"那条狗……算了吧。"

"它是你祖宗？"

"是你老祖宗哩!"麻雀也是喝了酒的,也是练过拳的,两人眼一瞪,像公鸡斗架,差点用拳头交锋起来。

"你他妈的一见母狗就起骚吧?要是在战场上碰到国民党的女兵那还得了?你还不哇啦啦就举白旗当叛徒?"

"你他妈的才起骚呢。见条狗就分得出公母,你看见苍蝇也分雌雄是不?"

有鸟叫的声音传来,就在不远。

这种可爱的声音使他们暂时休战。黑大个拍拍灰,赶快上子弹,弓着腰潜身树下,悄悄向前方运动。枪举起来了,呼吸停止了,嘣——树叶抖了一下,并没有打中。奇怪的是,那只鸟没有飞走,反而向前面飞过来,落在一个枝头上。可以看清,它个头较大,全身灰黑,像一只小野鸡。

咕咕咕——声音急切,好像有点耳熟,但又陌生。加上近旁有蝉灵子叫,他们听不太清楚。

"真没用!"麻雀低声骂了一句,弯腰上前,猛地夺过枪,毫不犹豫地举起来瞄准了。这一枪可要打中呵。射手暗暗假定:如果打中了,那一定是爸爸快平反了。如果还要第二枪,那一定就是只平反不复职也不补工资。如果还要第三枪,那一定是连平反都没戏……他觉得全家的命运此刻都掌握在他手中。

嘣——糟糕,爸爸不会被平反。慢点,它还没走,再来一下。嘣——它闪了一下,扑腾着飞离,但有点摇摇晃晃,没出三步就栽了下去。打中啦!两人一跃而起,跑过一个草坡,看到了苞谷地里的尸体。

这原来是一只鸽子。它软软地躺在草丛中,半闭着眼皮,胸脯流着血。不过它太瘦了，简直像一包壳，也太脏了，全身都是泥灰。实在是让人败兴。它是谁家的鸽子？大概飞了很远很远的路吧？大概是失群和迷路了吧？射手想起了什么，上前捡起鸽子，摸摸鸟嘴边黑色的血污，身上的泥垢，大腿上化脓的伤口，还有胸前稀疏欲脱的羽毛。突然，他眨眨眼，惊得脸色突变：

这是怎么回事？它腿上有一条破烂褪色的红绸带，还系着一个眼熟的鸽哨……他慌慌地梳理羽毛，发现一旦泥灰剥落，羽毛就展现出洁白。

晶晶！

他大叫了一声。

确实是晶晶，确实是。但它目光已经呆滞，凝望着射手，嘴喙轻轻颤动，像要说出什么，不过已经说不出来了。即算说出来，人类也永远无法听懂。

你要说什么？你说吧，说吧。真是你从远方回来了吗？你是怎样从千山万水之外回来？你变成这个样，我认不出了，辨不出你的呼叫了。你刚才扑着双翅飞过来，声声喊着什么？你是想像人一样笑，像人一样哭，像人一样诉说，像人一样大喊"不要杀我"，是吗？呵，我还是扣动了扳机。

他捧着逐渐冷却的鸽子，带血的手指在哆嗦。

入夜了，小屋里飘出吉他声和鸽汤的香味。晶晶的故事使大家感叹惊讶，议论了很久，但鸽汤还是要喝的。只有那个射手还在沉默，脸被炉火映得一闪一闪。他的思绪总离不开晶晶。不可想象，蓝天这么大，路途这么远，遥遥千里云和月，它从未经历过这么远的放飞训练，居然成功地飞回来了。当他酒酣昏睡时，它却在风雨中搏击前进，喷吐着满嘴的血腥气味向他一步步接近……他捂住了眼睛。

"同胞们，战友们，为诸位不会死于地震，干杯!"瓦西里举起了酒碗，使屋里又哄闹起来。没有酒，以汤代。没有汤，以水代。酒碗不够的时候，有人把茶缸、瓦钵、锅盖都凑上来了。有人发出傻笑，有人突然想起父母或者城市，眼里不觉流出了泪水。吵闹声和腾腾热气，冲得油灯的火苗直晃……

麻雀没有伸手。像突然悟到了一种什么，他深深吸了一口气，把一件上衣往肩头一搭，走向门口。临别时他回头扫了大家一眼，神情严肃，仿佛变成了另一个人。

"我……再也不到这里来了。"

"麻雀，麻雀，你怎么啦?"

"你们……王八蛋。"

"麻雀，你不要太娘娘心肠吧? 不就是一只鸟么?"

"我也是十足的王八蛋。"

他播下一片惊疑，然后默默地走了，沿着山路走向自己的家。那里有他的柴刀、锄头、扁担，还有口琴和鸽巢，以及散发出桐油香味的斗笠。

晚风吹来，山峡里一片蛙鸣。一条没牵进栏的牛在村头树下甩着尾巴，喷着粗气。小路上有游动的黄点，那是什么人举着松明子来寻找孩子吧?

天地间有这么多的生物，生来，又死去，死后化作泥和水，变成煤和石头，草木和鲜花。有一个人在这个夜晚相信：晶晶死后一定变成了那种淡蓝色的小花，有金色的花心。它在黎明时开放，像蓝宝石一样闪烁光芒。它在说："我回来了。"

这个人望着蓝天。

1981 年 4 月

* 此篇最初发表于 1981 年《中国青年》杂志，后收入小说集《飞过蓝天》等，获 1981 年中国五四青年文学奖、同年度的全国优秀短篇小说奖，已译成法文、英文、韩文等。

老狼阿毛

　　小朋友们应该知道，阿毛是一条白色长毛狗，出身不明，年龄莫辨，是一个心怀叵测善于伪装的家伙。他自从几年前的一个风雨夜被捡到这个家来以后，已经渐渐有了人的起居习惯，有时还能像人一样自命不凡，要要小性子。他发现人很讨厌老鼠，就成了个勤奋称职的门卫，一听到桌下有动静，就怒不可遏地冲上去，在一个小黑影跳上桌子的刹那间，差点咬住那家伙屁股头一根肉绳。

　　"你狗拿耗子多管闲事！"老鼠在桌子上尖叫。

　　"谁叫你私闯民宅？"

　　"这是你的家吗？"

　　"当然啦。"

　　老鼠吱吱吱地冷笑。

　　阿毛不明白老鼠在笑什么，不好意思说自己不懂，便全身一摇，让长毛统统张扬起来，撑出一个雄武而可怕的模样。

　　"假狮子，假狮子。"老鼠还是捂着肚子笑，"可怜啦你们这些狗，永远只是人类的走狗，永远变不成森林之王，比我们老鼠还不如。我们至少可以无拘无束，自由自在，四海为家……"

"你出去!"

"好啦好啦,谈正事吧,我是来请你去开会的。"

"少给我废话。"

"你也不问问我的名字?"

"我不管你叫什么名字。"阿毛的狂吠已经在喉头滚动。

"土鳖,真没礼貌。"

说到礼貌,阿毛只好把狂吠暂时咽回去,前爪在地上蹒跚不安地刨着。这时一只蜘蛛沿着桌边爬了过来,摇头叹气道:"亲爱的,这就是你不对了。人家国际大饼干请你去开会,你摆什么架子?你不过就是一条狗吗?哎呀呀,有什么了不起?"

国际大饼干是谁?是老鼠的笔名或网名吗?阿毛哼了一声,不想露怯,更不愿与蜘蛛一般见识,不拿正眼瞧他。

"亲爱的,你以为你像人一样剪指甲,像人一样梳头,像人一样洗澡而且还用什么进口的洗浴香波,你就不是一条狗了吗?你真的以为人狗平等或者人狗一家了吗?亲爱的,你听听人类的那些骂人话:狼心狗肺,蝇营狗苟,鸡鸣狗盗,人模狗样,狗盗鼠窃,狐朋狗党,狗尾续貂,狗皮膏药,狗屁不通,狗头军师,猪狗不如,狗眼看人低,狗嘴里吐不出象牙,狗走千里还是要吃屎⋯⋯哎呀呀,还有好多难听的我都不敢看,看了也不敢给你说。他们还不曾用这么难听的话来骂我们蜘蛛呢。算了算了,不说了。"蜘蛛连连摇手。

"说下去,说下去!"老鼠快活得大叫。

"亲爱的,还是让他自己去看吧,随便哪一张报纸上都多得很,真把老夫的肚子都气大了。"

蜘蛛今天的肚子确实很大，让阿毛不能不有点紧张。他收了收鼻孔，从蜘蛛身上吸入了一丝纸张和油墨的气味，还有樟木的气味，地毯的气味，陶壶的气味，看来这蜘蛛确实是从书房那边爬来的——那里确实有家具、地毯以及陶壶，还有很多散乱报纸。这就是说，蜘蛛确实有可能在那里爬过了很多报纸。阿毛对这一可能感到羞辱和愤怒，幸好脸上有一层层厚厚的毛掩盖了他的脸红。他嘟哝着："我不相信……"

"信不信由你。我听说胜利大街最近又开了一家狗肉馆，专门吃你们身上嫩嫩的肉，这个吃你们的腿，那个吃你们的屁股，加一点姜葱，加一点辣椒，美味美味真美味呀……"老鼠从桌上跳下来，幸灾乐祸地嗅一嗅阿毛身上的美味。

阿毛一声大吼，滚地翻身，冲着国际大饼干张开血盆大口。不过老鼠早有准备，唰地一下窜到墙根，而且在阿毛穷追不舍之际，一个急转弯便绕过花盆折向阳台。阿毛因为头毛下垂，视野被挡去了许多，没有看清对方的急转弯，一直扑到空荡荡的大厅，才发现四周一点动静也没有。他在桌子或柜子后面看了又看。

"说下去，说下去！"老鼠还在什么地方大叫，"我们要言论自由——"

阿毛陷入了痛苦之中。很多年来，他一直自以为是主人的好学生和好帮手，甚至是主人的铁哥们或者甜心宝贝，连屙屎都有了人的文明，一定屙到厕所里去。他差点就要从人类那里学会接电话了，学会上网聊天了。他绝不相信他的主人在给他梳头洗澡剪指甲以后，会做出出卖他的事情。但蜘蛛说的那些话挥之不去，让他有点睡不着，忍不住溜进了主人的书房，哗啦哗啦扒拉茶几下的一堆报纸，想看看蜘蛛说的是不是事实。

阿毛没有上过小学，甚至没有上过学前班，认字的能力其实很差。他总是被主人圈养在家里，外出的机会不多，不似老鼠和蜘蛛那样四处游荡见多识广。虽然主人读书读报的时候他常常趴在旁边伴读，但人类使用的很多词语，还是让他头痛，偶尔听入了耳的一些词语也支离破碎。因此，他眼下把那散乱报纸扒拉一阵，还是没有看出个究竟。不过他果然看到了报纸一角有个狗肉馆的广告：两只头戴厨师大白帽的狗，守候在餐厅门口，弯腰摆手做出一个请客人入座的姿态，嘴里还吹出两团云彩，似乎图片中的人说起话来都非得这样吞云吐雾不可的。"哗！陈氏狗肉馆开业一个月内五折大酬宾！切莫错过良机！……"

阿毛估计云彩里的这些字不是什么好话，很可能就是吃狗肉要加姜葱和辣椒之类的混账言论。

阿毛挑起一条后腿，冲着这个广告撒了一泡尿。还不解恨，又围着这个广告团团转了几圈，选好落点，撅起屁股，在广告上面准确无误地屙了一包屎。他让轰轰烈烈的胜利气氛掩盖了报纸上的无耻勾当，这才气呼呼离去。

这一天，他没有睡到主人床边的狗窝里去，而是睡到大衣柜下面一个黑暗的死角，有一种很孤独和惆怅的神情。

"你出来！你出来！"他被房间里嘈杂的声音惊醒了，听到男主人愤怒的声音，看见男主人脑袋朝下，冲着这个死角喷出牙膏气味。

他吓得更加往死角里面收缩。

"你造反了呵？你看你把家里搞成什么样子？居然还屙屎撒尿！你出来！老老实实出来！把自己的犯罪现场看一看！"

"妈呀！我的保修单和发票！"这是女主人的声音。于是屋里更乱了，似乎是女主人两张更重要的纸被阿毛咬碎了或抓破了，主人更加怒气冲天。女主人甚至哭了起来，说她早就忍受不了这遍地狗毛，早就忍不了这成天狗叫，而且她现在刚买的一套高保真音响就没有了发票和保修单呵呵呵……她逼着男主人做出多年来没完没了的选择：臭王八蛋，你是要我？还是要狗？

"我我我没有咬你的保修单和发票……"阿毛委屈地叫唤。

"你还凶？看我怎么收拾你！"男主人误解了他的意思。

"肯定是国际大饼干捣蛋，那家伙想加害于我！"

男主人还是听不懂阿毛的话，抄来一把扫帚，用扫帚杆捣击大衣柜下面的阿毛，幸好有一个纸盒子挡着，扫帚杆只碰到了阿毛的胡须，没有什么太大的危险。最后，屋里闹了一阵，有一张什么椅子倒了，有一个盆子发出咣当响声，然后男女主人都出门去了，只丢下了男主人一句恶狠狠的话："今天非要饿死他不可！"

他们的脚步声下了阶梯，出了楼门，上了林荫道，一直到院门外嘈杂的汽车声浪中去了。阿毛这才偷偷从大衣柜下探出头来。其实，他不担心扫帚杆，男主人在这种情况下通常都是做做样子而已。那个女主人呢，样子看起来很凶，从来没几句中听的话，但给阿毛织过毛背心，扎过小辫子，总的来说也是个外强中干嘴硬心软的家伙，没什么了不起。阿毛一眼就能把这些人看穿。一旦阿毛闹点感冒发烧之类，你看吧，男主人会忙得屁滚尿流，女主人也会上来搂着他上医院，测体温呵，照片子呵，开药呵，打针呵，让阿毛感动得真想给她一个吻。想来也奇怪，邻家那个小孩感冒发烧的时候，女主人没流过泪；连男主人的母亲感冒发烧的时候，她也没流过泪。似乎人对人反而不容易流泪的。

人对人似乎也说话很少。男主人总是对阿毛发出各种古怪声音，甚至经常把他的名字叫错，阿大毛，阿毛毛，阿大宝，哈毛，哈哈毛，哈哈嚎，娃哈哈……就是说，男主人没话找话，神智不是很正常，经常找一大堆词来养养嘴，把阿毛的名字七揉八搓弄成一块糖。但男主人对自己的母亲倒无话可说，成天像个哑巴。老人后来哭哭泣泣离开这个家，说自己活得还不如一条狗。阿毛觉得奇怪：老人家睡床，狗只能睡狗窝。老人家穿衣，狗只能赤身裸体。怎么她会觉得自己不如狗呢？可能是觉得自己没有阿毛那么多甜丝丝的名字吧？

想到这些，阿毛把尾巴摇得得意扬扬。

现在，他再次摇动了屁股后面那一杆大旗，重摇三圈，轻摇三圈，还是没有嗅到鸭肝或肉骨头的气味，连剩饭剩馒头的气味也没有。这就是说，尾巴今天不再战无不胜，事情似乎非同寻常，主人可能要跟他较真了。不就是撒了一泡尿、屙了一包屎吗？这些叫作人的家伙怎么敢做这种缺德事？居然可以断粮草？呸，他们自己不也要撒尿屙屎的吗？他们成天穿着裤子，常常把自己关进厕所，在厕所里面还喷上香水什么的，还挂上风景图片什么的，就以为别人不知道他们同样有撅屁股嗶里啪啦的事情。可笑。那些臭臭的事情骗得过人的眼睛，从来骗不过狗的鼻子。其实屎尿就是屎尿，不是什么坏东西，透出了鲜美的气味，至少比巧克力和 XO 不差，有什么必要遮遮掩掩？这真是太不合理了，太不公平了，太不像话了。公安局真得把这事管一管。

不知过了多久，他舔了舔索然无味的扫帚，还舔了舔更加索然无味的桌腿和墙根，饿到要翻白眼的时候，终于忍不住用鼻子顶开了窗户，顶出了一条缝隙，夹着尾巴从缝隙里钻了出去，再从阳台上纵身一跳，来到了气味丰富无比的大院。

他在这里还是没有找到肉骨头，没找到剩饭一类可以将就的东西。他在路边嗅到了一条母狗的行踪，嗅出了这条母狗与一条公狗在草地上恋爱和偷情的故事。他在墙根嗅到了一只野猫的残痕，嗅出了这只野猫在垃圾桶那边向一只小老鼠施以血腥暴行的全部悲剧过程。他时而嫉妒，时而恐惧，但对一切守口如瓶不动声色。他在这一片似乎没有发生过任何事情的院子里跑来跑去，还嗅出了蚂蚁的悲泣，蚯蚓的偷盗，麻雀的陷害，蟑螂的狂欢，当然还有人的种种秘密。比如有一个学生向他母亲说，他刚才在学校里补习数学，但他的鞋底上明明有足球场上草地和尘土的气息。还有一个男人向身边的女人说，他在出差的这一段时间如何想念她，但他的袜子上和提包上明明有另外两三个女人的复杂味道。他对这一切当然习以为常，还是守口如瓶不动声色，顶多只是摇头晃脑地喷两个响鼻，有点暗自得意。

阿毛决定今天要很晚很晚才回家，要让主人们找不到他然后着急万分，要让他们知道胡作非为的严重后果。他相信只要主人发现他不见了，就会狗一样到处乱窜，会满头大汗地把他阿毛的名字喊遍全世界。

那一次，阿毛不过是同小母狗幽会去了，他们把配有阿毛照片的寻狗启事张贴在大街小巷，让阿毛借机大出了一次风头，成了很多人议论的话题。当时他十分满意地躲在草丛里，看见男主人同女主人一会儿出门，一会儿回家，互相埋怨面红耳赤。阿毛还看见女主人在路上见了另一个女人，两人的身上都有狗的浓浓气味，于是两人都大说自己的小狗，最后抱头痛哭，一把鼻涕一把泪。当然啦，那个女人后来就成了家里的常客，就像主人其他一些客人一样，每次来都要给阿毛带来美食罐头。

阿毛突然嗅到了老鼠气味，准确地说就是国际大饼干的气味，更准确地说是一种四方奔走激情澎湃壮志未酬的阴谋家气味，让他有些好奇。这种气味时断时续，绕过一栋大楼后，向另一栋未完工的大楼延伸而去。光线越来越暗，乱石和杂草也越来越多。

"站住！"一个小老鼠从乱草里冒出来。

"我来散散步……不行吗？"

"这里面是精英聚会，你不能进去。"

"这里未必有最低消费限制？"

"那倒不是，但阶级斗争形势确实很复杂。"

"是国际大饼干……请我来的。"

"你是说我爷爷？你怎么认识我爷爷？你是他的投资合伙人吗？"

"告诉你，他是我手下败将。"

"哦，你一定是阿毛。我爷爷说了，他对你太失望，太生气。你们这些狗都被人类宠坏了，教坏了，连兽性都快没有了。讨厌！"

"我没有兽性？"阿毛一直想当人，不以为兽性是什么好东西。不过玩兽性毕竟是老本行，他想了想，把嘴巴大大地张开，露出尖尖的门牙和血红色的长舌，做出大灰狼凶狠的嘴脸。

"这还差不多。"小老鼠被他的血盆大口感动了，左看看，右看看，犹豫着说，"你等在这里，容我进去通报。"

事情的结果，是国际大饼干乐颠颠地跑出来，也对阿毛的血盆大口恢复了信任感，对他尚未吃上早餐也深表同情，终于让他进入烂尾楼的地下室。直到这时，阿毛才知道，深受人类迫害的动物界代表正在这里召开一个空前团结的大会，正在这里表达他们对人类深深地忧虑和怨恨。与会的猪代表叫花花肉总博士，正声泪俱下地控诉人类如何红烧他们，如何油炸他们，如何清炖他们，如何熏腌他们，说到惨不忍闻之处，鸡女士大概也勾引出心头呱呱呱呱的伤心事，情绪激动地哭了起来，不过她的哭只是呛，以母鸡的特有方式，喉头一挺一挺地干叫几声而已。

国际大饼干觉得眼泪有点离题，一只脚敲敲桌面："吃我们一点肉倒也没有什么了不起，我们动物从来都是比较大方的，身上有肉就大家吃，是不是？我们不像人那么小气，动不动就搞什么人道主义，从来不让我们吃他们的肉。"

"是呵是呵，人道主义真不是个东西！"猪博士喷出两注鼻涕，继续控诉人类如何红烧他们，如何油炸他们，如何清炖他们，如何熏腌他们。

国际大饼干不耐烦地再次插话："诸位请注意，发言不要重复，不要重复。问题不在于猪肉好不好吃，在于不饿的时候就不能吃肉，这就是我们动物界的伟大原则，是我们兽性的崇高所在！可是人呢？可恨呀可恨，他们不饿的时候也要行凶，他们为了貂皮杀貂，为了象牙杀象，为了鹿茸杀鹿，为了鳄鱼皮杀鳄鱼。他们干这些事情的时候肚子里都是饱饱的，完全没有说得过去的理由。这还不说，他们甚至为了权力和观念发生世界大战，自相残杀血流成河，我们动物界全体精英对此感到不可理解！"

"顶，顶！献花！"猪博士用耳朵扇走了一只苍蝇，继续控诉人类如何红烧他们，如何油炸他们，如何清炖他们，如何熏腌他们，还是没有顺从老鼠的引导。

"真是头蠢猪！"国际大饼干气得翻了个白眼。

一直到花花肉总博士在呼噜呼噜地控诉中出现了鼾声，发言权才移交给乌鸦代表，而牛代表、龟代表、甲虫代表等也接下来一一口头跟帖。他们不但控诉了很多人类的罪恶，而且报道了很多可疑的新情况。比如小奶牛曾经听他的主人说，他们准备在牛奶里面大加防腐剂以便陈奶可以冒充鲜奶，从而获得更多利润。更为骇人听闻的是：乌龟曾经听两个小孩子说，他们正在研究什么科学，准备做出一个比原子弹还厉害千百倍的基因武器，就是让牛长出六只角，让鱼可以长出四个头，让人类的发情设备统统失灵。甲虫没有什么好说的，就说他看见了两个男人互相吐唾沫，然后互相扇耳光，啪啪啪惊天动地，如此而已。

蜘蛛也在这里。这个蜘蛛身上仍然有油墨和纸张的气味，一副很有学问的样子，在听发言时上蹿下跳地忙着结网，把大家的发言要点记录在这张闪闪发亮的蛛网上，有一种要成为历史人物的劲头。

阿毛第一次听到这么多激动的发言，见大家都说，觉得自己也应该说说，比方说说人类居然没有发情期，不在发情期内的他们居然也交配，有时大汗淋漓的，实在太累啦，太流氓啦。但他拿不准这些是不是人类的缺点，也拿不准他自己应不应该参加这种对人类的攻击，就舔舔嘴巴没有吭声。

最后，蜘蛛总结了动物代表们的学术共识：

一、人类已经疯B了；

二、人类已经抓狂了；

三、必须紧急动员起来对人类进行坚决斗争，把自由和民主进行到底，让世界充满爱，让祖国明天更美好。

在国际大饼干的提议之下，动物们纷纷举起尾巴对蛛网上的这份决议表示赞成，没有尾巴的昆虫就摇摇头上的触须，用他们的方式鼓掌。

此时的动物们都面容严肃，因为他们都明白，他们是弱势群体、贫困群体、边缘化群体，如果动武的话根本不是人类的对手。他们都没留过学，不是博士或者硕士，不会讲英格利士，不懂得什么科学，因此下一步的斗争当然只能悲壮。老牛就是这样站出来了，说牛类再也无法与人类合作，经过慎重考虑，他们一致决定患疯牛病，也算是宁可玉碎不可瓦全吧，让人类再也吃不到美味的牛肉，让人类知道知道牛类的尊严最终是不可侵犯的。大概是受老牛这种慷慨捐躯英雄气概的感染，鸡女士也激动不已地站出来。她说鸡类愿意向牛类学习，为了配合牛类崇高而伟大的敢死行动，鸡类决定分期分批患上禽流感，让人类从此见鸡而惧，见鸡而逃，不但没有鸡肉可吃，连鸡蛋汤也喝不上——看他们以后拿着西红柿去打什么汤。她的表态也受到了大家热烈的摇尾欢迎。在这样同仇敌忾的气氛中，她和另外几只小鸡立即大声干咳，表示他们说干就干，马上开始努力表现禽流感的特征。其他动物也学样，大声干咳，大声干呕，看自己能不能找到流感的感觉，能不能跟上起义斗争的大好形势。

只有猪在偷偷地往牛身后面缩。国际大饼干一把揪住他的耳朵："花花肉，你唧那个唧呵？"

对方没听懂："你说什么？"

"唧那个唧，就是唧那个唧！"

"土鳖，你得说普通话！要是我说呼噜个呼，你听得懂吗？"

"我是说，你们吃得这么脑满肠肥，就不准备有所作为吗？"

花花肉气呼呼地说："猪类与人类永远不共戴天！猪可杀不可辱！猪生自古谁无死，留得猪肺照潲盆！我们一定要为千千万万死难的同胞报仇！哇哇哇……"

"你别光说大话。你们猪不是也可以患口蹄疫吗？"

"不行，不行，口蹄疫太难受了。"

"那你就心甘情愿让人类吃你的肉？就愿意未成年的猪也变拼盘和上菜谱？"

"我不长肉，再不长肉了。要不，我就把肉长得特别粗糙，特别平淡，像塑料肉一样索然无味，这样人类就没法吃了是吧？"

"你倒是会偷工减料。不过这还要问大家答不答应哩。"国际大饼干转身问其他动物，"他不打算患口蹄疫，你们说怎么样？"

"口蹄疫！口蹄疫！口蹄疫！……"动物们齐声高呼。

乌龟这时乘机揭发出花花肉的历史问题，说他为了争取当上种猪，经常讨好人类，曾经打小报告称牛羊肉的蛋白质和维生素含量远非猪肉可比。大家一听更生气了，再一次强烈要求："口蹄疫！口蹄疫！口蹄疫！……"

不知由谁带头，他们还喊出一阵阵愤怒的口号：

"全世界的动物们联合起来！"

"非暴力、不合作的禽兽们战无不胜！"

"动物团结一条心，试看天下谁能敌！"

"撼山易，撼兽性难！"

"兽性万岁！打倒人性！"

……

震耳的声浪吓得阿毛全身哆嗦，万分惭愧，趴在地上一动也不敢动，看上去像一根鸡毛掸子。

"亲爱的，你不同意吗？"蜘蛛发现了鸡毛掸子。

阿毛的眼睛仍然盯着远处的墙根。

"说你呢！你装耳聋呵？你装死狗呵？你对人类还抱有什么幻想吧？"国际大饼干也觉得不能放过这根鸡毛掸子。

"我饿了……我要回家。"

"你他娘的是人类的走狗。"

"那有什么办法？我老爸也是这么说的。"

"老爸？哈哈哈，你还有老爸？你以为你是谁？你别忘了，你是个假冒伪劣产品，白长了一口好牙。你本来应该是一条狼！

是狼，懂不懂？"

"狼有什么好？狼可以吃到肉罐头吗？狼可以坐汽车吗？"

"当然啦，你洗澡还得喷一喷进口洗浴香波哩。"国际大饼干奸笑起来，"你们快来看看，这个家伙是个既得利益者，和大熊猫一样，和波斯猫一样，就差没有穿裤子和穿皮鞋了。我说今天的气味怎么这么臭，太难闻了，太难闻了，呛得我的鼻炎都要复发了，原来就是这个家伙把人味带进来了。"

"恶心！"乌龟嘟哝了一声。

"恶心！"动物们也都纷纷捂住鼻孔，并且一个个开始屙屎撒尿，力图弘扬正气压倒邪气。

看到这情景，阿毛也赶紧扬起一条后腿挤出几滴尿来，以示自己还有制造臭味的能力，还有权与大家平起平坐。但这已经有点迟了，他挤出的尿太少，根本不能说明什么问题。在国际大饼干十分夸张的煽动之下，他身上的香波味成了大家鄙视的目标。一群耗子吱吱吱跑过来揪他的胡须。鸡和鹅则跑过来啄他的脑袋。他感到屁股头有剧烈的炸痛，大概是牛蹄或者羊蹄在那里狠狠踹了一下。花花肉总博士这时候也找到了泄愤的对象，找到了表现勇敢和正义感的机会，摇头晃脑冲上来一屁股坐在老鼠身上，听见鼠叫才知道自己坐错了对象，又搬着山一般浩大雄伟的屁股，把阿毛逼向墙角，向他狠狠地压过来，压得他两眼一黑，在一堆热乎乎的猪肉之下差点被憋死，好半天才挣扎着探出个头来，才找到新鲜的空气和出逃的方向。

他本来想发表一点异议，说人类也多方抢救大象，抢救藏羚羊，连丑陋不堪的鳄鱼也拿来保护，不完全是你们说的那么坏——这都是他从电视里看来的。人类对狗和猫的笑脸，也常常比对邻居和亲人的笑脸要多得多——这更是他亲眼所见。但他根本没有机会把这一切说出来，就已经昏头昏脑天旋地转。

他顶着一头猪粪狼狈地逃离会场。

他用前爪在头上抓拉了一阵，又在草地上打滚蹭地，但身上的污迹更多。他摇了摇身子，在水池里发现了一张陌生的五花脸，突然觉得自己全身脏得有点焕然一新，想看看别人对此是否感到惊奇。结果，他跑到任何一条小狗面前，都把对方吓得慌忙逃窜。这使他暗暗得意，便追赶着那些小狗，一心要他们把自己的新奇面貌再看一眼。

夜晚，男女主人熟悉的脚步声临近。

"妈呀——这不是阿毛吗？"女主人发出挨刀时才有的惊叫。

"怎么有了这么个尊容？是在垃圾场撒野来吧？"男主人也声音颤抖。

阿毛反常地没有摇尾巴，也没扑上去拥抱主人们的腿，更没有跳起来探望他们提包里的内容。主人提起他回家的时候，他闭上眼，爱理不搭的。

"不准动！不准动！不准动——"男主人的呵斥一声比一声严厉，用几根手指夹住阿毛的胳膊，将他一直高高吊在空中，一直吊到家里厕所间的一角。"不准动——"男主人再一次发出这道命令的时候，水管里喷出的一注冷水已经冲着阿毛劈头盖脸而下。这不就是洗澡吗？阿毛觉得不以为然。他冲着男主人叫唤了几声，提醒对方用温水，用毛刷，用进口香波：既然洗澡就得按规矩来。

阿毛吃到了肉骨头，重新进入人类的生活。他听到女主人在厕所间外手忙脚乱昏天黑地地擦洗地板，擦洗他到过或坐过的那些地方，嘴里还有无穷的抱怨："我早就说了这是条野狗，充其量也只是条杂交了的土狗，你看看，你看看，哪来这么多不良习惯？你看人家三楼那条杰克，还有七栋那条莎莎，那才是真正的名贵血统，真正的英国贵族！剩到第二餐的肉骨头，他们根本就不吃。有垃圾有泥巴的地方，他们根本就不去，哪像他这个贼胚子，居然在家里屙屎撒尿，还把臭大粪什么都带到家里来了，我早说了这路上的野狗捡不得的你就是不听，你看吧，这请神容易送神难，这日子还是个日子吗？"

　　"狗就是狗嘛，"男主人嘟哝着，"你还以为他也像人一样规规矩矩当会计主任？还会自己梳洗打扮，三天两头去做面膜？"

　　"姓张的你少贫嘴！我跟你再说一遍，我管你一个人也就够了，你还捉一条狗来污染环境，要累死我呵？"女主人的调门更高。

　　"给他洗澡从来都是我承包的。"

　　"就只是洗澡吗？这狗食是谁买的？这狗毛是谁扫的？你看这到处的狗毛，三天不扫，就要扫出一堆，都织得出一件绒毛衫了。我这背上也老是痒，我就怀疑是阿毛把外面的狗虱子带回了家。"

　　"那是你生了牛皮癣吧？"

　　"放你娘的屁，我什么时候有过牛皮癣？"

　　"我身上怎么就不痒？"

　　"你那是人皮吗？你生来就应该睡狗窝。"

"当初是你要参加那个动物保护协会，你休想赖我！"

"参加就参加，一定要养这号贼胚子吗？你看这屎臭的呵呵呵……"

"比你的屎还臭呀？"

"姓张的你狗嘴里就吐不出人话！"

……

这一类争吵，阿毛听得多了。他依稀听出男主人是向着自己的，于是高兴地汪汪大叫："老爸说得对！老爸说得好！乌云遮不住太阳，事实胜于雄辩……"他又伸出舌头把男主人的手舔一舔，以示及时的感激和声援。还就地一躺，开放自己的全部肚皮供老爸抓挠，作为对可爱人类的犒赏。

他吃到猪肉骨头的时候，想起了花花肉总博士，想起肥大屁股下的暗无天日。好吧，你想坐死我，我就吃你的兄弟，吃你的外甥和侄子。阿毛恨恨不已地把一根大骨头也嚼了个粉碎，连一点渣也不留下。

"他今天这么饿呵！"男主人惊奇地看着他。

阿毛打了个嗝，回味满嘴肉香，再一次想起人类从今以后的日子要难过了，因为动物们已经都悄悄地行动起来，要发动疯牛病、禽流感、口蹄疫了。这人类怎么就不急呢？这些直立动物也太自以为是了吧？动物们其实并不傻，有时装得呆头呆脑，只是谦虚而已；在报纸和电视面前满不在乎，也不过是不屑于无聊地浪费光阴。他们除了没学位和工资，其实什么都能干，还可以在自己的肉体里面制造病毒——比方制造出羊肝炎、鱼肾衰等等，来诱敌深入聚而歼之，折磨人类甚至消灭人类。

他们的英勇献身可以使整个世界天翻地覆，可以使整个历史改变方向，只是不习惯声张罢了。即使有个别动物出于同情而给人类偷偷递过一些什么眼色，可人类根本不明白。

想到这里，阿毛眼里透出无限悲哀，鼻子紧贴在地面，在黑暗的墙角里凝视主人们，似乎就要做最后的永别。

他很想告诉老爸，今后要注意来自冰箱和超级市场的危险，注意那些色泽鲜艳但完全不怀好意的牛肉、鸡肉以及猪肉。但这么复杂的问题，他没有把握说得清楚。整整一个晚上，他根本睡不着，男主人走到什么地方，他就跟着叫到什么地方。男主人睡下了，他就咬住被子的一角往床下拖，力图让男主人注意听他的话。真要听他说话了，他翻筋斗，咬尾巴，挠耳朵，舔鸡鸡，八八六十四，三七二十一，累得浑身大汗，伸长舌头大口大口出粗气，还是没有折腾得很清楚。

这当然引起了主人们共同的恼怒。男主人说："你还让不让我睡觉呵？"

女主人披头散发地突然坐起来，捂住双耳大叫："他简直是一条疯狗了。我把他送走！把他送走！——"

她还去抽屉里拿什么药丸。

家里总算安静了一些。男主人也总算眼生疑惑，下床来守在阿毛面前，表现出极大的耐心，问他是不是还要吃，是不是有点冷，是不是要撒尿，是不是发现了老鼠或者蟑螂，这些愚蠢的询问总是气得阿毛越躲越远，越远就越急，越急就越叫。他觉得男主人平时还是善解狗意的，比方他舔舔嘴舌，男主人就会给空水盆里加水；他摇摇尾巴，男主人就会开门让他出去散步。但他现在无论怎么叫，男主人还是一脸茫然，不明白大难临头的事实。

他用爪子抓拉冰箱的门。

"这里面没有老鼠呵。"男主人把冰箱门打开了。

"你这个大菜鸟，一点文化也没有！还算个人吗？"

阿毛怒眼圆睁，拨开冷藏柜，叼出里面的一棵芹菜，叼着在房子里来回跑。见男主人还是一脸呆相，便大口大口地吃起来，给对方做出进食的示范，一直吃到自己两眼发直地翻胃。

"呵，我明白了，他自己找草药了，肯定是感到自己犯病了。"

男主人要把阿毛套上狗圈，又找来阿毛的病历本，当然是要把他送去医院。一场拼死的挣扎不可避免。阿毛头上被扯掉了几撮毛，后蹄刚刚撞到一个玻璃果盘，一脚踩到玻璃碴以后，在地上留下两三个血蹄印子。最后，疯了一般的阿毛还在男主人手上咬了一口，于是男主人也在哎哟一声大叫之下，一脚将他踢到墙边。门开了，门口出现了一个警察，嘴里冒出啤酒气味，后面还有几个探头探脑的人影。阿毛本能地要去迎接或者攻击，但发现自己动不了，胸口剧烈地痛，大概是男主人的一脚踢得不轻。

"你是张先生吧？对不起，你的邻居都投诉你，说你家的狗吵得他们睡不着觉……这个问题你必须解决，否则我们就只能按条例公事公办。"

男主人捂着自己手上的血迹，连连点头："真对不起，真对不起。"

"这只狗有合法身份吗？"

男主人忙着给警察翻找宠物检疫证、饲养证以及训练结业证。但警察身后那些模糊的人影并不在乎这些纸片：

"你们保护动物可以，但不能侵犯人权嘛。把动物的快乐建立在我们痛苦的基础上，像什么话？"

"什么动物保护？我看就是邪教，精神病！"

"我以为是什么百万富翁呢，原来也没有金砖铺地呵。你看那桌上，也就是半碗咸菜，说不定他内裤还打补丁哩，这种人也配养狗？"

"有钱也不能为富不仁么。你看看现在多少下岗的、失业的、没饭吃的。他们的狗还吃肉罐头，他妈的什么世道?!"

接下来的声音就嗡嗡搅混成一团，听不清楚了。直到男主人忙出了满脑门大汗，把好话说尽，门外还冒出一声怒吼："拿刀来，宰了它！不宰不足以平民愤！"

女主人忍无可忍，突然从卧室里冲了出来："哪个喊宰？哪个喊宰？你有种的就站出来！你屎尿灌昏了头，到老娘这里来撒野呵！胆敢动我家阿毛一个指头，老娘的菜刀也不是吃素的我告诉你！老娘要养狗，没有吃你的，没有穿你的，关你屁事？别说养一只阿毛，老娘还要养十只、二十只！老娘高兴！老娘就是要喂肉，喂罐头，你管得着吗？出去！都出去！深更半夜想打劫呵？……"

女主人的开骂大长了阿毛志气，虽然胸口还在痛，他屁股头的旗帜已高高扬起。"出去，都出去！这里不是开会的地方！"他也跳起来大吠。

第二天，男主人把狗皮圈套在他的脖子上，这当然是出门远行的安排。

　　阿毛以前就多次戴着这个皮带套子远行，去那些有奇异气味的地方，比方说有鱼虾气味的海边，有浓烈汽油气味的大街。他不知道今天又要去访问哪些气味，但从男主人有些异样的脚步声来看，那些气味肯定不同寻常。当他被车窗外唰唰唰的风景闹得脑袋天旋地转以后，胸口一涌，一口吐出酸水，但还是兴冲冲地向往着。

　　他再一次从昏睡中醒来时，发现汽车已经停了。车门外涌进来蝴蝶和蜻蜓的气味，鸟粪的气味，松树皮的气味，腐叶和泥土的气味，还有很多他说不出名目的气味，这些气味错综复杂钩心斗角盘根错节暧昧不清，像一座气味的大迷宫，使他的鼻子一开始就嗖嗖嗖地忙不过来。他当然还听到了鸭子的叫声，看见四只鸭子在不远处散步，便热情万丈地冲过去问好，不料那些鸭子吓得哇哇奔逃。他们没有看见过狗吗？没有看见过阿毛这样的狗吗？他有点纳闷和失望，尾巴也摇得有点一厢情愿并且无精打采。

　　他同时还发现，这些鸭子的高呼救命的声音难懂，与菜市场里那些鸭子的口音很不一样。这就是说，他已经到了一个动物们说方言的地方，一个离家很远的地方。

　　他看见男主人和另外一个男人正在远处抽烟和说话，两人的目光不时投向他。片刻之后，男主人笑着走过来，蹲在他面前，拿额头碰了碰他的脑袋。"阿毛，这就是你的新家，知道吗？"

"今天不回去了吗?"阿毛有些奇怪。

"他说什么?"那个陌生的男人问男主人。

"他可能是有点饿了吧。"男主人说。

陌生的男人就从一间房子里拿出一块水煮肉,丢到阿毛面前。阿毛看了男主人一眼,没有打算吃它。

男主人摸摸阿毛的头:"好啦好啦,阿毛,吃吧,我也舍不得你,以后有机会还会来看你的。啊?"

男主人起身向汽车走去,似乎还向阿毛摆了摆手。那辆没有鼻子的白色面包车闷闷地吼了几声,放出几个屁来,一溜烟就跑远了。

阿毛以为老爸在开玩笑,蹲在路边一心一意地等着,等着那人开着汽车来接阿毛。一天过去了,又一天过去了,很多天过去了……老爸的面孔没有再出现。他相信老爸是病了,或者已经死了,肯定是中了动物们那些恶毒圈套了,否则老爸不会不出现的。他真想为老爸干点什么,比方嗅出圈套在哪里,嗅出疯牛病什么的在哪里,甚至还可以把走狗们联合起来,成立一个人类保护协会……那些人类何等危险呵!为此他到处乱窜,四方巡游,打抱天下之不平,一心想投入忠肝义胆的人类保卫战。但他苦无报国之门,基本上是瞎胡闹,比方把一块朽木咬得稀巴烂,把一块锈铁咬得嘎吱响,最后把自己的尾巴咬出了血。一时急昏了头,他朝一堵砖墙撞去,把对方当作大敌,结果撞得自己口吐白沫,翻了白眼。

他听到冷笑声,却不知道谁在冷笑。直到这一天,他来到一个乡间集市,发现肉摊子那些猪头、羊头、牛头等等,整齐地排在肉案上，像组成了一个合唱团，正冲着他满面笑容。鱼档上那些鱼也睁圆眼睛，笑嘴一开一合。被开膛破肚的一排鸡鸭则不满意自己的小嘴，索性敞开两扇肚皮，整个身子都成了豪迈的大嘴，成了惊天动地的大喇叭——原来笑声就是从这里发出的！他发现好多干虾也参与进来，一个个都咯咯咯地笑弯了腰。

阿毛在这巨大的笑浪中毛须倒竖，鼻尖冒出冷汗，终于慌慌地叫了一声，然后朝田野里逃窜而去。

人们说，这个公路段后来出现了一条野狗，只要一见到白色面包车，便汪汪汪地狂叫不已，还在车尾没命地追逐。

人们还说，这个公路段附近的山林里出现了一条疯狗，眼睛瞎了一只，耳朵缺了一只，有时身上还有皮肉翻翻的癣块，引来一些蚊蝇嗡嗡飞绕。这条疯狗——准确地说是一头狼，曾咬伤了一个学童，咬伤了两个贩竹子的农民，还把一个洗衣女人吓成了精神病，引起了政府有关部门高度重视，一直在组织猎户和警察予以捕杀。

有意思的是，这头神出鬼没的老狼对汽车最有兴趣，尤其是公路上出现白色面包车的时候，人们一定能听得见林子里传来呼唤：

呵呜——

2001 年 2 月

＊最初发表于 2001 年《钟山》杂志，后收入小说集《报告政府》。

第四十三页

小说写到这里，我发现主人公想家了，便让他上了一列火车。这一刻夜已深，天很冷，整个站台上人影零落，车站补水管在哗啦啦响着。

我的这位主人公外号阿贝——球友们夸他球场威猛，称他为小贝哥，小贝克汉姆。他也乐意以欧洲球星自居，包括走路时垂肩曲背，像个内敛的猩猩。他稍感奇怪的是，他刚才入座时不但内敛而且礼貌，但对面一个妇人睁大眼睛，张大嘴巴，显然受到了惊吓。身旁一个歪头昏睡的胖子，被火车启动声惊醒，一旦发现他也神色惊慌，急忙撅起肥圆屁股抢出座椅上的旅行袋，转移到斜对面的卡座去了。不一刻，他的周围空荡荡，只有几个乘客在远处伸长脖子，对他浅一眼深一眼地打量。

他们看什么呢？

他刚想问，那些长脖子立刻沉没在椅背后面。

他的长头发有什么稀奇吗？他是不是身上有血迹？一看就像个杀人犯？

神经病呵。他脱下秋雨淋湿了的外衣，继续挂着线听MP3。但这一刻他倒是看出了车上的某种异样。中山装，他发现这里的男人大多穿中山装；辫子和辫子，他发现好几个女人的耳边都齐刷刷挂着短毛刷。都什么年月了，有人还套着肥囊囊的大筒裤，散发出红薯的气息。一个包着白头巾和怀揣毛主席著作的老村长该出现了吧？只是他眨眨眼，老村长不翼而飞，有点虚幻不实。

他觉出鼻子里不爽，有一种猪屎臭。大概是他脱口而出，正在扫地的女乘务白他一眼："你才猪屎臭哩。"

"怎么这么冷呵？也不放点暖气？"

"怕冷就别出门，钻你老妈的被窝去。"

"你这是人话吗？"

他冒火了。

对方像没听见，用扫帚敲打他的脚，意思是要他挪脚，只差没把扫帚直接捅向他的耐克牌，其动作之粗鲁气得他晕。

不过，她把一堆果皮纸屑扫走以后，给他拉上厚布窗帘，还摔来一条棉毯，意思是：冷就披上吧。

披上棉毯，身上暖和些了。球星没法跟小女子斗，只好随手抄捡起一本杂志消磨时光。这是一本《新时代》，破旧得卷了角，大概是哪位旅客扔下的。有意思的是，阿贝的目光一扎进去就拔不出来，女乘务取他的湿衣去锅炉间烘烤，车长来给一位旅客测体温，询问有哪位旅客掉了钱包，他都充耳不闻。

事情是这样，杂志上居然有个奇怪的故事：深夜，下雨，站台，火车等等。车上有中山装和小短辫，然后一个新上车的年轻人感到鼻子不爽，然后女乘务用扫帚敲敲他的脚，差点把扫帚捅向他的耐克牌……唯一的出入，是主人公不像阿贝：他

124

不是江湖艺人，而是个球星，正在业余收购文物的归途。

他咬住指尖，忍不住大叫一声。

女乘务赶过来，揉着自己的胸口："没看见好多人在睡觉？你叫什么？把我都吓住了。"

阿贝这才细看对方一眼。没错，她眼睛大黑大白地分明，就是杂志上写的那种。戴着两个布袖套，与杂志上写的也相同。至于她穿着刻板制服但翻出了个小花领，挂着短辫但辫尾巴烫成卷毛，算是小说家遗漏了的细节。

吃错药了，我不是在做梦吧？他狠掐自己的胳膊。

"我看你是有点不正常。"对方盯住他的眼睛。

"你叫莫小婷？"

"你怎么知道？"

"这书上写了。"

"鬼才信。"

"不信？你今年是不是十九岁？是不是有个当兵的对象？……"

"你是派出所查户口的？"

"你自己看呵，就在这里，你看你看。"

对方懒得看杂志。她手提一个带布套的开水壶："杯子呢，把杯子拿出来，等一下不要说我没送水。"

阿贝没有带杯子的习惯。"车上卖可乐吗？"

"你说什么？"

"可乐。可口可乐。"

"什么可可可？你结巴呵？"

"你连可、口、可、乐都不知道？"

"你到底有没有杯子？没有？我走啦。"

"慢点，你怎么不知道可口可乐？那么农夫山泉、娃哈哈、优酸乳、蓝带果啤……你也没听说过？"

"你说什么呢？"

"嘿，你山顶洞人，你兵马桶呵？"阿贝照例把"俑"说成"桶"。

"你才兵马桶呢。同志，这里是红旗车厢，请你嘴里干净点！"

阿贝忍不住笑，忍不住大笑。他站起来环顾四周，呼呼喘着粗气，终于掏出手机给朋友打电话：喂喂，你醒来，快醒来。宋虾子，你知道，知道我碰见什么怪事了吗？宋虾子，你听我说，我在火车上，这趟车呵居然一车土鳖，连可口可乐也没听说过。你说怪不怪？你来看看，他们还穿中山装，还开口叫同志，我骗你不是人……你在不在听？

估计宋虾子把他说的当酒话，不愿听下去，只是要他快回去上班，说老板已经为此拍过桌子了。

他合上手机，发现两个男人不知何时堵在他面前。一位是刚才那位车长，另一位是大个子乘警，都满脸警觉和严肃。小婷躲在车长身后怯怯地眨巴眼睛："……就是那个东西，你看你看，就是他手里那个什么……吓死我了。"

阿贝发现更多的人围过来，都盯着他的手机。他手机怎么了？他依稀想起了什么：对了，他刚才摸出手机时，女乘务像被咬了一口，扔下水壶大叫一声跑开去。

车长说："证件。"

"凭什么查我的证件?"

"你哪里来的?从国外来?"

"不不,我天外来客吧,来自冥王星或者海王星。"

"你手里拿的是什么?"

"手机呵。"

"手机?发报机吧?"

"我为什么要发报机?"

"那要问你自己。"

"我给美国发报是吧?我告诉中央情报局的怀特将军,这里连可口可乐也没有,这里还有猪屎气味……"阿贝差点要笑出声。

"装什么蒜?你就是冲着563号项目来的,以为我们不知道?"

他不知道车长说的563是什么,更不知道车长接下来说的"备战""路线""两打三反""革命委员会"是什么意思。他只知道情况有点不妙了,一切都不像是开玩笑,也根本不好玩。他的手机被一把夺走,背包也被拎过去检查。幸好那里没有毒品。一张坐公共汽车的IC卡,他们似乎不懂,将其一一传看,没看出个所以然。几本足球杂志,他们似乎也不懂,将其仔细查阅,还对着灯光找什么纸纹暗影,还是没找出所以然。比起几件酸臭衣服和一双拖鞋,MP3当然是最大疑点。无论阿贝如何辩解,如何解释音乐和芯片,但它还是连同手机一起成了扣押品,眼看着被乘警略加清点,装入一个公文包,就要离他而去。

"哎哎哎,你们是哪盘菜?有搜查证没有?你们土鳖呵?脑残呵？二呵？你们怎么连手机都没见过？"他愤怒地大喊。

他一把抓住车长："我要到法院控告你们！要在媒体上给你们曝光……你们不要以为我好欺侮，我报社电台里的哥们儿有的是！惹毛了我，叫你上午下岗，你不会等到下午的！"

大概是乘警嫌他猖狂，飞来一巴掌，打得他眼冒金花，有点飘飘然不知上下左右。等他抓稳了桌沿，校正了脑袋位置，找到了脸上热辣辣的痛感，他依稀听到车厢里发出一片口号声：打倒狗特务！打倒一切害人虫！打倒美帝国主义和反动派！……周围旅客都冲着他举起了森林般的手臂。

确实一点也不好玩。要不是女乘务拦着，一个老汉就要把雨伞戳到他头上，一个小孩还差点朝他吐痰。直到他被押走，人们还在气愤地议论：

"早就看出他不是什么好鸟。你看他那裤子像裤子吗？"

"当特务也穷成这样？怎么连理发钱都没有？"

"帝国主义是乱了种吧？怎么这家伙不男不女？"

"不是乱种，是耍流氓。男扮女装，就好钻女厕所。"

"对，肯定是这么回事。"

"应该把这个流氓塞到粪坑里去！"

"让我恶心死了！"

……

他被关入了一间窄小的乘务室。

他叫天天不应，叫地地不灵，完全成了个傻子。他怎么上了这么一趟奇怪的火车？怎么鬼使神差来到这里挨巴掌和蹲监房？更重要的是，他阿贝，小贝哥，贝克汉姆，什么事不好干，什么钱不能赚，怎么偏偏听宋虾子的瞎鼓动来收购什么文物？……他不知道眼下的麻烦如何了结，更不知道一旦行期再耽搁，自己还能不能保住公司里的饭碗。

窗外一片寂黑，偶有一辆对开的列车呼啸而过，咣当当差点撞在他的脸上。他看见了一闪而过的明亮车窗，甚至看清了车窗里的男女。他们多幸福呵，多温暖呵，多安全呵，说不定在那里喝啤酒啃鸡腿。他们肯定有手机，知道手机是怎么回事，能轻而易举证明阿贝的无辜。但他们无动于衷见死不救，唰唰唰消失得太快，像一道闪电。

他打门和踢门，把一铝皮桶当足球踢了好几脚。

没人理他。

他有点累，只好坐下来揉揉脸，发呆。他看见天花板上，一只小老鼠从夹板缝里探出头来，一点也不怕人，欢乐地吱吱两声，支着小尾巴又缩了回去。

好在一本奇怪的《新时代》还插在衣袋里，可供他继续研究这列火车。

> 来的该来去的该去，
>
> 百年石头还是石头；
>
> 来的该来去的该去，
>
> 千年月亮还是月亮；
>
> 来的该来去的该去，
>
> 万年天空还是天空……

这是第四十二页上一位盲老人唱的，可车上并没有这样一位老头。这就是说，又有一处出入，可见小说并非预言——阿贝眼下很愿意相信这一点。但他宽心的时间不够长。随着后续情节在小说中展开，他读得禁不住两手发抖，全身发凉，一颗心再次提起来堵在喉头。没错，小说与他的遭遇确有出入，但小说中的老鼠是怎么回事呢（刚才他已经看见了）？暴雨是怎么回事呢（车窗外的水流已经拉出斜线）？打雷是怎么回事呢（车窗外已有闪光，刹那间黑夜如同白昼，千山万水突然涌现）？……而且差点令他晕过去的是：小说在第四十三页处说到子龙峡，叙说这列火车在那里与一片泥石流相遇，于是车轮出轨，车厢翻倒，电光迸溅，钢铁声大作，有两节车厢在挤压中升起来冲向高空，散落的车轮在草坡上飞跑……这也太恶毒了吧？

"喂，干了。"女乘务开门进来，把热乎乎的夹克扔给他，同时发现了他的惨白脸色。"你哪里不舒服吗？"

他喘着粗气："前面，是不是要经过子龙峡？"

"我什么也不告诉你。"

"你真以为我是特务？你看我像特务吗？有这样仪表堂堂的特务吗？"

"难说，反正要等保卫处的核查。"

"我们没时间啦！"

"你什么意思？"

"你说，你告诉我，前面是不是要经过一个叫子龙峡的地方？"

"就算……那又怎么样？"

"天啦，我们真要出事了，已经玩完了。"

"不懂你说什么。"

"你当然不懂。你懂个屁呵！"阿贝怒不可遏从椅子上弹起来，"你们连可口可乐都不知道，还革委会呢，一个个脑子里进水，浑身的潮气没晒干。我问你，就算我是个特务，我会当着你们的面来发报？我要千方百计来让你们发现我？"

对方看来被这句话触动，有点不好意思："要是冤枉你了，我们给你赔不是。"

"赔？怎么赔？你看看我这半边脸。"

"大不了让你还我一巴掌，有什么了不起？"

"你受得了？好笑，你是想成扁的还是散的？"

"你就那么毒呵？你就不能轻点打？就不能分几次打？再不，我叫我对象来顶替。他是特种兵，在部队里天天练挨打的。"

阿贝懒得对付特种兵，把《新时代》翻到第四十三页，要她自己去看去看去看。

对方看他一眼，又看杂志一眼，又看他一眼，疑疑惑惑把目光投向第四十三页。列车发生了剧烈晃动，灯光一暗一暗，当然干扰了阅读。对方不认识有些字，有时要问身旁的乘警，碰到大个子不认识的，还要回头来请教阿贝，更增加了阅读的周折。阿贝不耐烦这两个呆货，恨不能把从第三十八页到四十三页的字句一把抠出来，狠狠拍进他们的脑袋。但还没来得及这样做，一大群乘客突然登车了，顿时挤得车厢里秩序大乱。阿贝事后才知道，呆货们在手忙脚乱中还丢失了杂志——他知道这事时，真是欲哭无泪。

事情来得有点突然：当时列车驶过一座桥，司机借着车灯的光柱，发现前面路基上有很多人摇手拦车，后来才知道那是一批从洪水中逃出来的灾民。他们担心路基不够高，央求铁路工人兄弟带走他们，以防更大的洪峰到来。车长当即同意这一请求，大手一挥说全都免票，于是又哭又闹携家带口的灾民们一拥而上，带来了行李包、竹筐、水滴、泥浆、扁担甚至鸡鸣狗吠，使车内顿时充满田园气息。很多人没法挤进门，只好从窗口爬。所有车厢内都挤成了人肉罐头，椅背上或行李架上都有杂技高手，脚丫子不时踩到他人的肩膀或脑袋。卧铺车厢也不能幸免，在车长命令下一律开放，装了人再说。

莫小婷那呆子顷刻间已忙得满头冒汗和头发散乱，刚让一个抱着大公鸡的娃娃找到妈了，刚把几个老人扶稳了和坐下了，又得驱赶攀高的几个汉子，以防他们压垮行李架。一声尖叫，她被新的人浪推过来，倒在阿贝的怀里。

阿贝觉得两张肉饼要搓揉成一块。他感到了女人身体的凸凹，有些脸红，忙说了声对不起对不起。

她瞪了他一眼："你没手呵？还不帮帮我？"

他从对方手里接过了两个热水瓶和一块抹布。

这样，对方就腾出一只手，攀住他的脖子，不至于倒下去。

阿贝刚拥抱了一个肥胖农妇，眼下又被迫吻了女乘务的眉毛和前额，嗅到了陌生的头发气味，脸更红了，只好让身体尽量偏转，又拿出球场上的阴招，屁股使劲一撅，撅出身后哎哟的叫声。

挤死人啦！救命呵！我的桶子！你的爪子往哪里伸？……各种狂呼乱叫中，阿贝的腰部发力连环传递，一个人叫了，另一个人跟着叫，又一个人再跟着叫，多米诺骨牌一样最后导致一个坐在椅背上的汉子大摇双臂，仰面倒了下来，正好盖在阿贝的头上。幸好这一盖，阿贝与另一男人的架才没打成。当时他们不便施展拳脚，但鼻尖对鼻尖，唾沫星子互射，肩膀和胸脯已开始过招，接下来就可能要动用嘴巴了，看如何一举咬下对方的部件。

"不要闹！大家安静！我们来唱一首歌吧——"女乘务摇着双手大喊，"我们都是来自五湖四海——预备——起！"

说也奇怪，这首歌大家都会唱，也真唱起来了："我们都是来自五湖四海，为了一个共同的革命目标走到一起来了……"奇妙的是，一唱这歌就泄了不少火气，很多人的动作开始变得柔和，体积似乎也悄悄收缩。"我们的干部要关心每一个战士，一切革命队伍的人都要互相关心，互相爱护，互相帮助……"

列车在歌声中开动。车厢里更松动一些，大概是一些灾民匀到了卧铺车厢。女乘务这才得以整理自己的衣服和头发，提着热水瓶什么的，把阿贝押回乘务室。

"你打什么架？还嫌车厢里不乱？我们是红旗车组，战斗在最前线的车组，要让每一个旅客都感到温暖如家。你知不知道？"

"我不打，就没法让你。"

"谁要你让？特殊情况么。"

"你会以为我故意挤你，耍流氓。"

"你想什么呢？讨不讨厌？"

"我没想……"他说得有些含糊。

"哈哈，你脸红了？"

"我没脸红。"

"就是红了！就是红了！你就是乱想了！"

"那是我热的……"

对方像发现了大秘密，下巴一点一点，有点兴高采烈和得意扬扬。接下来，她的动作也就有了欢快舞蹈的味道。她欣欣然用毛巾擦去阿贝头上和肩上的泥巴，欣欣然又要对方坐正，要对方转身，要对方伸出手来，用自己的手帕包扎手腕上一道血痕——不知阿贝刚才那是在哪里挂伤的。阿贝倒有些紧张。这间房实在太小啦，他感到对方的腿抵住他的膝，对方的发丝撩过他的脸，自己难免呼吸急促，全身开始冒汗。

直到门外有人叫她，她才提着水桶离去，咔嗒一声锁了门。

事后阿贝想起来，当时确实只有咔嗒一声。

事后阿贝无论怎样回忆也只得承认，当时只有咔嗒一声，连半句话都没有，连咳嗽之类也没有。

他是否应该大松一口气？

风雨还未停歇，车窗上还有斜斜的水流，黑森森的树影在车窗外起伏。列车一下钻入车轮声紧密的隧洞，一下又飘上车轮声柔远而稀薄的桥梁，正头也不回地向前狂奔。阿贝感到前方神秘莫测的第四十三页正在步步逼近——他相不相信那个结局？他怎样才能摆脱那个结局？或者他是否应该让女乘务也知道那个结局？

车头尖叫了两声，车身再一次剧烈晃动，然后明显放慢速度，大概是进入了弯道或坡道，再不就是又遇到什么险情。他神色一振，全身通了电一般，立刻朝车窗外看了看，几乎想也没怎么想就拉起了吱吱嘎嘎的车窗。在出窗前的那一刻，他扯出背包里的一条裤子，束紧了自己的腰，束出了及时的勇敢和果断。

他把两条腿从窗口先放出去，感到各种布片被疾风鼓荡，但既然半个身子已豁出去了就是箭已离弦，他一咬牙，终于跃入黑暗。

醒来的时候，他觉得光线太刺眼。又过了好一阵，待瞳孔渐渐适应光明，才发现自己躺在一片白菜地里，完全暴露在清鲜的乡村阳光下，全身都是泥，小虫子在脸上爬。

这不过是一个普通的早晨。有鸟叫。有绿树。有浮云中露出的蓝天。世界太安静了。他还活着吗？他试着挪挪脚，伸伸手，眨眨眼皮，吐一口带着泥沙的唾沫，发现除了右膝和右踝剧痛，其他部件还能听使唤。他当然还发现地边有一辆摩托车，一个男人走过来，好奇地看着他。

"帮帮我……救救我……"

对方上下打量他，把他散落在地边的背包翻了翻，向他伸出两个指头。

"我不会……亏待你……等到了医院……"

对方摇摇头，再一次伸出两个指头。

阿贝想了想，只好把泥糊糊的手表摘下，扔了过去。

对方擦擦手表，把它放入口袋，似乎满意了，起身走向摩

135

托车。不一会儿，他不知从哪里带来一辆农用汽车和两个青年，把哼哼哟哟的阿贝抬上车去。有意思的是，在汽车开动之际，阿贝发现身边两个青年都手握一罐可口可乐。不错，确实是那种眼熟的红白两色易拉罐，他感到无限亲切和无比激动的久违之物。

"你们……喝什么？"

两后生看看他，对视一眼，笑了笑。

"我不是要喝，我只是想知道你们喝什么。不不，其实我也知道这是什么，只是想知道你们怎么叫。不不不，我其实也知道你们的叫法，我只是……"

阿贝自觉说得太乱，但他就是想让旁人确证一下他的发现，确证一下他逃出噩梦的真实性。"中药水！"一个青年大笑以后又补充，"喝中药水，呸呸，还是曾麻子的苞谷烧味道足些。"

什么是曾麻子的苞谷烧？也是一种饮料吧？阿贝不明白。

他住进了医院。几天下来，右踝骨节已经复位，两处创伤也已愈合。大表姐已经来过这个县城医院了，给了他一张信用卡，买了水果和肉罐头，洗净了全部衣物，还就续假事宜同他的公司老板打了长长的电话。还好，在这个有香水味隐隐弥漫的地方，他可以大喝特喝可口可乐了，还可以扶着拐杖找电视看足球，去网吧找到足球游戏软件，让自己带领母校代表队把英超、意甲等各大牛队统统狂胜一轮，每一场至少赢下八粒球。他看着窗外的大雨曾略有一刻的恍惚。奇怪，不还是这玻璃窗上的水流吗？不还是这一片到哪里都差不多的萧瑟秋景吗？这生活怎么说变就变了？

护士拿来账单要他去缴款。他一翻账单就差点滚下床，差一点要再次跳窗逃逸。亲爱的！六万五！没搞错吧？不开玩笑吧？什么钱呵？他不知道自己是进了病房还是被绑了票。难怪这些天医生对他笑容可掬，不厌其烦地来量血压、测心律、做X光、做彩超、做CT……口口声声这些绝不多余，完全是为了对他的身体高度负责。这下好，光量血压就量去了三千多，不是明摆着是要逼高他的血压？

他自觉血压升高的叫骂引起了骚乱。三四个白衣男女拥入病房，倒也不生气，倒也很耐心，只是向他详细讲解每种收费的依据，让他明白血压高无理。

降压药总算出现。一个穿白大褂的老太婆走来，有点领导模样的，对账单皱起了眉头，抽出圆珠笔在这里一勾在那里一划："哎呀呀，对外地客人要优惠一点嘛。这笔免了，这笔减半，这笔也打折……"然后将账单递给阿贝。见他还黑着一张脸嘟嘟哝哝，又再次善解人意地操起圆珠笔："这样吧，大家都献点爱心。这笔归你出——"她指着一个部下，"这笔归你出——"她指着另一个部下，"这笔归我——"她拍拍自己的胸口。

六万五已一减再减，最后成了一万六，周围的白衣人士已有悲壮表情，阿贝还能说什么？况且老太婆最后还发话，称确实困难的话就不必缴啦——但这种没面子的事，一个伟大球星肯定做不出来。

他只能交出信用卡，还傻傻地说了声"谢谢"。

他卡里没多少钱了，得打电话求大表姐再往卡里打一点，往空空衣袋里一摸，才记起了自己的手机。他悲愤地想了想，去网吧上机搜索关于子龙峡的消息，发现毫无线索。又去附近的报摊，看报上是否有类似的报道，还是一无所获。让人心烦的是，一个大盖帽见他随地吐痰，按最新规定罚了他十块钱，把他好好说道了一番。

他觉得手机一事还是戳心，便雇一辆出租车直奔火车站，找到了问讯台。一位穿制服的小姑娘看了看他的车票："这是什么票呵？我怎么从没见过？"

"我六天前买的，就在你们前两站买的。"

"假票吧？"

"我上了车呵！怎么可能有假？"他大叫起来。

小姑娘看了他一眼，叫来了几个同事，大家也把票看来看去，交头接耳。一个头发半白的老铁路最后对阿贝说："先生，你这种票二十几年前才用，你不知道？年轻人，生财得有道，你不能乱来呵。"

对方显然听说了他的手机和 MP3，把他当成了一个上门取闹的讹诈者。

"你的意思，我一跳就从二十多年前跳到了今天？"

"不能这么说，你没这么大的本事。不过人都有犯糊涂的时候。报上不是说了么？有一个人，在自家门口摔了一跤，就摔得没记忆了，不认识爹妈了……"

"这怎么可能？"阿贝急急地拉起裤脚，亮出里面的白色纱布。"你的意思，我这些伤口是二十多年前留下的？二十多年前我才多大？敢跳车吗？我奶毛还没脱，牙齿还没长齐，敢拿自己的命开玩笑？"

有人冷笑，有人摇头，有人对他挤眉弄眼，大概听完他的故事，都以为他病得不轻。还有些目光明显透出快意：骗谁呢？黑吃黑，这下活该了吧？只有老铁路还算厚道和耐心，戴上老花镜将车票再细看片刻，引他来到一间办公室，打出了两个电话。"对不起，"他最后无奈地退还车票，"找是找到了。二十多年前是有过这趟车，是有过这么一场车祸。我也想起来了，那次伤亡不小，光我们局就有五六位员工……光荣了。"

"你骗人！"

"我怎么骗人？子龙峡那里还有块纪念碑，我都参与过建设的。"

"你这家伙胡说八道！"

"年轻人，你怎么出口伤人呢？我好心帮你查查……"

"你们休想串通一气！你们休想花言巧语！告诉你，我手上有证据，还有人可以做旁证，我同你们——没完！"

阿贝歪着一张脸冲出了车站。

他决心追查到底，一不做，二不休，坐上出租车再奔子龙峡。司机正好在播放一盘音乐磁带，听起来有点耳熟。"我们都是来自五湖四海，为了一个共同的革命目标走到一起来了。我们的干部要关心每一个战士，一切革命队伍的人都要互相关心……"阿贝一怔，问这是什么歌。司机说不知道，反正是老歌。当这一曲要转到下一曲，阿贝请司机将前面的再放一遍，就这么锁定放下去。司机从后视镜看了他两眼，似乎觉得这个人有点怪。"你不要听周杰伦?"他问了一句。

子龙峡不算远，出租车很快到了。只是时过境迁，纪念碑似有似无，很多人对阿贝的问话都只是摇头。这样，这位阿贝颇费周折，先找到一个学校，再找到一个牛场，最后才一拐一拐钻过竹林，爬上山坡，跨过牛粪，分开割脸割手的茅草，找到一块破损不堪的水泥平台。在他前面，一座爬满青苔的石碑果然出现了。这确实是对一场大事故的纪念。从那些红漆剥落的刻字可以看出，二十多年前的一个夜晚，某列车在此地遭遇泥石流。铁路员工们为了搜救车厢里的被困旅客，坚持最后撤离现场，不料其中几位被新的泥石流无情吞没。他们的名字是陈某某、张某某、席某某、单某某……阿贝果然在碑面还找到了一个名字：

莫小婷。

就是杂志上出现过的那个名字，也是那位女乘务应答过的名字。

世界上不会有这样巧合的同名人吧？他拍拍自己的脑袋，开始有点怀疑这东东了。捏一捏青苔，发现它是潮的，滑的，应该说真实无欺。他折一折树枝，发现它是硬的，脆的，应该说也货真价实。一声大哭，原来是一声鸟叫，是树林里一大群黑鸦扑剌剌惊飞而去，似乎搅起一阵侵骨的寒风。

他呆呆地在碑前坐了一阵，面对着粗糙的刻字无可奈何。他终于从衣袋里掏出两条白纱布，系在石碑前的小树枝上；又操着石片刮去碑面的青苔，就近摘来一些松枝和野花，让它们守护和陪伴石碑。

事后他想起来，当时脑子里什么也没有。

事后他无论怎样回忆也只得承认，他甚至已记不清那个女乘务的面容，如同一片二十多年前的空白。

他不知何时下了山，一路上不再说话，只是喝了不少酒，摇摇晃晃上了另一列火车，在稿纸上朝地平线那边飞逝而去。这列车上有暖气，有高清电视屏，还有可旋转的沙发座，显然让他十分放心，似乎又让他有所不安。他又要了一瓶小件的二锅头，飘飘然从车头游到车尾，像寻觅什么熟人，又几次求看乘客手上的杂志，检查杂志封面，似乎对封面很有兴趣。在很长的时间里，他还伸长脖子东张西望。

"我看到第四十三页了。"邻座一位姑娘合上手里的书，放出一个哈欠，倒在身边男朋友的怀里。

阿贝哇的一声差点跳起来，事后发现自己竟一身冷汗。

他瞥了一眼，发现那是本封皮花哨的外国童话。

谢天谢地。

车速越来越快了。钢铁车轮声时厚时薄时急时缓在脚下响着。列车一下钻入黑暗无边的隧洞，一下又晾在无依无靠的高桥，与迎面而来的列车擦肩而过。这位逃出小说的主人公看见了哗哗而过的明亮车窗，甚至看清了车窗里的男女——那些五光十色的人，想必是无忧无虑的人吧？但他只看到了一节节被速度压瘪了的车厢，看到了一叠薄如纸片的窗口，其实什么也没看清。

附记一

值得补记一笔的是，主人公阿贝摘松枝时划伤了手，在稿纸上五官收缩成一团，曾忍不住回头冲着我（即本文作者）大叫："你乱写些什么？小说里那傻丫头不是没死吗？怎么又冒出这块碑让我找找？"

"是吗？"我赶紧翻前面的稿纸。

"怎么不是？第四十三页里可没有这一条，我记得很清楚。"

我叹了口气："是的，她在小说里是没死，但你得知道，小说毕竟不是生活，更管不住生活。有时候，作者拿她这样的人也没办法。"

"就算死，那也是革命烈士，至少是因公殉职，是有待遇的。你把这里也写得太荒芜了吧？她不是有个弟弟吗？不是有个未婚夫的兵哥哥吗？不是还有他们救下来的那些王八蛋乘客吗？怎么也不能来打理一下？他们死到哪里去了？你告诉他们，最好不要让我碰着。不然我见一个修理一个，打得他妈不认得他！还有那个砖窑——"他指着纪念碑下方的砖窑和浓烟，还有逼近纪念碑的林木砍伐，气出了怒发冲冠的模样。

我面对稿纸笑了笑："也就是给松枝划一下，你如何这样窝火？"

"划一下？我在你这里挨打挨骂，只差没搭上一条命。"

"你本可以少摘些松枝和鲜花，也没必要修整台阶。我是说你刚才……"

"你以为我想来这里？今天有一场意甲赛，AC米兰对佛罗伦萨。我亏大了我。"

"可是你还是来了，还带来了白纱布。你怎么想到这一点？"

"什么意思？不都是你写的？"

"我刚说了，有时候作者并不能指挥笔下的人物。"

"这事赖上我了？"

"看看，你又脸红了，其实我没说你做错什么。"

"得了吧。告诉你，我最讨庆你写我脸红。你们这些家伙，也只有这点味精来吊胃口。你怎么没写我三角恋？怎么没写我一夜情？怎么没写我遗精和自慰？拜托了，你们能不能玩点别的套路？你们以为自己真那么聪明？"

"当然，我并不说你有什么别的心思……"

"打住，打住！"他朝我做了个叫停的手势，"你们这些人总把自己当根葱。包括刚才你那些摘花什么的，白纱布什么的，酸，太酸，删了吧。如果你现在用笔，就把那些涂掉。如果你现在用电脑，就用 DELETE 键，就在你键盘右上方。找到没有？告诉你，我根本不想来这里大汗横流！"

"我感兴趣的是，你还是来了，比我想象的还激动。我对此有些奇怪。"

"不要同我说这些！我没文化，我猪脑子。"

"其实你不光是想找回手机和 MP3，我看出来了。"

"活祖宗，你还让不让我走？你话瘆呵？骗稿费呵？"

"好吧，就快了，就快完了。你要知道，文学不是由你主宰，也不是由我主宰，也许是市场或者什么在暗中指挥我们。我承认对你的了解有限，本来也不想写这么多，但《新时代》的吴编辑一定要我填满八个 P 的版面，还定要我添上一个漂亮的女乘务与你搭档……"

他摇摇手，一拐一拐地下坡："不行不行，我饿了。你写的这些狗屁列车统统见鬼去吧！"

他重新钻进出租车，要司机开车下山。当天晚上，他甚至不经我的同意就拎着酒瓶上了另一列火车，就是他眼下正酣睡其中的那一列。

附记二

就在这同一列车上，一位老妇人摘下黑眼镜，对我（即本文作者）冷笑了一声："你以为事情就这么完了？你已经不是第一次对本院的名誉损害了。告诉你，律师会来与你交涉的。"说完气呼呼打开一张报纸，目光落在股票版上。

2008 年 5 月

＊最初发表于 2008 年《北京文学》杂志，同年获《北京文学》优秀作品奖。

801 室故事

一天，接到一起无名女尸案报警，警察们勘查案发现场，发现附近有一串遗落的钥匙——也许是当事人遗落，也许是过路人遗落。这就是说，它与该案件可能有关系，也可能没有关系。

苦于侦案线索很少，钥匙仍属宝贵线索之一，不容警察们放过，被小心取回局里。他们开始查找钥匙的主人。后来根据其中一片大钥匙的型号，查到了本地的某锁业公司，得知钥匙属于一种三年前投入市场的保安门锁。接下来，警察又从该公司钢门的销售和安装服务记录上，查到了河湾区一个名为福海花园的住宅区。最后，喀啦一声，钥匙插入后慢慢地旋转，拧开了一扇门。

门开了，是801室空空的房间。

文件一：801 室装修方案

一、福海花园 801 室概况：

福海花园由金世纪房地产有限公司开发，获国家建设部

AAA级商品住宅性能认定标准，为三星级智能化系统示范高尚社区，提供超值享受，收藏无限美景，为成功精英人士的理想住所。

801室在八层，合同建筑面积为198.2平方米，套内实测面积为141平方米，交房为毛坯房。对外窗均为钢塑飘窗，进深为600。有两个阳台：北阳台为内阳台（工作阳台），该阳台西侧与北侧分别有管径为200的PVC管与燃气管道通过；西南阳台为休闲观景阳台，外设欧陆古典风格的铁铸栏杆。

强电系统已到位（照明、空调等），弱电系统（电话、有线电视、宽带超五类双胶线、安防等）基本集中于客厅之中。

二、业主对装修设计的要求：

玄关　方便主客从容换鞋更衣，给来客不同凡响又不露声色的高贵气象。主题是自然和祥和。装饰墙面为石砖，色调是威尼斯深蓝。收藏鞋柜和雨具一类的杂物柜用原木制作，柜面需有一定宽度，以便将来置放花瓶，摆插野芦苇或干花、麦穗一类。头顶装日本式纸罩箱灯。柜上置陶艺灯，配合遮窗的一挂竹帘，透露出浓浓的东方禅韵。入口侧面置立式镜，方便主客出门前整装。

客厅　客厅应该是另一片风景，主题是青春、快乐、高尚、现代。墙面、窗帘以及大理石地板等应明亮，比如，地板可考虑用佛罗伦萨橙，地砖可考虑用哈佛红，墙壁可考虑用阿尔卑斯白，窗帘可考虑用墨尔本翠绿。谈话区置放黄白两色相间的欧式真皮沙发（已订货，须占地约18平方米），供主客交谈或视听欣赏。采用北欧(瑞典、丹麦、挪威等)抽象风格的茶几与灯具。藤质的报刊篮,可陈设六种以上的时尚报刊,包括大版型的英文和日文杂志,突显客厅的现代气息。南侧墙悬挂业主博士服,使之成为客厅景观的一个亮点。东墙留出大幅结婚照片的空间。谈话区旁边设置组合柜,其中有业主在政治与学业方面所获奖杯、奖证、奖品陈列专柜。西面安装背投式大屏幕电视。环绕组合立体声的线路和喇叭位置需要预留。包括空调柜机的安装,共需要高位与低位的电源外接口 12 个,同时需要顶灯、壁灯、射灯的电源暗线预埋(详见图表一),以便将来满足视听欣赏、阅读报刊、查换碟片、饮茶品酒等活动时的照明需求。风格统一的乳白顶灯,给人柔和舒适之感。

博物架上适当隔开客厅与餐厅,实际上起到屏风的作用,上面应能陈设各种古玩和具有"异国风情"的木制品,可穿插点缀小巧盆景。

餐厅及酒吧　　供主客 6 人左右餐饮。主题是原始和潇洒。设牛仔味吧台,配两张高脚凳。有冷气酒柜和冷气饮品柜的预留位置。有酒具橱柜和咖啡壶的陈放位置。墙面可考虑浅咖啡色意大利小地砖一块一块地拼成,天花由原色条状木构成。墙角适当装饰酒桶、铁锚、渔具、滑轮等异域旧物。预留镖靶的位置。须注意的是,吊顶时需在此区安装环形五彩变光射灯,一旦撤除餐桌,此区可成为家庭舞池。

主卧　　应满足夫妻休息、独立起居、私密娱乐以及梳洗化妆的要求。主题是温馨和浪漫。墙面色调伊丽莎白粉红。窗帘色调用普罗旺斯黄。变光陶艺灯的光线由孔隙中透出,比较迷离和朦胧，营造情感氛围。主要安装设备包括空调、电视机(29英寸)、影碟机、音响设备、保险柜、化妆台等。空间布置尽量通透，保证自然采光和空气流通，并注意私密性，比如隔音功能良好。化妆台应设计一正、两侧、一反的镜面，方便主人全面检查化妆效果。

主卫及公卫　　主卫实现干湿空间有效分离。主要安装设备包括电热水器、进口 TOTO 三大件洁具，以及调温浴体器。还应有储藏洗浴用品、卫生用品、清洁工具、临时换洗衣服的空间，有存放少量书籍杂志的地方。墙壁的瓷砖色彩要淡雅、明丽、柔和，尽量不要用灰暗的那一种。浴缸、脸盆、马桶要大小合适，色调要统一和谐。地砖采用防滑型。灯具是不可或缺的，最好采用冷色的节能灯，镶嵌在扣入板内。浴品柜面用镜子，增加室内采光度。

公卫陈设与主卫大体相同。注意：主卫与公卫均应在适当位置做花架，以便将来摆设鲜花或盆景，幽香四溢，情趣盎然。还应有悬挂图画的空间预留，让人赏心悦目，文化氛围凸现。

书房　　应满足业主两人阅读和案头工作的功能要求。主题是高雅和前卫。色彩偏冷，如地中海风格。应有 AV 出口 2 个，电话出口 2 个，数据出口 2 个，CATV 出口 1 个(详见图表二)，有充分的智能化的网络布线。主要安装设备有空调、台式电脑、打印机、传真机、扫描仪等 SOHO 设备。书橱有储存大版型书刊的足够空间，主要是储存工具书、经典套书等。有专门的文件分装柜，以利分类保存各种学务、政务、商务以及家务的文件资料。通过对设施不同高差的处理，配合灯光照明，满足主人以坐、卧、立等不同姿势进行阅读和工作的需求。家具应尽可能设计成折叠或抽拉式，在提供储藏空间的前提下，扩大平面活动空间，方便交通，以免拥堵。

预留折叠沙发的位置，可灵活改作来客临时下榻的客房。安装排风装置，以便灵活改作抽烟客人的临时抽烟区（一般情况下，客厅成为严格的禁烟区）。

儿童房　　适应小孩成长过程中的学习、游戏以及休息的需求，适应其活动好动的年龄特点。主题是幸福和天真。小孩性别尚属未知，故房间色装饰暂不确定。但基本安装设备应包括空调、电脑、电视机(21英寸预留)、小书架、小书案、玩具柜。建议将床做成高架式，留出较大的学习与游戏空间。须特别注意采光及安全。有环绕立体声的线路与喇叭预留，有电子琴、曲谱架的设置空间，以利将来培养孩子的音乐素质。均采用英文标识的壁饰和图画，让孩子从小习惯英语。

工人房　　满足工仆起居的需求。设置连接书房与主卧的传唤电铃，以便主人传唤。房门留透明观察窗口，以便主人巡视。考虑到此房有时候也有留居老人的可能，需预留安装空调、电视机(21英寸)的线路出口与位置。预留蒸汽足浴器的位置。由于此房间面积较小，橱柜应嵌墙或挂墙，以节省空间。

厨房及工作阳台　　应满足一至三人在其中作业。厨房与餐厅相邻，两区之间须改造成半敞开式，满足便捷交通和空气畅流的要求。主要安装设备是电冰箱(220L)、全套橱柜、管道燃气灶、微波炉、烤炉、消毒碗柜、滚筒洗衣机、衣服晾晒器具。安装悬挂式电视机(14英寸)，方便业主下厨时也可观赏电视节目。阳台则应挂满吊盆栽种的绿萝，让长长的绿萝在风中摇曳，婀娜多姿，既是一道独特的屏风，阻隔来自户外的视线，以增强私密性，又有回归自然的象征，与环保的时代潮流协调。

储藏室(大小两间)　　大储藏室改造成通主卧，为衣帽库。安装环形滑动衣架，确保能挂置一百套左右的服装，壁柜能存放被褥和箱子。应安装干燥机防潮。小储藏室邻近厨房，安装橱柜，主要存放食品和杂物，包括各类 DIY 工具及 SOHO 设备和耗材。

三、业主特别提醒：

智能化布线　　业主爱好旅行、摄影以及音乐，及时跟踪时代潮流，对线路布设有周密和严格的要求。全宅信息点 34 个，信息面板 25 个(详见图表二)。除工人房外，各房间均可独立观看电视，均可电话接入，还可互相通话，以及转接、代接、同时通话，有电脑话务员功能，可设置限制呼出功能。除工人房外，各房间均有宽带网络接入，多台电脑可自组局域网，并可同时宽带高速上网冲浪。为此，布设暗线时，工人应有高度的责任感和充分的技术知识，注意合理和协调，严禁野蛮施工和盲目施工。

材料　　材料的选择、初处理以及加工过程中，应考虑防潮、防锈、防虫蛀(白蚁等)以及环保。所有材料应能通过放射性安全检测。

增值　　鉴于所装修的房产可能在将来用于出售，因此装修设计的最终成果应着眼于巧，结实耐用，性价比高，以便业主将来在出售房产时，能将装修作为独立因素增值出售。装修所有开支须有正规发票并妥善保存。

流程　初步沟通——现场勘测——初步方案构思——第二次沟通——初步方案定稿——施工方案图制作——第三次沟通——施工方案图定稿——材料选定——图纸审核定稿——开工交底——施工现场指导——软装潢布置——初步验收——对不合格部分修改——最终验收（三个月以后）。

热带鱼设计工作室
文件二：801 室搜查报告

福海花园 801 室因涉 3·23 河边抛尸案，经上级批准予以搜查。因房主不知去向和无法联络，故由该宅区管理处代表第三方在场监督，由我组进行当事人缺席搜查。初步提取疑点证物 18 件（附清单），已由第三方代表签字证明。

其他现场观察情况在此简报如下：

一般情况　查无凶器、毒品等违禁物。查无暗室、墙夹层等构造。查无书信、日记、账本等资料。查无身份证、毕业证、工作证、户口、护照等任何有效身份文件，此种情况较为异常。查有宅区管理费、电费、煤气费等收据共 43 份，线索价值一般。

书房　查文件柜中有 801 室装修方案一份，由名为"热带鱼设计工作室"约三年前完成，对了解 801 室房主家庭成员、财产、职业等情况有参考价值。查有房地产项目、文化传播公司、民营学校、健身俱乐部等机构筹办策划方案5份，没有正式运作的资料证据。查有澳大利亚某公司家用热水系统经销委托书1份及相关产品介绍资料传真件，没有经营资料证据。有台式电脑与便携式笔记本电脑各1台，均配有"大智慧"和"股票之星"的股票交易软件，但近一年来无交易记录，有当事人股市套牢和暂时出局的迹象。所存文档资料多与股票交易分析有关，是一般的股评和公司年报。查无电子邮件及联系人目录，疑已被主人删除。文档库中有下载的一些流行音乐与楼盘广告图片。有电子游戏软件若干，包括最新的赛车和麻将软件。

查写字台抽屉里有毕业纪念相册3本，名片簿2本，其线索价值有待进一步调查。查有"商务通"1个，内无电子名片及其他资料。从大词典书套中查获名册一份，疑为房主自己打印。根据上面提供的电话号码抽样查实，列名者均为政府、大学、银行、商界的重要人物，涉及广东、上海、北京、海南等多个地域，看似一社交对象名录。各姓名后均有"生日""籍贯""个人爱好""饮食口味""电话号码""家庭住址""亲属资料""密友资料""经常出入场所""禁忌话题""性格弱点"等详细记录，在"机密"的标注下还有"重要把柄"的记录。

大卧房　　查有未喝完的啤酒两箱半。有烟灰缸。查化妆台上有男用香水、"魔丝"定型水等用品，但室内不显眼处多有积尘。抽屉里有金项链2条。有进口较大号钻戒1只，经特邀专家协验，为伪造品。床头有消闲杂志若干，如《汽车》《女友》《时尚》等。橱内有图书比尔·盖茨、韦尔奇、李嘉诚、霍英东、张朝阳等很多商业巨头的传记，另有《挪威的森林》《天龙八部》

《上海宝贝》等文艺书籍。查橱内还有微型录音机 1 只。另有各款式手机 3 部及手机充电器若干，有各款式 CD 随身听 2 件，有手表 4 只，均性能完好，疑为消费升级后的废弃物。有不同款式墨镜 3 副。

值得注意的是：查一抽屉内有女式内衣 1 件。有女式连裤丝袜 2 双，尺寸不相同。与储藏室里的女式衣物尺寸更是不合，疑此室曾有另一个(一个以上)女人出入。

储藏室　查有订制专用保龄球 2 个，有网球拍和壁球拍各 1 套。男式服装的尺寸不一样，如裤腰围长度从 78 至 98 不等，如属于一人，则有近年来体形变化之嫌。从这些衣物推测，男房主现在身高应在 1.73m 左右，体重应在 85kg 左右；女房主现在身高应在 1.62m 左右，体重应在 60kg 左右，若与 3·23 案涉女尸体形比较，要明显地高大，二者不太相符。此点应予注意。

小卧房　查室内有儿童玩具和儿童图画若干，但无儿童衣物。查有女人用品若干，包括布娃娃 4 个，唇膏 4 支，废品桶里有口香糖、蜜制话梅、太太口服液的废弃包装。查一件挂衣的口袋内有本地至桂林往返火车票 2 张，有本地至北海汽车票 1 张。抽屉内有本地税务抽奖餐费发票 14 张，从金额都较小这一点看，疑为 1 人或 2 人用餐所留。另有港元、泰铢、欧元的零星硬币十多枚。桌上有宽带上网电脑 1 台，内存浏览网址很多，为一般娱乐性网站。鼠标与键盘上有烟灰残屑。一口杯中有烟灰残垢。查床头柜里有扑克牌 2 副，小屉内有胃病药若干，另有睡宝、冬眠灵各 1 瓶，有奋乃静丸 2 瓶，盐酸氯丙嗪注射剂 4 盒，利培酮片剂半瓶，均为安眠药或抗精神病药。

查有《瑜伽功入门》书1册，元极功练功音乐碟3张，讲座门票3张。有不同场所的美发、美容、健身优惠卡共8张。另有律师名片3张，其线索价值有待进一步调查。查床下有女式高跟或坡跟皮鞋若干。其中一浅黄色皮鞋里，发现藏有烈性毒药"毒鼠强"2包，另有微型10公里窃听器1只，台湾华州有限公司出品，HK200型，表面有破损痕迹，似为房主有意隐匿。

厨房　　查锅台、灶台、微波炉上均有少许积尘。查抽烟机几乎无油渍，看来久未使用。冰箱里比较空，仅有面包、火腿肠、苹果汁少许。冰箱上供有铜质镀金小观音菩萨一座，座底压曼谷某高僧何年何月何日开光微小字样。座前有小香炉，积少许香灰。

餐厅　　查酒橱里没有存备瓶酒，疑房主久未接待客人，也无意这样做。查餐桌布上有微薄积尘。查桌布下桌沿有一较深缺口，疑似刀痕，有发生过暴力冲突的可能。经仔细搜查，一张沙发椅底部的横档上，也有多处破损痕迹，与餐桌的缺口相似，疑为刀具砍击所致，初步确定出自同一利器。从痕迹位置上看，可能是有人用该椅抵挡攻击所留。痕迹色泽有二，是新旧两种痕迹的交叠。

查壁橱里有杂乱的高级补品若干，如太太口服液、人参蜂王浆等共12盒，均已过保质期。高丽参1盒已发霉。

阳台　　查有闲置冰箱1个，箱门上有砸痕。有花草若干盆，大部分已枯死。

客厅　　查博物架上有古董若干，尤以古代瓷壶、瓷瓶、瓷罐为多，经特邀专家协验，全为仿制品，并无什么价值。橱柜里有书画作品若干，经特邀专家协验，也是伪品水货，无收藏价值。另有折叠麻将桌2张，有烟灰缸3只，呈多人曾在此聚集玩乐迹象。有星海牌钢琴一架，多个音键不准，似不曾使用。查茶几玻璃台面有裂纹。茶几下有证券类报刊若干。另有杂乱报纸若干，经仔细检查，发现其共同特点是均刊有移民国外（主要是澳大利亚与新西兰）的咨询和代理广告，显示房主可能有移民国外的兴趣。

查玻璃鱼缸里有死金鱼8只，其中3只翻肚漂浮，肉体残缺，疑为金鱼饿极相食而致死。从这一点看，虽然房主没有外出旅行的痕迹，如两扇窗子仍然打开，电源和煤气总闸没有关闭，而且宅区管理员称男房主似乎一周前曾经出现，但从死鱼情况判断，此房已有15天以上无人居住，或是无人料理。

其他情况　　查外卫生间里一瓶洗面液瓶口未盖上，另有水龙头未拧紧，有小水流一直漏泄，估计最后一个离开此房的人行动较为匆忙和慌乱。

刑警大队3·23案探组

——801室的全部故事就是这样，过于残缺，似有却无，算不上一个故事，充其量只是某一个故事的场景。

看来，本文的标题名不副实，一开始就应该改拟，比如改拟成《801室无故事》，或者《801室场景》，再不就是《801室物品》。

其实，每一件物品都有故事，起码是某个故事的痕迹，甚至可能成为某个故事的物证。但从物品中读出故事，需要有一定的生活经验，比如一个没有当过母亲或妻子的人，大概不会从一条男人腰带的尺寸，想到当事人的体重、性格、生活规律以及可能的处世态度。从物品中读出故事，有时候还需要一点侦探式的敏感，比如刑警探员们在此次搜查中，基本排除了801室与抛尸案的关系，但又觉得这个住宅提供了新的疑点，需进一步琢磨与调查。他们的兴奋不已和浮想联翩，正是得助于一些沉默不语的物品，比如这一间住宅里的药丸和字画。

我们缺乏这种敏感，因此常常像一个不懂化学的人走过了一大堆化学方程式，或者像一个不识谱的人翻过了一页页乐谱，眼中什么也没有留下。这些年，我们到过很多房间，到过很多大楼，到过很多地方和很多地方，眼睛里也许有价格、质地、款式、防伪商标等等，但从来没有什么故事，就像一些不懂方程式和乐谱的匆匆过客。

既然没有故事，就不需要故事的结尾。

暂时就这样吧。

2004 年 6 月

＊最初发表于2004 年《上海文学》杂志，后收入小说集《报告政府》。

方案六号

你又来做什么？电话里不都说了吗？我没法帮你找工作。你别看我在这里混了这么多年，自己还是盲流一个，还得吃老婆的软饭。走吧走吧，我等一下要出门送货了。

你还是去看报上的分类广告吧。要是你运气好，也许能碰上哪个华人老板要个看仓库的，要个跑外卖的。要是哪个富婆要找个小白脸陪陪，你小子就把耳朵掏干净点，就把牙齿刷干净点，拿出为共产主义英勇献身的劲头冲上去，先去混个吃饱喝足再说。人家女的当金丝鸟，你就当一回金丝熊，男女都一样么。男子汉同样可以坐台，同样可以傍大款。阿彬那小子不就是傍了个台湾婆，坐了几年婚姻台，才混出个人样？

迈阿密？NO，全美国你哪里都可以去，就是迈阿密不能去。这我一开始就警告过你了。那里工资确实高。你知道是为什么吗？那里是边境，满街都是黑社会，满街都是非法移民，移民局就查得特别厉害，查得打黑工的都不敢去，劳务价格才高起来的。凭你鸦片鬼的样子，几句烂英语，你还想到迈阿密去玩？我话说在前头，出了事，我可没办法到局子里捞人，也不敢操起卡宾枪去劫狱。你把鬼佬的牢底坐穿也是你自己的事。

你烧几炷高香，自己看着办吧。

你还是想卖画？慢点慢点。还要我给你介绍画廊？你没发烧吧？没病吧？你没病那就是我病了，我要是答应你我不是严重脑膜炎是什么？不是精神分裂症是什么？告诉你，在美国什么都值钱，就是艺术家不值钱，随便到哪里都可以扫得出几大筐。你到纽约现代艺术博物馆看看——纽约，牛皮吧？但那里一个月轮换上百个画展，玩完抽象玩具象，玩完具象玩抽象，什么先锋前卫，什么装置行为，都臭了大街啦，你看了一万个等于看了一个，你看了一个等于看了一万个，谁当回事呵？还不说你现在没有本事到那去露脸，就算你在那里混了个三进两出，对不起，你该刷盘子还得刷盘子，该饿死还得饿死。你看见我家对面汽车站前那个老头了吧？就是那个拿地铁票叠花呀鸟的，对，一只要卖二十五美分的。你不要以为他是美国贫下中农，说出他的来历，恐怕要吓你一跳。这位老哥，俄国大画家，当年苏联总统戈什么夫，对了，就是你说的这个戈尔巴乔夫，还给他授过勋章。现在怎么样？就差一点要进疯人院了。

你说那几位爷？你怎么能跟他们比？人家抢占先机，人家赶上了时候，人家祖坟埋的位置好，好得开了裂，那就该人家饮汤喝水，吃香喝辣，甩开胯裆走八字路，轮不上你来眼红。当年人家玩垃圾的时候，玩爆炸的时候，玩人民币的时候，玩人畜猪的时候，你小子到哪里去了？我承认，你说得不错，那些东西是没有什么了不起，也就是憋一个观念唬人。不怕你笑话，我老贾第一次玩行为的时候，也只是少先队员小小花朵的水平。跑到大楼顶上一亮相，还不敢全脱，咬咬牙还是留了条三角裤；举起来的标语牌也让人笑掉牙，无非是"大干四化振兴中华"！无非是宣传《人民日报》社论精神！活脱脱是个游泳池里蹦上来的共产党员。但那是什么时候？那时候玩行为还是原始股，刚出锅，鲜，一条三角裤就可以吓得派出所全体干警出动，就可以让德国记者和英国记者来做专题采访，请我老贾喝可口可乐和吃比萨饼。

我说这事的意思你应该明白。这就是说，这现代艺术就是一趟一趟的车，你没赶上就没赶上，不要怨天尤人。现在连末班车都开过去好远了，都收班了。你没看见人家连死婴都吃起来了，想得绝吧？想得恶心吧？这就对了。现在的艺术，尤其是中国来的艺术，就得让你恶心。恶心了就有效果，恶心了就火。你还不得不服。

不过恶心到这份上，没法玩了。除非下一步你敢脱了裤子屙屎然后自己细嚼慢咽，你敢不敢？

总归一句话，你来迟了。你现在就是装"地下"、装民运、装"反革命"也不灵。"地下"有什么了不起呵？闯江湖的中国哥们说起来都"地下"，都有一打一打的故事：无非是什么画展被禁，什么被安全局特务盯梢。人家老外听得耳朵都要起茧子了，表面上跟你慈祥，心里不知道笑成什么样。

你别打开，我告诉你，你别打开。你这些画我不要看，而且我不看也知道是些什么破玩意儿。架上绘画，也不看现在是什么年头！不是我看不起你，我连自己也看不起。我也不是不帮你，要你去打包，是你自己不愿意去，那就不能怨我。你们都是吃社会主义的大锅饭，吃懒了一身肉，真该到水深火热的资本主义社会受受教育。其实我刚到美国来也打包，一干就是八个月，干到最后看见什么都想把它包起来。陪老婆上一趟街，老婆看商品，我就看包装。警察来查我的证件，我还想着如何给他塞泡沫垫，如何给他装箱，如何让他防震防潮防倒立，一个劲估算着他的规格和重量，看着看着，让他脸上变了色，伸手就去摸枪。这家伙还是鲜活物品呵！我正愁着手边没有绳子，脑门就被他的枪顶上了。你说那惨不惨？那是人过的日子？

我后来还给人家洗车。对了，我那张福特汽车发动机的拓片就是洗车时得到的灵感。后来拓电脑主板，拓地下水管，拓立交桥，拓自己的小"弟弟"……其实是如法炮制，把现代世界全都拓成黑不溜秋的古迹，一片黑暗夜色，鬼影在浮动，还有点狰狞，再加一点残缺，再加一点漫漶——漫漶你懂不懂？就是模糊不清呵。这都是要让鬼佬知道一下东方拓片的厉害。这里就有东方哲学，他们玩不过我们。不过，我老贾这样伟大的灵感，也只是赚个吆喝，赚不到钱。你一点办法也没有。那张发动机的拓片，扎扎实实的大制作，卖是卖出去了。钱呢，经纪人黑去一半，还得让我交税，落到自己手里也就是几个烟钱，哪比得上我老婆做服装生意，只要接一单，少说也是五位数的进项。跑到中国去转一圈，人家市长说她是外商，把她当姑奶奶供着。

你不要在里抽烟，我老婆闻到烟气会骂人。走走走，我们到洗衣房去抽吧。

你说我怕老婆，唉，没办法呵。人在屋檐下，不得不低头，吃软饭么，就得忍气吞声交出好多人权，你是毕加索二世也没有用。

你这云南烟好，味纯。你别客气，我哪里能要这么多烟呢，你自己留着抽吧。哎呀真是不好意思，你看你看，你这是……你这是何必？其实，我一直是想帮你的。这么说吧，你想清楚：你到底是要名还是要利？你要是铁了心要名，硬是要火一把，那也不怎么太难。我可以给你一个方案，你照我的方案去做，保证你在全美国一鸣惊人，三天之内成为新闻人物。你说我吹牛皮？笑话，要吹牛皮我找江泽民去吹，轮不上找你。你好好听着，我有些话要说在前面：这个方案不一定能赚钱，而且还有风险，比方说要蹲蹲监狱什么的，你敢不敢？你先不要问能不能成，你先说你敢不敢吧。好，你说了敢，这是你说的，我就看在我们多年朋友的面子上，把这个方案六号无偿转让给你。要是对别的人，不预付五千美金一律免谈。

你不要急呵，你坐下，你听我说。我当然不会要你去做你根本做不了的事。既不要你去放火烧国防部五角大楼，也不要你去把克林顿的鸡巴割下来。你那几根肠子几块肺我还不清楚？这个方案是我前几年准备的，很多方案中的一个，后来没时间去做了，就搁在抽屉里了。这个方案首先要求执行者，也就是本案的行为艺术家，拿出三万美金去报纸上打广告……什么？你没有这么多钱？那你拿两万也行。什么？两万也没有？你小子在国内搞装修画广告的那些钱都到哪里去了？那你自己说，你有多少钱？一万二？就一万二？这么一点点？这有点难办。让我想想……好，一万二就一万二吧，你也可以试试，看报社能不能给你打点折。你得找个英语好的人去为你办这件事，说你是个艺术家，不是来做商业广告，只是在报上公布一个行为艺术方案，请他们优惠一些。你得找一些大报，《纽约时报》《华盛顿邮报》什么的，舍不得孩子套不住狼。你的方案主题么，叫作《吻》。内容就是这样：某年某月某日某时某刻，在芝加哥全美国最高建筑物西尔斯罗伯克大楼上，你，戴维斯·王，一个中国现代行为艺术家，将从高楼上坠身而下扑向大地……

你不会跳伞？你哪有什么降落伞？对，就是光着身子跳！对，也不是什么蹦极，就是跳楼自杀，自绝于党自绝于人民！这才刺激对不对？这才能引起轰动对不对？你急什么？谁要你真去送死？你听我说。你不是要出名么？你不死一下如何能出名？你活着谁愿意看你？看你吃饭？看你穿衣？看你走路打喷嚏呵？人家个个都在活，没有什么稀奇。但人家个个都怕死，所以就要看你死！所以你必须死！必须死得彻底！当然当然，你用不着真死。我后面会给你安排。但你在公开的方案中必须这样宣言：这次创作以生命为代价，因此是你最后一次创作。在你从高空坠地的过程中，你将对人生做出独特的艺术诠释，将对自由、美、佛教密宗做出最为完美的表达和建构。你将在坠落过程中感受到加速度，感受万有引力，感受神义的存在。你身体的第一个造型是字母 S，第二个造型是字母 C，第三个造型是字母 J，第四个造型是字母 V……你可以说，这是与神的语言交流，也可以说是一个人名的英文缩写。至于这个人是谁，至于你为什么要用身体表达这个名字，你可以在公开的方案中说，也可以故意不说，让人家去猜。这各有各的好处。比方说，你可以说那是你未婚妻的名字，而那个未婚妻就是在三年前的此刻逝世，死在中国的一次悲惨的灾难之中。这不，爱情也有了？批判现实也有了？此时此刻，你，戴维斯·王，唰唰唰扑向大地，就是对你未婚妻最后一次热吻。好，《吻》的主题和来历在这里正式揭晓了。你的落地将是一次血肉飞溅，一次粉身碎骨，相当于一颗肉弹爆炸，也算是吻出一朵灿烂鲜花，作为你对未婚妻的献礼，扑通一声也是你与你未婚妻迟到的婚礼，永恒的结合。

怎么样？精彩吧？这样的方案一公布，那些洋婆子还能不哭得以泪洗面死去活来一个个皮泡眼肿都像大金鱼？她们哪里见到过这样的婚礼？哪里见过这样的圣洁情人？她们早就对丈夫在外面吊膀子养二奶怒火万丈，一个个苦大仇深，水深火热，这时候还不把满腔的委屈和满脑子的幻想都撒到你小子身上来？

到了那一天，你当然得去，敢说就得敢做，不能熊。不过你放心，有了这一个公告，消防队肯定比你去得早，警察肯定也比你去得早，你小子到时候想死还很不容易哩。

大楼顶层等一切可能出事的地方肯定已经清场了，封闭了，说不定楼下还拉开了救生网和救生气垫。警察和警车严阵以待，记者扛着照相机和摄像机到处乱窜，一些好事者肯定也在那里拥挤得密不透风。你想想，这一切都是为你而准备的。你，戴维斯·王，今天是全世界最耀眼的明星！全世界最野心勃勃和最厚颜无耻的大骗子！比美国总统和联合国秘书长还牛皮，正在被亿万革命群众提心吊胆地期待和关注。你最好打扮得像一个要出席婚礼的新郎，要中国式的，中国味才能出彩。你得穿件长袍，戴个礼帽，来一条大红缎带束腰，好让人家一看就想到30年代的北平或者上海，就想到老式留声机和人力车，就知道是东方情圣戴维斯·王已经光临。这样做的好处，是你不用什么人介绍，一出场就能抢镜头，好好地风光一把。你最好少讲话，你那猫叫一样的英语别让美国人扫兴，一脸深沉一脸苦难也比较酷，看任何人都要像看仇人，要想象那人强暴了你姐姐或者黑了你的吃饭钱，对，就要有这种深仇大恨的感觉。你当然还得用点心计，就是要冲着警察多的地方去，冲着大个头的警察去，这样你才打不过他们，才用不着真的跳楼。

你已经明白了吧？你硬冲就是，不用同他们废话，拿出一往无前义无反顾的样子。他们若拦阻，你就开打。掏心拳，扫堂腿，想怎么打就怎么打。一打你就安全了，如果你把警察打得鼻青脸肿口里冒血，如果你砸烂什么玻璃或者什么照相机，那就更安全了。暴力袭警，起码判你十天拘役。你想想，你小子怎么可能死？你怎么死得了？

哈哈哈。

方案到了这一步，当然就是内部方案了，就是天知地知你知我知的阴谋了。中国人要玩起阴谋来，他们老外傻乎乎的哪懂这一壶呢？你记住，你在监狱里必须绝食，必须抗议，抗议警察干预艺术创作，抗议芝加哥没有艺术自由。你最好一纸诉状把芝加哥警察局告到法院上去，控告他们是中世纪的黑暗专制，迫害艺术家令人发指。你得想想，你现在是新闻人物啦，说任何话都是新闻，放个屁也有录音机录着，打个喷嚏也有摄像机拍着，接见记者的苦差事会让你烦不胜烦，大人物有的苦恼你都会有。你小子就是盼着这一天吧？但你接见记者最好少说话，胡说八道对你没有什么好处。你最好一看见记者就目中无人，就练气功，就打坐，就背诵点什么狗屁经文，或者带着氧气袋、输液瓶什么的，拿出气息奄奄说不出话的样子来，有话让你的朋友去说，让你的经纪人去说。如果硬要让你说，你就不能同他们照规矩说，要答非所问，语无伦次。你反正现在已经东方神秘主义了，见山不是山，见水不是水，见牢房不是牢房，见记者不是记者。天一句，地一句，你跟那些记者越拧着说越好，越往玄里说越好。那些小记者就是要这种刺激，就是要这种料。

什么？你连什么是料都不懂？料就是新鲜事，就是可以上报纸的材料呵。

你在干什么？你还在听着吗？你回来，回来，我告诉你：你的名气还将越来越大。你得记住，你要戴着手铐继续公布你的行为艺术方案。现在你不用再交什么广告费了，那些媒体巴不得从你这里讨点新闻呢，你的后续方案他们能不争着抢着要？能不往头版位置上搬？你可以这么说，鉴于芝加哥警察局对艺术家的无理迫害，鉴于你天人合一的情怀得不到世俗当局的理解和支持，万般无奈之下，走投无路之下，你，戴维斯·王，只好借助民航客机来完成创作。你得请航空公司和旅客们谅解，到时候得请他们不要惊慌并且系好自己的安全带。你非常抱歉，非常抱歉，这一次不能向他们预告行动的时间了，但那个时刻将会到来的，可能是十天之后，可能是二十天之后，可能是三十天之后，在美利坚阳光灿烂的万里长空上，你会突然拧开某架客机的舱门，迎风屹立，气宇轩昂，世界上任何力量也不能阻止你对大地的崇拜和回归……你想想，你这一说，还不把所

有的航空公司老板给吓晕？还不把所有的航班订票量吓得哗哗
哗往下掉？还不把全国新闻界乃至联邦调查局都搅个天翻地覆
呵？……哎你听没听？你关着门干什么呢？你什么鸡巴要把一
泡牛尿撒这么久？想在我家厕所里安营扎寨等着过年怎的？

你怎么回事？不舒服吗？你慢慢说，慢慢说。我没听明白。

你坐下来说，说得清楚一点。你的意思是说，你老爹已经
在医院楼顶上跳……跳……他贪污了么？贩毒了么？也玩行为
艺术？哦，我明白了，明白了。他……是想给你省钱，想省出
钱来让你出国当大艺术家，不让你们再为他花费。

对不起，我真不知道这件事，你也从没有对我说过。

对不起。我这人嘴臭，嘴毒，哪壶不开提哪壶，不知道你
爹有这么回事。你不要哭了。再哭，我也会忍不住蛤蟆尿了。
你爹真是个爹，真是个爹呵，真是个爹呵。他去年还同我搓过
麻将今年怎么就得了……怎么就来这么一手呢？癌症，没有办
法。来，不要哭了，你哭得我有点害怕……真的害怕，也差不
多要癌症了。我们喝杯酒吧，为你爹的在天之灵干杯。

你爹是玩真的，我们都是玩假的。我们都是伤天害理的浑蛋。

好了好了，也为普天下走投无路的浑蛋干一杯吧。我老婆
可能快回来了，来来来，把烟灰拂掉，把烟带上，我们还是到
洗衣房去喝。

2001 年 4 月

＊最初发表于 2001 年《红豆》杂志，后收入小说集《报告政府》。

故　人

　　余先生去国二十年后重返故乡，是小城一件新鲜事。事先省里有关部门来过电话，称余先生是爱国侨胞，在香港及美洲有数千万资产，这次回乡观光，地方上务必热情接待，以利招商引资和改革开放。

　　县委和县政府已开会专题研究过此事。县招待所五号小楼立刻重新装修，换地毯，换窗帘，灭老鼠，喷香水，摆设盆花和雀巢牌咖啡，显示着县里最高消费水准。派出所警察在小楼外设岗派哨，整顿治安秩序，阻止好事者前去拥挤喧哗。据说有位后生以为那里又在抢购紧俏商品，满头油汗地投入了人群，被身后的人一挤，竟冲过了画在地上的警戒线，迫使警察小试电棒。呵的一声尖叫，后生当场倒地全身抽搐不已，脸上有一团僵硬的灰白。县城里有两个疯子，平时总是一身尿臭，喜欢一边唱戏文一边向汽车投掷石块，司机们早已无可奈何并且习以为常。为了防止他们袭击侨胞，警察奉命将疯子临时拘押。一些小娃崽因此失去了欢乐和恐惧，只得退而求其次，将将就就地去看屠夫杀猪，或者蚂蚁搬家，几天来有点怅然若失落落寡欢。

余先生是乘高档进口轿车沙沙沙抵达的。车身史无前例地长，史无前例地黑亮，如一条巨大黑鳗，静静地滑过街市，潜入招待所的深院，使小城人有一种莫名的心惊。从黑鳗腹内钻出来的人，肤色暗淡，身材瘦削，看似中年却早已谢顶，太阳穴深深下塌的颅骨给人一种很紧实很坚硬的感觉。他着一件米黄色的宽大夹克，踏一双平底布鞋，倒显得特别朴素。引人注目的是他左衣袖空空，瘪瘪的，荡来荡去，藏一袖阴阴冷气，成了毫无表情毫无动作的赘物。在他走进招待所餐厅的一刻，一位服务员当的一声失手打碎了瓷盘，门外一部卡车倒车时不慎撞碎了尾灯，而招待所商店的一位怀孕女子当天不幸流产。这一切是否与那条空瘪瘪的袖子有关，不得而知。

　　县委和县政府几个头头都去见了他，照例有握手寒暄，有合影留念，有豪华宴请。水里的白鳝，山里的白面（狸），再加上烤乳猪烧羊蹄一类，都很有家乡风味，可望增进赴宴者的乡情。一号首长介绍了全县的大好形势和引资优惠政策。二号首长陪客人看了两场地方戏曲。主陪是四号首长，即王副县长。他陪着客人参观了化肥厂、木材加工厂以及大理石厂，似乎一切都顺利。只是走进大理石厂的时候，附近工棚里突然发出吭当一声震天动地的巨响，吓得人们惊慌张望，警察立刻拔枪警戒，只是余先生眼都没有眨一下，头也没有回一下，继续细看手里的石材样品。

　　王副县长冒出了一头冷汗，不光是为了刚才吭当一声的巨响，也为客人临危不乱之际出奇地冷静。

　　据王副县长所知，客人既没当过将军，也没当过大盗，为何有如此镇定自若的本领，实是一件怪事。王副县长更不明白，余先生身为巨富，为何却活得极为简单。除了抽两支烟卷，他不喝酒，不喝茶，不吃水果，对歌舞厅夜总会一类更无兴趣。据保卫人员说，在招待所这几天的日子里，他没事的时候就关着房门，在门后一点动静都没有，不知道在干什么。即算走出门，他只是去河边的后街走一走，用照相机把一些普普通通的墙基、石头、老树都咔嚓咔嚓拍摄下来，不知作何用途。在本地人看来，那不过是一条狭窄的麻石街，那些青砖破墙和墙基的片片青苔，没有多少稀奇，他怎么一遍遍走得那么起劲？

他总是在后街从打米厂到河码头这一段来回行走，在小西门一位老阿婆那里买豆腐，一买就是十几片，买来也不吃，叫服务员拿去处理。卖豆腐的阿婆几乎是个瞎子，仅左眼还有花花一线光亮。据查，她是位孤老，原是国民党某军官的小老婆，在丈夫死后一直靠自己的双手谋生，卖豆腐已有三十余年。有意思的是，余先生为何总是买她的豆腐？与她有什么特殊关系吗？既有特殊关系，他为何只买对方的豆腐而不赠个十万百万的红包大礼？……这其中的缘故，外人无从得知。

副县长几次想侧面打听，又觉得不合适，只好跳开话题。其实，余先生没什么话题，甚至从不爱说话。人家说得热热闹闹的时候，他只是听，眼球十分明亮，亮得有些灼灼逼人，探照灯一样从这边缓缓地扫到那边，又从那边缓缓移到这边，有时甚至把说话者们看得心里发毛，说着说着就说乱了。偶有一笑的时候，他也笑得极淡，极浅，极缓，似笑非笑，至少比在场人少笑七成。实在没有什么可看了，他就将目光稳稳停留在前方空中的某一点，所有表情都渗漏到脸皮下面去，筛出一脸茫茫虚空。

他喜欢夹着一支肥大雪茄，但很少点燃。尽管如此，他并不特别冷漠，甚至还很好说话。比如说他抽出一支签字笔，已经签署了向大理石厂投资的意向书，对本县的猕猴桃资源也表示了兴趣。

王副县长高兴了，一心要让对方玩得痛快："余先生不会跳舞，少见，少见。那么愿不愿意到白公渡去看看？那也算个省级保护文物遗址。"

富翁摇摇头。

副县长揣摩对方的嗜好："那是不是想看点录像？别看我们县城小，这里什么片子都有，香港的，台湾的，美国的，日本的，都有。"

富翁淡淡一笑，还是摇头。

"那……你有什么事，有什么要求，只管说。我们这个小县，虽然条件有限，但变化还是很大的，不比你在这里的时候啦。南河铁矿你去过没有？现在都成一个大矿啦，一年产值上亿！这几年竹木、水果、油茶、养殖也都发展很快，你要办点什么土特产，只管说。回一趟家乡不容易么。"

余先生深深地盯了副县长一眼："长官这么客气，那我就真说了？"

"好呵，不要客气，家乡人么。"副县长几乎喜出望外。

"那好，"余先生盯着雪茄若有所思，停了好一阵，"我想见一个人。"

"谁?"

"彭细保。"

"是你亲戚?"

"不是。"

"是你同学或者朋友?"

"也不是。"

副县长有点困惑。在余先生到来之前,有关部门已经核查过,这里似乎没有什么余先生的亲友了。而且副县长在这里从政三十多年,对有头有脑的人大多认识,十八个乡镇中年以上的农民也差不多熟了三四成,但从未听说过彭细保这个名字。

"你……和他有什么关系吗?"

富翁摇摇头:"从未谋面。"

副县长这下就不明白了,但也不好深问。"那好,一切由我们来安排。你如果想安排一个宴会,或者安排你们一起住上几天,好好地叙谈叙谈,这都好说。"

"不不不,"富翁摆了摆下巴,"就见一面,不需要任何安排。"

王副县长更觉蹊跷,回头交代县府办公室,赶快查找一下彭细保这个人。办公室很快汇报了,溪口乡确有个彭细保,眼下家境贫寒,欠债累累,加上身患肺气肿和风湿症,身为共产党员却又多年未交党费,乡村干部也拿他头痛。至于余先生为什么要见他,当地人都觉得奇怪,因为他们两人之间完全没有关系。后来靠两位老人回忆,人们才依稀得知:硬要说有关系的话,那就是余先生的父亲当年作为恶霸地主遭到镇压,法场上是由彭细保操的刀——当时他是民兵。人家都不敢杀，只有他争着杀。

得到这一重要情况，王副县长对安排见面颇感为难。点名要面见仇人，莫非是要报仇？莫非是要算账？不会闹出什么事吧？头头们再一次开会研究。一位部长气呼呼地大拍桌子："呸，姓余的也莫太毒了！他父亲也平反了，房产也发还了，还要怎么样？共产党如今请他住宾馆，吃宴席，对得起他了。他还想当他娘的还乡团，对贫下中农搞阶级报复呵？"另一位部长叹了口气说："话不能那样讲，当年阶级斗争扩大化，有乱打错杀的现象，不对就是不对么。人家有情绪，也可以理解的。"县委书记只好从中调和："我们欢迎余先生这样的爱国华桥来投资。不过见面的事最好还是免了。好了的疤子再去揭，刺激情绪，何必呢？"王副县长惦记着有关筹建果品罐头厂的谈判，忧心忡忡地说："不见当然也可以。不过会不会闹得余先生不快？会不会影响他对政府的看法？"……这样说来说去，会一直开到深夜，最后议定：一方面由县统战部就当年的错杀向余先生正式道歉，另一方面不安排仇人见面，最好是把彭细保临时抓起来，理由是他打麻将赌博，违犯治安条例，拘留期间不能见外人。

打麻将几乎已是全民性活动，所以这个罪名对谁都用得上，是个制造临时人间蒸发的万能借口。

拍桌子的部长对这种处置还是不满，散会时扬起巴掌喊："道他娘的歉！现在共产党讨好国民党，早革命不如晚革命，你们看吧，以后有戏唱的！"

其他头头只当没听见。

王副县长依计行事，把有关建议转达给余先生，不料余先生断然拒绝。他对其他的事情都好说话，比如县里希望他投资果品罐头厂，这没问题；某部长托他安排自己的子弟到海外留学，那也容易。至于谁想来讨个打火机或讨双尼龙袜，更是小菜一碟，谁要谁就拿去。只有这次会见彭细保，他既已提出，就九头牛也拉不回。他夹着大雪茄的手指已经微微颤抖，只说了一句：

"他什么时候出来，我就等到什么时候。"

王副县长暗暗叫苦。

"他就算死了，我也要挖开坟来看一眼。"

这话说得更决绝。

没办法，县里头头们苦着脸又议了两次，只得狠狠心，同意他的要求。安排这次见面之前，副县长把彭细保接到县城，与他谈了一次话。不过后来副县长发现这次谈话完全多余。彭细保根本不记得自己杀人之事，也忘了余家少爷是谁，只说领导要他见谁他就见谁，甚至有一种兴冲冲的劲头，觉得自己的进城特别体面。他大热天呱嗒呱嗒踏一双套鞋，肩头开了花，头发结成块，浑身有股猪潲味，讲几句话就抹一把呼呼噜噜的鼻涕，东张西望，心不在焉。

副县长觉得这样也好，免了一点紧张。他让对方洗了个澡，还递给对方一支香烟，不知为何心生一丝酸酸的怜悯，似乎眼下不是带他去见客，差不多是狠心将他推出午门斩首。

副县长拍拍老民兵的肩，领着他来到招待所小楼门前。彭细保突然倒抽了一口冷气，额头上冒出密密汗珠，眼中透出莫名的恐惧。副县长再仔细看，发现他如同蒸熟以后又在冰箱里冷冻多时的肉制品，脸上聚一团青光。

"县长，我，我突然肚子痛……"

"只见一下就完了。"副县长知道眼下并非去刑场。

"痛得当不住了，我实在走不动……"

"活见鬼，到了门口又不去，你要让我失信？你怕我吃了饭没事做，陪着你好耍么？这是政治任务，你去也得去，不去也得去！"

"我给你作揖。实在对不起，我现在就要回去……"

副县长见他跑，气不打一处来，叫人冲上前去，不由分说地扭住他，简直是把他架进楼门，交给屋内的陌生眼光去发落。有一浪空调机的冷气迎面扑来，使彭细保打了个寒战。前面有几张横蛮的真皮大沙发，因为式样古怪和庞大，吓得彭细保两腿哆嗦。一片猩红色的大地毯在窗外泼进来的强烈日照下，迸射出耀眼的反光，给屋内所有墙壁和天花板都染上了红光。翻腾的红潮甚至注入了室内所有人的瞳孔，个个都成了红眼。

根据副县长的安排，今天多了几个陪同人员，包括扮成服务员的便衣警察，以防意外事故。这阵仗也吓坏了彭细保，他看看这边的大个子，看看那边的大个子，双脚已在地上生了根，怎么也没法往前走。

"这就是余先生，彭细保，你也坐下……"副县长力图制造出缓和的气氛。

余先生眼睛一亮，表现出从未有过的兴奋，呼的一下从沙发里站起来，走上前来把来人端详，平时总是熄灭的雪茄已反常地点燃。

彭细保似乎被提醒了，嘿嘿一笑，缩了缩鼻子："是余同志吧？好久不见了。你老人家还在农业局……"

显然是认错了人。副县长用手捅一捅他："余先生这次从香港来……"

彭细保瞪大眼，领悟了这种纠正。"哎呀，到香港去了呀？我晓得，哪有不晓得之理？余同志是在香港农业局工作是不？上次村里要买尿素，我就说要他们去找余同志。余同志是最肯帮忙的人呵……"说着抹了一把鼻涕。

"你说什么呢！余先生是有名的爱国华侨和实业家，这次是回家乡来考察经济发展的。"副县长有点不耐烦，"你看清楚了再说，好不好？"

在他们说话之际，在其他陪同人员在倒茶和递毛巾之际，余先生一直没有搭腔，但呼吸越来越急促，脸色越来越红亮，额上的青筋明显地暴突和蠕动，眼中两个锐利的光点发出刀尖在太阳下的那种闪光，差一点就要发出嗞嗞嗞的声音。他盯着自己朝思暮想的人，把对方缓缓地从头看到脚，缓缓地又从脚看到头，嗞嗞嗞的目光最后在对方喉结处驻留下来。这当然使副县长一惊：余先生父亲的脑袋，当年想必也是在那个部位与身躯分离的？当年的一件什么利器，也许就是在那里进入的？

余先生满意地点点头，干笑了一声，突然收笑，又再干笑了一声，有点神智错乱的疯傻模样。他快步移动，甚至有点手忙脚乱，换了一个角度，再换了一个角度，全神贯注打量着对方的颈根，目光突然变得柔软，变得幽静而清澈，波动着一种优美的节奏。似乎他眼下盯着的已不是一条颈根，而是一件心爱的古玩，一朵嫩弱的鲜花，如果目光不慎有失，投注得粗重一点，古玩就会破损，鲜花就会枯萎——而这样的罪过断断乎不可。

这条颈根是如此珍贵，他得让自己多年的思慕从目光中从容泻出，将目标小心翼翼地触抚，一分分地探索。

这种柔软的目光让王副县长不寒而栗。

"余先生，你坐下谈，坐下谈……"副县长有点不知所措。

富翁好像根本没听见。

"余先生，都是过去的事情了。那时候都是形势，形势呀。很多事情是说不清的。我在'文化大革命'中不也坐过牢吗？我们好多共产党员的家里，不也是妻离子散吗？哎哎，眼下都向前看吧。来，喝茶喝茶。"

余先生似乎从梦中被唤醒，定定神，抹了一下脸，丢掉了雪茄，回到了平时那种持重的神态。他对副县长点点头："好了，谢谢长官。你守信，我也会守信的。罐头厂的项目我一定参与，但水源品质是件大事，今天我们去河里取个水样吧。"

不待副县长回答，他领先朝门外走去，只是在将要出门的那一瞬，又猛然回头朝彭细保的脸上甩去狠狠的一瞥。

这一瞥刺得彭细保浑身一震。他总算记起眼前是谁了，发出异样的大叫："余二，你长得如何这样像你爹呵……"

余先生的脚步声已在门外远去，愣住了的陪同人员这才反应过来，也跟着一拥而出，把彭细保一个人丢在房间里。

"余二，当年……当年我也是没办法呀……"

十多天后，这位富翁从香港汇来巨款，派来专家，果品罐头厂立即破土动工。小城显得比往日更热闹了，有更多的汽车来来往往，扬起车后的尘浪，供两名疯子一边唱戏文一边投射石头或粪块。有人说，这些疯子现在也能唱香港流行歌了。

1987 年 5 月

* 最初发表于 1987 年《钟山》，后收入小说集《北门口预言》。

西江月

　　人们以为他是傻子，其实他识得字，会搓绳，能编筐，还收集各种男女旧鞋，大概有鞋业研究兴趣。他只是有点懒，对各种招工告示漠不关心，碰到有人雇他挖沙或者卸煤也只当耳边风，情愿守在街边晒太阳，玩蚂蚁，磨石子，放出一个个哈欠，把自己固定成一处街头风景。

　　他一双耳朵很灵，薄薄的肉片微微一颤，就能听见远方似有若无的锣鼓或鞭炮，能辨那是红喜事还是白喜事。他嗖的一下及时现身那里，一身万国装五颜六色大小不齐男女混杂又洋又土，浓浓馊臭还让人们掩鼻而退，呼吸困难，差一点作呕。

　　"这里没有龙贵，到别的地方找去！"主人知道他经常寻找一个叫龙贵的人。

　　他翻一白眼，嘴里嘟嘟囔囔。

　　"客人还没到，你倒抢了个先！"主人气不打一处来。

　　他搓搓手。

　　他再挨骂也不报复，甚至不生气，比方并不靠近酒席强讨，更不会突然上桌抢夺，只是远远地坐在树下，一声不吭地吞咽口水，好像是来为酒宴义务站岗。但这样一个蓬头垢面的哨兵有点煞风景，一旦撞入客人的视野就如无形叮咬，让人心里发毛。万一起风了，不知来自何处的馊臭徐徐入席，与各种佳肴串味，给各种恭维与祝贺的话增鲜，更会大败客人们的兴致。想到这里，主人只能自认倒霉，盛一碗肉饭前去恭请哨兵撤岗，去柴房或墙角单独进餐。更好心一些的主人不但管饭，还会塞几角钱，让这颗毒气弹早一点乐颠颠离去。

对于他来说，酒宴当然不是天天有。有时候，他爬上小镇附近的山头，竖耳细听好一阵，也没听到远方的锣鼓或鞭炮，只得悻悻地回到街上游荡，收缩一下鼻孔，在这家门口炖墨鱼的气味中坐一坐，在那家门口煎豆腐的气味中倚一倚，困了就蜷缩身子睡一觉。他还是不会开口乞讨，不会那样没皮没脸。如果无人施饭，他就会抹抹嘴巴往垃圾站而去，找一点菜根菜叶什么的入口。日子长了，他连活蛤蟆和死老鼠也能吃，有时口吸一条蚯蚓像吸面条；嚼一只炸蜢如嚼花生。但他从来不生病，有时脸上还有两块鲜鲜红晕。

"哇——哇——"他气得一只眼睛大，一只眼睛小，威胁那些把垃圾倒在站外的孩子。

如果发现有人倾倒霉变的香烟、腐烂的瓜果、过期的滋补品，他也必定冲着浪费者再次发飙，再次气得一只眼睛大，一只眼睛小："哇——哇——屎臭臭——"

不知道他是什么意思。

没人知道他的名字，见他支着几颗龅牙，都叫他"龅牙仔"。他的年龄也难以确定，虽然已有抬头纹，但一张脸鲜嫩，嗓音很尖细，薄薄身子好像还没发育完全，看上去是老年与少年的随意凑合。

　　比较熟悉他的是两个乞丐。一个外号铁拐李，是本地名丐，总是扶一钢管为杖，虽气象凶险，但每次只讨三分钱。你要是给他一分钱，他会坚决拒收。你要是给他一角钱，他追着喊着也要将七分钱找还给你，绝不占便宜，绝不乱规矩，让人们觉得特别有趣，也更愿意掏出钱来测试他的诚信。另一个外号变形金刚，是个大胡子，操四川口音。其绝活是在车站或码头占据最佳迎客位置，一屁股坐下来，三下五除二，让自己的左腿膝关节脱位，来一个前后倒置，如同下身反接了一只脚，有点惨不忍睹。照他求助纸牌上的说法，东风浩荡，凯歌震天，红旗漫舞，革命形势一派大好，越来越好，但建设祖国的无私奉献者们有苦何处说？无钱疗伤之苦可有人知？……他的动人说辞和志愿军、老劳模一类不知真假的身份，每次都为他赚了个盆盈钵满。但只要旅客们散去，他左右看看，咔嚓咔嚓两下，又能使膝关节复位，金刚再次变形，然后夹着纸牌从容回家。

　　据他们两人说，小花子已来花桥镇三年多，与他们同宿镇西门桥下，平时不怎么言语，也不做什么有伤丐德的坏事，只是喜欢偷偷公家的招牌，曾先后把学校、兽医站、计划生育协会、革命历史教育基地等牌子，偷搬到桥洞里来挂了个琳琅满目。他连镇政府的牌子也敢偷来当床板，说政府干部连垃圾站都管不好，搞得那里臭水横流没法下脚，实在屎臭臭，太屎臭臭，根本不配挂牌子。至于他自己的事，他家里的事，谁都没听他说过，只是听到他常在深夜梦中大喊一个人名："龙贵——""龙贵——""龙贵——"……大概就是他常在街面上寻找的那个人。

"这里根本就没有姓龙的。"镇上有些人早对他宣告。

"你那个龙贵么，我认得。他到九江去了，江西九江，知道么?"也曾有人这样打发他。

不知道他去过九江没有，去过人家胡乱说出的湘潭、永州、祁阳、安化、麻阳没有。不过他还是幽灵般地出没于小镇，似乎要死守这一个约会地点，深信他期待的人不可能失约，正从远处一步步朝他走来。龙贵是他什么人? 给他许过什么愿呢? 或者龙贵只是他梦中一位救苦救难的下凡仙人? ……人们不得其解。每逢汽车喇叭或轮船汽笛鸣响，只见他应声而起，呼的一下窜去车站或码头，在客流中穿插如梭，逢人便急急地掀起几颗龅牙:"有叫龙贵的吗?"……见对方茫然，便进一步唾沫喷飞，"龙马的龙，富贵的贵。"有时还在掌心上写给别人看。

人们总是对他摇头，或是被他油光光的衣衫片子吓住，慌慌地快步跳开，像避开一只硕大苍蝇。

这些旅客大多是来进香拜佛的。花桥镇是他们上山的必经之地。山上有一禅庙，近年来香火很旺，钟鼓常鸣，轻烟薄雾缭绕林间。穷人和富人都去那里祈福，特别是一些瘸子、瞎子、聋子、瘫子以及各等哎哎哟哟的重病者，不知道听了什么传言，都急着上山求医——据说那里有一位神僧颇得佛力，不用针和药，只是撮土为丸，吐痰为汤，随便在来人脸上摸一摸，或者朝来人屁股拍两掌，就能包治百病。小镇因此越来越热闹了，不光出现了五花八门的斋菜馆，还有各种卖鞭炮、香烛、佛经、雕像、供品、碑刻拓片及各种旅游产品的店面。有些非法游贩也出现在此，躲过警察与市场管理人员，偷偷向旅客兜售神僧的指甲、皮屑、胡须乃至干粪便，声称这些秽物均有医疗神效——只是不知他们的货品是真是假。

有一个鞭炮老板姓陈，这一天站在店前东张西望，最后把目光落在龅牙仔身上。"你过来，过来！"

小花子懒懒地看他一眼。

"你是要找龙贵吧？我可以帮你找到。"

龅牙仔眼睛发亮，朝他走近了两步。

"我还骗你不成？龙马的龙，富贵的贵。没错吧？不过，我不能白帮你，你得给我信息费。"

龅牙仔听懂了，撒开两只赤脚就跑，不一会儿气喘吁吁又回到老板面前，扒开一个旧塑料编织袋，出示里面的各种宝贝：一盏旧台灯，一只旧公文包，一台可以发声的旧收音机，还有一大堆男式和女式的旧皮鞋，轰隆隆的脚臭味扑面而来。

"把这里当废品站呵？要熏死我呵？"老板捂着鼻子后退，"这样吧，你给我一百块钱，要不就给我打五天工。"

龅牙仔沉下脸，提着编织袋就走。不过龙贵对他还是有吸引力的，他没走出两步又折回，挠挠头，指着隔壁小店里卖的包子。

老板好笑："看不出，你小子还会讨价还价？好吧，我就每天加你两个包子，算是你的加班费。"

龅牙仔咬着两个包子，跟着老板走了。事后人们才知道，这一天鞭炮厂有工人嫌工钱少，突然辞工而去，人手忙不过来，陈胖子只好临时拉龅牙仔顶班。老板哪里知道什么龙贵，只是以为小花子好哄，到时候胡编个说法就行。他没料到，五天过去以后，龅牙仔成天追在他屁股后头问：龙贵！龙贵！龙贵！……差一点在他耳朵里磨出茧子。实在混不过去了，老板只好装模作样打了一个电话，回头说："湖下村是有个龙贵，不过刚生出来，还差三天满月。东门外呢，有条癞皮狗也叫龙贵，大家都这么叫，你可以去找。第三么……"他还没有说完，龅牙仔一只眼睛大，一只眼睛小，发出持久的尖叫，夺过电话机就往地上砸。老板当然早有防备，出手夺回电话机，仗着自己腰圆膀壮还把小花子一身骨头扭得咯咯响。"老子给了你三条信息，没加收你的信息费，就算便宜你了。你还要在这里行武？找死呵？老子一个指头把你捏到门缝里去！"

他把龅牙仔轰出店门："滚远点，滚远点，要是再让我看见，我就把你吊到井里去凉快凉快！"

老板的大洋狗也及时出阵，冲着龅牙仔一阵狂吠。

小花子这才逃之夭夭。

陈老板财大气粗，是镇上有头有脸的人物，平时搬着肥大屁股随便往哪家一坐，主人家就得笑脸相迎，又是敬茶又是敬烟，还得恭敬聆听各种教训。他说你家茶叶不好，你家茶叶就是不好。他说你家儿子太蠢，你家儿子就是太蠢。他说你家里有鸡屎臭，你即使从未养过鸡，即使在家里刚喷过三轮香水，也不敢说半个不字。大家都把他当菩萨他爹供着。不过，陈老板接下来的日子有点不顺。比方每天早上开门，他店门前不是有一堆臭屎，就是有几堆五光十色的垃圾，气得他脑袋大。一个"良种猪仔基地"的牌子不知何时挂在他门前，更让他满脸猪肝色，操起一张板凳就砸。但刚砸了这块牌子，两天后门前又冒出一块"烈士陵园"的牌子，比良种猪仔还糟心十倍。他气歪了脸，令手下人把牌子火烧了，在店门前一连放了十挂万子鞭，在门槛上淋了三道公鸡血，还觉得店门前不干净。

陈老板不至于当烈士，不至于住陵园，但事情不能细想呵，一想就大病了一场。他重新出现在邻居面前时，头贴黑膏药，手脚僵硬，哼哼唧唧，还时不时胸闷欲吐。照他的说法，害他的不是别人，肯定是那个该千刀万剐的龅牙仔，真恨不得剥了那家伙的皮才好。他这次住医院、拜菩萨总共花了几大千块，算怎么回事？就算抓住了那个小杂种，把他剁成碎片卖上十次，也卖不出这么多钱吧？

"还是老班子说得对，花子惹不得，惹不得的。"陈胖子苦笑着直摇头，从此见了龅牙仔就躲，见了所有的乞丐都心虚气短。据说他后来花一笔钱，买通一个黑工头，把龅牙仔骗到贵州去下井当煤奴。

一个多月以后，一位赶郎猪的老头晚上回家，看见几条狗在水沟边嗅着什么。夜色昏暗，他看不大清楚，只觉得水沟里好像有动静，划燃火柴一看，发现那是一个人，面色苍白，嘴唇发黑，一条腿粗肿如桶，身上还有很多酱色的血渍和血痂——这不是龅牙仔吗？腿肿成这样，是不是被毒蛇咬了？

他是如何逃脱黑工头的魔掌，如何从千里以外的煤矿跑了回来，如何又不小心受到毒蛇攻击……没有人知道。他后来出现在街头一个拆走了轮子和机器的中巴车厢壳子里，颤抖在乱草丛中，鼻孔里气若游丝，一连昏迷了几天。一个卖瓜的九婆婆可怜他，每天驼着背送来米汤给他慢慢地喂下，还带来一罐

184

浓浓的茶水，替他洗一洗身上伤口溃烂处的脓血。看见嗡嗡飞绕的蚊蝇，她还点燃了一盘蚊烟。

"可怜，可怜，你就没有个家么？"九婆婆终于看见他醒了。

小花子两只眼睛里空空洞洞。

"你就没什么亲人了？"

死鱼般的眼睛还是直愣愣向天。

九婆婆撩起衣角擦擦眼睛，从怀里颤颤抖抖掏出一个小酒瓶："苦命的伢，你活着为哪样呢？你爹妈把你生下来做什么呢？你的苦还没吃够哇？九婆婆今天给你做个主。你把它喝下去。"

小花子眼眸隐约一暗。

"你不要怕。这是快活汤，世界上最好的东西。你一喝下它，身上就不痛了，肚子也不饿了，心里什么烦恼都没有了，往后就一心一意过好日子。"

龅牙仔嘟哝出一个字："龙……"

九婆婆知道他要说什么，叹了口气："伢呵伢，世界上没有你要找的人。你死了这条心吧。"

"龙……龙……"

"莫说是你那个龙贵，就是菩萨也救不了你呵。"

龅牙仔咬紧牙关，死死堵住瓶口，就是不张嘴。一滴泪水终于出现在他眼角。

"这是为了你好哩，你听话，听话，呵？"老人没法灌，收回小酒瓶，揩去对方的泪滴，哀哀地哭了一场。据知情人后来说，九婆婆那一段是觉得自己气虚和腿重，看来是大限在即，哪一天跌倒就再也爬不起来了。她担心自己一旦撒手西去，哪一个来给龅牙仔送米汤？如果没有她的米汤，龅牙仔嗷嗷地如何活下去？

九婆婆一失足跌倒下去，确实再也没有起来。大概是感念九婆婆的善德，一些好心人东一碗汤，西一碗粥，把九婆婆的好事做到底，还叫来一位医生，抓了几帖药，竟使龅牙仔奇迹般地站了起来。虽然脸部多了一块暗疤，拉扯得表情有几分狰狞；虽然一条腿有些瘸，使他走路时尖尖屁股一撅一撅，但他还是重新进入人们的视野，在街边晒太阳，玩蚂蚁，磨石子，放出一个个哈欠。他还去河边九婆婆的坟前叩了几个头，在那里立了好几块牌子，有"先进幼儿园""商品质量信得过单位"以及他曾经拿来垫床的"花桥镇人民政府"。

经过一个多月的贵州行，他甚至更长本事了，伸出的指头不怕火烧，铁硬的脑袋扛得住棒打，还学会了吃土——随手捡起一块黄泥或黑泥，嚼巴嚼巴就能往下咽，令围观的小孩们十分好奇。有一次他没找到合适的泥巴，甚至还吃起了沥青和煤渣，嚼出了杏仁或蚕豆的声响。一位过路的电视台记者发现了这一点，想拍个奇人花絮之类的节目，曾给他三十块钱，想让他在镜头前表演吃土，只因他哇哇怒吼，捡起一个石头相威胁，才遗憾地作罢。

铁拐李想当他的经纪人，追着对记者说："加一点，给两百，给两百他就吃土。"

他在记者那里点了钱，回转身来，却发现龅牙仔不见了。

这一天，又一批外地旅客来到了小镇，停车区里大车小车很是热闹，到处是人头攒动和大呼小叫。有一中年鬈发男子戴着太阳镜，走出一辆白色轿车，刚好被龅牙仔远远地看见。"你认不认识龙贵?"瘸子扶着竹杖照例上前搭一腔。"龙马的龙，富贵的贵。"

对方正在锁后盖箱，随口回了一句："我就是，什么事?"

好一阵没有声音。

还是好一阵没有声音。

事情似乎已经完了。对方回过头来，显然看见了龅牙仔呆若木鸡，脸色发白，全身颤抖，还有上气不接下气的喘息，差不多就是一个将要虚脱的病人。对方肯定以为自己倒霉，碰上了疯子，赶忙跳开一步，朝车那边的两个女人挥挥手，朝山上快步而去，一边走还一边回头。

龅牙仔终于发出呜呜呜的哭声，或者是笑声，追上去问："你……你……真的是龙贵?"

"一边去！我不认识你。"

"你肯定认识我姐。"

"我要喊警察啦。"

"你不就是在黄沙桥的人? ……"

"你……"

"你不就是龙天祥他二弟?"

对方听到这里，大吃一惊，全身僵住，忍不住将小花子上下打量。"你是……"他没说下去，只是乘人不备撒腿就跑，差一点撞翻身边的一个老头。但这已经足够，足以让龅牙仔完成认证并锁定目标。他大叫一声，旋起一阵风，叭叭叭两脚翻飞追了上去。后来有目击者说，那一刻他根本不像个瘸子，只见一道黑光闪过，飞向天空的竹杖还未落地，他已突然放大，像一只巨大蜘蛛缠住了前面的背影。

两个女人发出尖叫，吓得周围的人毛发倒竖引颈张望。他们终于看见两个黑影在河边的西门桥上扭成一团，像是拥抱，又像是厮打。他们来不及打听是怎么回事，就听见那里一声声大叫震天。"龙贵！""龙贵！""龙贵——"这叫声像是欢呼，又像是叫骂，怎么也让人听不明白。一切都来得这么快，快得让人眼花缭乱。直到两个时分时合的黑影在桥上一晃，翻过栏杆，双双掉入河里，激起沉闷的扑通一声，他们这才大致明白，刚才不是拥抱，也没有欢呼。事情似乎有点不妙。

"杀人啦——"

"救命啦——"

两个警察终于从派出所那边赶过来。

他们来到西门桥，朝桥下看了看，只见水面一圈圈波纹渐息，没有什么东西冒出水面。他们见河边有几条船，忙上前交涉，请船老板把船划到刚才溅起水波处，用船篙探入水中搜索。但他们来来回回戳了好几轮，没有戳到什么。围观的人越来越多了。警察从中发现了几个熟面孔，大概是水性比较好的，要他们下水帮着寻找。加上哭哭啼啼的两个女人当场拍出一沓钱，那几个后生就脱了衣服，在腰间系上安全绳，一个接一个跳下水去。不过，直到入夜，直到东门那边升起一轮月亮，他们在水下捞出两只皮鞋，一只铁油桶，一个摩托车头盔，一头半腐的死猪，还有一张糊满泥巴的渔网，就是没有找到人。只有一只出水的男式皮鞋，由两位哆哆嗦嗦的女人辨认，是当事人的，由警察提到派出所去了。

"龙贵——"

"龙贵——"

"龙总，你在哪里呵——"

夜色降临，西垂的一轮明月下，苍茫远山垫在树林剪影的后面，河面上飘摇着一把闪闪烁烁的光斑。两个女人在河边一直哭喊到深夜，在码头的石阶上拍出更多钱，还有当场解下的金戒指、金项链以及金耳环，算是对救人有功者的重重悬赏。更多的船动了，搅出了更多月光。更多的小镇居民聚集在河边交头接耳，惊得两岸狗吠声久久不息。一些手电筒、灯笼以及火把闪烁不定，沿着河岸向下游摇曳而去。

龙贵的尸体三天以后才浮出水面，漂到下游的一片芦苇边。据说他已全身浮肿，肚子膨大如鼓，虽然四肢还在，但鼻子没有了，耳朵没有了，上下嘴唇也没有了，整个脸盘似乎被木匠刨子刨去一层，刨去了毛边和棱角，只剩下一团圆乎乎血糊糊的肉瓤，暴露出多处白骨。法医从他脸上发现好几道深深肉沟，相信那是牙齿啃刨的痕迹。至于龅牙仔，当然也没活下来，据说他满嘴肉泥，身上至少有四处骨折。

这真是一桩离奇而惨烈的命案。

因为没找到身份证，也没法给中年男客恢复容貌，加上两个涉案女人失约，未去派出所留下笔录，驾着白色轿车不知去向，警察手里的破案线索实在有限。他们不知道死者是什么人。从龅牙仔寻找龙贵这一点看，他并不认识后者，与后者应无直接的过节，那么他是为谁张开利嘴？为他父亲？母亲？姐妹？

兄弟？师友或者乡亲？同样令人迷惑的是，这食肉之恨何来？是关乎钱财？关乎性命？关乎情爱或尊荣？……警察遍访小镇居民也没问出个所以然。九婆婆的儿子说，他听鲍牙仔昏睡时骂人，好像是骂自己没有用，但那是操一种奇怪方言，他没怎么听懂。铁拐李说，他发现鲍牙仔每年六月初到河边烧纸，祭悼什么人，但不知与案情是否有关。

上级公安机关也派人来查过，只查出那个叫龙贵的身家不菲，是山上禅庙的大施主，至少有过三笔数目不小的捐赠记录。

事情到此，看来也只能不了了之。警察叫来几个农民，把两具尸体埋葬在西门桥外。

街市恢复了往日的热闹，山上的香烛气息和钟鼓声响不时飘下来，流散在墙基或者檐角，流散在外地旅客的擦肩而过和蓦然回首之际。不知什么时候，人们发现街上出现了一个少年，也是在找人，逢人便问："你是不是王海？"如见对方迟疑，又急急地解释，"龙王的王，海洋的海。"甚至还要在掌心中写出字来给你看。

更严重的情况是，不久后街上又冒出两个陌生面孔。一个是黑脸大汉，见人就问："你认识周华剑么？"另一个是戴眼镜的妇人，见人就问："你知道李子明住在哪里？"

街上闲人们一听这话就心惊，好像自己就姓周或者姓李，凉气从背脊一直升到后脑，纷纷作鸟兽散，包括赶快揪回自家的孩子，哗啦啦拉下铁闸店门，让寻人者不免有些诧异。

他们都面带微笑，甚至衣冠楚楚，不像是刺客。说不定他们只是来寻找情人或恩人的？或者是拾金不昧来寻找失主的？

或者是受台湾熟人之托来寻找什么故旧？

他们四处探头探脑东游西荡的时候，街上寂静了许多。

据闲人们说，这个小镇的居民后来都习惯于晚开门和早关门，习惯于养看家烈犬，而且多了一些流行口白。人们见到做了恶事的人就忍不住诅咒："等着吧，总有人要长龅牙齿的。"或者是："就算老天没长眼，他也不一定过得了西门桥。"喜欢恶作剧的人还曾这样吓唬朋友："不得了，今天街上有个眼生的人到处打听你哩。"直到有一次，一个被吓唬的人当场晕倒，口吐白沫，全身抽搐，差一点猝死，大家才知道这种玩笑不能乱开，往后的口舌才谨慎了许多。

2007 年 9 月

* 最初发表于 2008 年《中国西部文学》杂志。

生　气

最近忙什么呢？

　　什么屁话？居然问我忙什么？我干了什么她不知道吗？是真不知道还是假不知道？装聋作哑，明知故问，现在的人怎么这样阴毒？

　　好，就算我去台湾旅游她不知道，就算我出任爱鸟协会副主席她不知道，就算我去光明中学主讲时代与爱情她也不知道，那么我几天前到电视台当嘉宾呢，同人家崔部长坐在一起，与人家歌星和影星坐在一起，黄金时段播出的，差不多是轰动性的文化事件。全国人民都看见了，全世界人民也看见了，她居然装作不知道，什么意思？

　　好笑，你一个小记者，熬出皱纹了才熬成什么副组长，副的呀，副的还组呀，今天竟然也人模狗样，学会了夹枪带棒暗器伤人了？要是你混得再牛势一点，你会不会眨巴着眼睛问我"你是谁"？你今天为什么不问？你吃了豹子胆就这样问呵！

　　告诉你：没门！一边去！歇着吧！瘦死的骆驼比马大，船烂了还有几斤钉，我白某人还没下课，还没打折，不是残汤剩菜。别说以前那个声势吓死你，就是现在的这个委员那个理事，这个顾问证那个贵宾卡，这些头衔随便数一数，也够你一辈子去梦寐以求望眼欲穿的了。十大巾帼英雄的大红证书，你有吗？全国报刊优秀征文的大奖杯，你有吗？香港皇家学院名誉博士的方帽子和黑袍子，你有吗？好几种"名人录"里白纸黑字的条目，你有吗？……明天，崔部长的千金还要约我去一起逛街，一起做面膜，一起练瑜伽，说不定她那个部长老爸晚上还会请我上鲍满楼——知道鲍满楼吗？知道鲍满楼在哪里吗？是什么档次吗？有什么排场吗？餐具是什么质料的吗？小子，你还嫩了点，去路边大排档扒你的盒饭吧，喝你的大碗茶吧。

这就是人比人气死人的现实——你不服吗？不服也得服。你不认吗？不认也得认。

你看上去精神不错呵？

我精神是不错，确实是不错，百分之百的不错。怎么了？你奇怪吗？不相信吗？没想到吗？

什么叫"看上去"？好像我容光焕发青春永驻只是表面，装给别人看的，实际上已经人老珠黄残花败柳臭鱼烂虾——你就是这个意思吧？我没成为一个街头卖甘蔗的老妈子就让你惊讶万分了？我没成为一个晚上偷偷出来拾荒货的鬼婆子你就大失所望了？其实你不用明说。我还没老年痴呆，哪能看不清你肠子里灌的什么粪？

寒心呵寒心。我见过无聊的，没见过这么无聊的。见过恶劣的，没见过这么恶劣的。没想到你也是一条喂不熟的白眼狼。忘恩负义，恩将仇报，吃人饭不说人话，穿人衣不办人事。你拍着胸脯想一想,那一次你刚进单位,想当优秀工作者,姑奶奶不是为你两肋插刀说过话?那一次你带着孩子上街坐公交车,姑奶奶不是助人为乐地为你们买了票?那次我们一起坐火车去广州,在车上你吃了谁的话梅、谁的口香糖?特别是那次你被老公打惨了,披头散发,泣不成声,连死的心都有。最后是靠谁的名气、谁的地位、谁的关系、谁的大义凛然才招来了晚报的记者,吓得你老公前来讲和?

你对着镜子看看,自己算哪一盆菜?口红抹得再多、乳罩垫得再高,骨头里还是一股红薯味。老爹就是个菜农户,老妈就是个小摊贩,当哥的开个农用车运煤渣,以为谁不知道么?要是没有我,你怎么会有今天?你那当牙医的老公起码踹你十几回了吧?你现在嫁个白粉鬼或者癫痫症,恐怕也是难免的吧?

我不是要你报恩。我让你到鲍满楼摆宴席了吗?我找你要过金项链或者玉镯子了吗?……得得得,对你这种没心没肺的货,老娘从来没有奢望,就当肉包子打狗了,就当支援灾区或者慈善捐款了。可你这个臭蹄子怎么可以一见面就血口喷人?就话里话外扎刀子?难怪你老公烦你,三天两头要捶你。好,你等着吧,恶人自有恶人报,等他咚咚咚再捶上几回,我看你离精神病院就不远了,离脑震荡或者植物人也不远了!

我好喜欢你家的窗帘。

瞧瞧,什么人呢?什么话呢?说这话是找抽和欠扁?居然只说我家的窗帘好,那么我家的电视机、电冰箱、真皮沙发、品牌地板、全套进口洁具就不好了吗?

你装作没看见是吧？你存心视而不见是吧？难怪你端着架子，今天说要加班，明天说要开会，后天说要出差。一个教书匠哪有那么多会好开？一拖就是两个月，你就是不来姑奶奶这里欣赏一下、震惊一下。其实请你来是给面子，是看得起你，你也学会了蹬鼻子上眼呵？

真要让你看，你还不一定看得懂呢。这种平板电视，数字的，高清的，等离子的，内置机顶盒，55英寸液晶硬屏，智能化自动调节亮度和色彩，起码节能30％，你小子见过吗？超豪华智能马桶，瑞典设计的，韩国制造的，更要震你一个休克和风化吧？你见过这样外表典雅华贵的？这样功能完美无缺和超值享受的？入座自动感知、自动冲水、自动喷洗、自动除臭、自动烘干，还夜光照明和全程遥控，既降血压又减肥，既防癌又美容——你见过吗？不是小看你，你这种人只配蹲茅房，只配拿树皮当卫生纸，怎么明白高科技时代的真正意义？

你装吧，继续装下去，装青光眼白内障视网膜脱落吧，就当我家只有一扇窗子。当着你那个土婆娘的面，你当然得显摆一下狗屁美学，拿窗帘说说事，又是图案又是色彩，又是江南风味又是古典感觉，好像你那个业余进修文凭还真是回事了。当着你那个傻婆娘的面，你当然还得假清高，假朴素，假开朗，吃不上葡萄就说葡萄酸呵。你混账不混账？看手表、挠脑袋、翻报纸——你在报上找火葬场的广告呵？我就不相信你不心虚，不眼红，不冒冷汗。我把话撂在这里——如果你两口子今天回去还能心情平和地吃饭和睡觉，我就把名字倒写。如果你们不羞愧万分，不被今天这件事刺激得闹心、抓狂、呕血、喉干舌燥、时时有犯罪动机，我就不算是人养的！

其实，你买不起也没什么丢人。眼下能活到我这个分上的毕竟不多。只要你继续虚心学习、努力工作、广结人缘，你将来也不是没有希望。我也是可以继续提携和帮助你么。姑奶奶最看不顺眼的，就是你那个酸，那个假，那个三孙子样。你要走就快快走，滚！快滚！能滚多远给我滚多远！

要不要我送一下你？

说什么呢？全世界就你有车么？以为姑奶奶我没坐过车？落下车窗故意来问一句，是看着我今天没车来接是吧？是刻意显摆你开上了一辆破车是吧？告诉你，我偏要走路，要顶天立地地走路！

也不睁开狗眼看看我是谁，不看看我住的是什么小区，用的是哪国的家具和电器……你若看明白了，料你也不敢这样没上没下厚颜无耻。别说是宝马或者奔驰，别说是保时捷或者法拉利，要不是上次我学车受了惊吓，要不是脂肪肝和心绞痛，我什么样的车开不上？什么车没玩个够？

太好笑了，只有你们这些土鳖，才会把车当一回事，总怕人家不知道似的，见熟人就热情开门。得得得，你把卖小菜和收垃圾的也统统拉上，去跑完二环线和三环线再来上班吧，否则你怎么能让全国人民普天同庆？谢天谢地，你还没开上波音飞机，手里也就是一辆普桑，国产的，手动的，比拖拉机强不到哪里去，配你这种小电工倒还比较合适。问题是，这么个破车也值得你三天两头拿去洗？值得你每次开车前用鸡毛掸子掸灰？值得你去装什么车载 CD 和倒车雷达？值得你半夜爬起床朝窗外看几眼？——你放心啦，偷车贼再没事干，也不会盯上二手拖拉机的。

你累不累呵？贱不贱呵？雷人不雷人呵？实话跟你说，你们这些人太没档次了，一点文明细胞也没有。空气污染就是你们这些人闹出来的，南极洲变小也是你们这些人闹出来的，还有石油战争……在非洲还是在中东……反正是一场战争吧……也是你们的滔天罪恶。报上都是这么说的。总有一天，我们这个地球就要毁在你们手里。就冲着这一点，姑奶奶不但今天要走路，而且以后天天要走路，让你知道什么是档次，什么是社会责任，什么是人生境界！

拯救地球这样的大事我能不管吗？你根本没法理解，像我这样的公众人物，能不注意形象吗？能不注意影响吗？能不担当使命和责任吗？姑奶奶不但要对这种低档次、高污染的拖拉机大声说"不"，还要到大街上摇着小旗宣传环保，要到公园里披着红绶带带着孩子们拾垃圾，要在烛光晚会上配乐朗诵关于藏羚羊和小企鹅的诗，把爱心女士们感动得眼泪哗哗的。还要像美国人那样一下班就跑步，骑车，爬山，进健身房，在会馆里练瑜伽——你以为人家没车坐？笑话，绿色消费，低碳人生，天人合一，后现代精神，你听说过吗？人家老外有车也不坐，有钱也要找累和出汗，那才叫酷，才叫文明，才叫前卫，才叫全球化高品位的生活。你小子睁大狗眼学着点吧！

你的诗写得还真有意思。

你这还像句话。可恨的是，你早干吗去了？你以前不知道我会写诗？你我也算相识了二十多年，你以前一直是瞎子呵？

写诗小菜一碟。实话同你说吧，我四岁就会背诗，六岁就会写诗，读小学时就是广播站的优秀记者，校内校外哪个不给我跷一个大拇指？读中学时的作文从来不在八十分以下，被老师拿去贴在墙上当范文不下二三十回吧？要不是"文革"耽误整整一代人，别说北大或者清华，我至少也是留洋博士，怎么可能到今天还在编辑队伍里混？再不济也会在文学界、妇女界、环保界有一席之地吧？告诉你，我在全国出名的那时候，现在的这个作家那个作家还不知道在哪里蛇行鼠窜呢。要不是权奸当道，要不是体制杀人，能有他们什么事？特别是那些女作家，都写过些什么？我姓白的在文坛看了这么多年，还真没一个顺眼的。她们不就是会拜门子拉关系吗？不就是会撒撒娇，装装傻，扭扭腰子，抛两个媚眼，发几条暧昧短讯，呼啦啦把男编辑、男评论家、男记者、男评委、男书记统统搞定了吗？

红颜薄命，天妒英才，我有什么办法？连刘少奇那样的开国元勋也不得好死，连陈景润那样的大科学家也埋没多年，我一直遭受打压，没什么好奇怪的。明眼人都看清楚了：他们一个"抄袭"假案，就把我的主编位置黑了去，要置人于死地，但我朝中无人，能打官司吗？我没有后台，能摆平这个那个委员会吗？我一不送礼二不请客三不解带宽衣，你说姓吴的、姓刘的、姓庞的那些老贼能对我有好脸色？要不是我坐得端行得正，要不是凭实力吃饭，恐怕还被他们扫地出门了吧？恐怕还戴高帽、挨批斗、下大狱、充军流放、尸骨无存了吧？

你废话少说，狗屁少放，别同我说什么公道自在人心，别同我说什么群众。我算是看透了，群众算什么？你不也是群众？你心里有秤没秤？那杆秤在哪里？你充其量也就是今天私下里说句实话，但你有一个舅舅在《人民日报》当差，你怎么没让他为我拉拉场子？你有一中学同学在武汉大学当教授，你怎么没让他来写一两篇关于我的评论？你也有不少社会关系吧，怎么就不找一些知名人物，义正词严地为我来一次联名上书？不要以为我不知道，你那弟弟的老丈人就是厅长，上次评职称时完全可以帮上我的忙，但你一直袖手旁观装傻充愣——你以为我真傻呵？你一点米汤就可以把我灌晕呵？呵呸——这套雨后送伞的假人情我不稀罕，捡回去孝敬你自己吧！

你不知道要提工资呵？

提工资？这也算好消息？也值得你眉开眼笑？你脑袋被踩瘪了吧？被蟑螂和臭虫做成窝了吧？你也不想一想，你我这样的人能提多少？连我们都提了的话，那部主任会提多少？社长会提多少？局长会提多少？广州那边会提多少？上海那边会提多少？军队里会提多少？那些位高权重的朝中高官会提多少？

你吃糠，人家吃米！你添一口汤，人家添十碗肉！你怎么就不明白呢？再说那些肥得流油的家伙还需要工资吗？手里捏着巨额公款，身边的马屁精前呼后拥。吃的有人送，穿的有人送，住的有人送，玩的有人送，连花姑娘也大大的有——你还别不信，媒体曝光的这一类消息车载斗量。就说我知道的那一

199

位，姓崔的，我同他女儿熟呵，到他家去得多呵，他家的金龙鱼和樟脑球都是我送的呵。不怕吓着你，他随便掏出的信用卡就一大把，丢失几张也可能毫无感觉。他想怎么刷就怎么刷，刷个十万二十万，眼睛都不眨。你以为他是刷自己的工资？刷自己的祖宗遗产？刷自己的稿费或者专利？……拉倒吧，凭他那讲三句话也要秘书写稿子的水平，讲三百句话还不知所云的水平，要不是顶个乌纱帽，他给我提鞋我也不一定要。

你别提工资这事，提了姑奶奶就气不打一处来，就恶心，就悲愤，就浑身发抖全身冰凉，闹出个脑溢血你得负责。这些糊弄人的小伎俩，这些收买民心粉饰太平的老套路，骗得了谁呢？也就是骗骗你们这些二百五和臭木瓜。去去去——你去欢欣鼓舞吧，去奔走相告吧，去掐指头拨算盘敲计算器然后对着镜子傻笑吧。你炒菜时要多放油、洗澡时要多抹肥皂、看电视时要多嗑两粒瓜子，总而言之大手大脚花天酒地甜甜蜜蜜地幸福得找不到北。中国为什么不能民主？就是因为你们这种人太容易满足现状。中国为什么不能法治？就是因为你们这种人太喜欢贪图小利。这么多臭木瓜茁壮成长，中国还有什么希望？真应该像谁说的，派一百架飞机来撒耗子药和杀虫剂，撒上三个月，专找人多的地方撒，从南撒到北，从北撒到南，把你们都统统灭了——姑奶奶我才有出头之日！

你不知道崔部长进去了？

你是说他被"双规"？说反贪局的事？我怎么会不知道呢？我在政界、军界、商界、文化界的哥们姐们一大把，什么事瞒得过姑奶奶的耳朵？

姓崔的，我太知道他啦，对他的哪根肠子哪块肺不看个底儿透？他是蠢，走多了夜路要碰鬼，但你放心吧，官场的水深着呢。到时候会有人来为他说情的，会有人打电话、写条子的，会有人来给他做伪证、抽材料、改案卷、堵嘴巴、找借口的，到头来不但大事化小，小事化了，说不定还查出一个优秀领导干部！你信不信？

就算他这次真的翻了船，你以为能把他全部的脏事都查出来？能把所有黑钱都追回来？拉倒吧，他的钱就不能悄悄转到日本或者瑞士？就不能埋到乡下哪个舅妈或者侄儿的菜园子里？就不能变成一笔笔人情拍在至交好友那里，相当于无形储蓄，以后再来慢慢地还本付息？我没贪污也懂得这些套路呵，没吃过猪肉，总见过猪跑呵。录音机？针孔探头？没门！要是我收了钱，我会给你打收条？会当你的面点钱？会在电话里强取明要？道高一尺，魔高一丈。姑奶奶就不能暗示你丢在花园里，事后我再来捡一下？我捡钱不算犯罪吧？捡的钱放在办公室里，又没往家里搬，凭什么你说我侵吞占有？

你放心，姓崔的不比你我傻，不会不留后手。他就算在牢里蹲个十年八年，出来以后照样吃香喝辣。就算这家伙被毙了，他儿子、孙子也一辈子不差钱。再说，没有崔部长还有张部长呢，没有张部长还有李部长呢。即使抓了一百个、一千个、一万个又怎么样？有我们什么事？他反贪局什么的能解决我恢复职务的问题？能解决我冤案平反的问题？能让我身边那些阴险小人都洗心革面或者都斩尽杀绝？……起码一条，我上个月为接待国际友人支出的那几千块钱美容费和置装费，明明是公务开支，明明是爱国开支，他反贪局能给我报销吗？

去去去！别以我是三岁娃娃。什么反贪廉政——快给我闭上臭嘴。你再来哄我，我跟你急！到时候休怪我支气管炎想吐痰知道不？

我一定把你的意见反映上去。

你别说这句还好，一说这话就别怪姑奶奶我要爆粗口。什么叫我的意见？你以为这是我的事？不是你的事？不是你们的事？不是全国亿万革命人民的事？

你知道出版工作多重要吗？如果有关方面按我的想法去做，如果他们真正做到任人唯贤，还是让我当主编，再合情合理地让我当出版局局长、宣传部部长，在中央一级再发挥点作用，全国的出版界、文化界、意识形态领域何至于是这样子？市场上怎么可能有这么多精神鸦片和文化垃圾？千千万万青少年怎么还会这样遭受心灵摧残？整个社会怎么还会有这么多压迫、专制、腐败、愚昧、虚伪、贫困、变态？……我最讨厌你们这样的嘴脸，说的比唱的好听，脸皮比东门老城墙还厚，该捞的一样不少，该做的能躲就躲，能推就推，能装蒜就装蒜。

拜托啦，你千万不要以为我有事，我什么事也没有。你千万不要以为我有意见，我什么意见也没有。只是一条：等到你们大吃苦头的那一天，你们千万别跳楼、别上吊、别割动脉、别放煤气、别吃耗子药，你们一个个就好好地自作自受吧！不是不报，时候未到。时候一到，全部都报。你们就等着天崩地裂九死一生万劫不复水深火热百年不遇从头再来真金不怕火炼青松傲对风霜得儿哪当——得，你把姑奶奶气糊涂了，我这说到哪里来了？是说梦洁牌床上四件全套吧？

别，你别生气了。

我凭什么生气？我生哪门子气？我同你生气犯得着吗？你把我当上访户、抑郁症、特困对象、待业愤青、望穿秋水的深宫怨妇呵？你是不是想同情和安慰我一把？是不是一见人就特想献爱心？小妹妹，你好可爱呢，好纯真呢，好美丽呢，哎哟我一摸你这小手就打心里痛。

嘿，你抬起头，好好地看看我——本大姐像个生气的样子吗？实话同你说，别看我是个单身贵族，我肯定比你过得滋润，过得潇洒，过得丰富多彩。像我们这种素质和教养的人，哪会看得起当官的那几个臭排场？哪会看得上发财的那几个臭钱？他们有什么呀？幸福是一种感觉，是一种心态，是一种精神的自由，你得明白这一点。你得多读点书，多懂一点人生哲学。

你看看我，我现在照样穿超短裙，照样戴大耳环，照样描眉画眼披红挂绿，走到哪里都有居高不下的回头率，我高兴呀！我该蹦迪就蹦迪，该桑拿就桑拿，该卡拉 OK 就卡拉 OK，该推油吸脂就推油吸脂，成天忙不过来，我高兴呀！我吃日本寿司巴西烤肉法国鹅肝酱——我高兴，怎么啦？我买美国内衣芬兰手机土耳其地毯——我高兴，怎么啦？我逛台湾游澳洲跑韩国看地中海风光——我高兴，怎么啦？我最讨厌打麻将，但我要上网 QQ、下水裸泳、坐飞机看足球、进国学班修身养性、一天吃三个冰激凌，怎么啦怎么啦？

走自己的路，让人家去说吧。那首歌是怎么唱来着？"咱们老百姓呀，今日里要高兴呀……"对，就这意思。本大姐今天要高兴，明天要高兴，后天要高兴，永远要高兴！我要不顾一切地高兴，全力以赴地高兴，大张旗鼓地高兴，高高兴兴地高兴，高兴高兴再高兴！

哈哈哈——

咯咯咯——

小妹妹，你能有我这样高兴吗？

2009 年 5 月

＊最初发表于 2009 年《山花》杂志。

收水费

　　我居住河西的时候，所在那一栋住宅楼有四个门道，每一门道五层，每一层左右两户，共计十户人家。每到月底，供水公司的收费员来看一下总水表，给各门道填发收款通知。几天后，待各门道的水费集中了，收费员再来总取。这样，我们这个门道每月得轮出一个经手人，帮供水公司逐户抄表收费。

　　我也当过经手人。这是我结识邻居的机会，但很长一段时间内，我并不知道他们的名字，在逐月积累下来的一沓收费表上，他们都只有房号，只是房号。比方说，我就是三号。

　　十号每月的用水量总是大得惊人。大概这一家孩子多，而且全家正轰轰烈烈生产致富，不知从何处接来一大包一大包的旧塑料袋，把它们拆开，洗净，装包，再送到某个工厂去。家里成了小作坊，工业用水的消耗自然非同一般。敲开十号的房门，机器哒哒声和流水哗哗声立即扑打我满脸满怀，使我面肌隐约发麻。应门的常常是一个约莫六七岁的男孩，小圆脸黑乎乎的。户主呢，在堆垒如山的原材料和成品那边，大概手头正沾着活，或者不方便爬过山来，只是从里屋抛出一两句粗粗的嗓音，算是忙者的回礼。小孩显得很懂事，立刻把我引向水表，搬开挡道的鸡笼、脚盆、锄头，还有几大包产品，手脚十分麻利。完成这浩大复杂的工程之后，水表才从卫生间的一角探出头来，你才可以用扬腿劈胯的高难动作，让一只脚越过某个高高障碍，探向湿漉漉的水泥地，让上身尽可能趋近鸡粪味，也趋近水表。"又是十八吨半！"小孩看清了表上的数字，向父亲传报了陪同核查的结果，不再说什么，熟练地找来一支烟和一盒火柴递给我。我不要，他便把烟叼到自己嘴上，笑得天真而淳厚。

八号的用水量总是最小的，小得简直如用香油，没法不让人生疑——他们会不会用破坏水表的手段偷水？八号门外的楼道已被这一家侵占，是一个日益扩张的废旧用品仓库，竹篓、旧铁炉、破竹床、包装木箱或纸盒，钩心斗角地靠墙堆码，如同忆苦思甜的阶级教育展品，把楼道挤得日渐狭窄，只容人们侧身通过——行人免不了常对八号门报以白眼或嘀嘀咕咕。要是扛一辆单车从这儿经过，那就更为难了。稍不小心撞坏了一块藕煤，这家的女人就会拿着藕煤碎块找上门来，罪证确凿，非让你赔偿不可。不过这一家倒不乏革新能力，比如去他们家不用敲门。门旁有一按钮，你按一下，便可听得门内隐约悦耳铃声，后来我听说那是男主人用一台破电子钟改装而成，足见其心灵手巧。待铃声落定，男主人一张脸从门缝里露出来，脸瘦鼻尖，两眼眯缝，直到看清来人，才笑容可掬并且让门缝更为扩展。收费似乎惊动了他全家。几双神形酷似的眼睛齐刷刷在他身后汇集，都警惕地盯着我，如列阵迎战乞丐或窃贼或敌国特使，使我不由自主心怯腿软，进退无措。八号男人一定从我的脸上看到了怀疑，反复说明他家用水少的原因：拖地板用洗过菜的水啦，洗脚用洗过脸的水啦，冲厕所用洗过脚的水啦，再加上家里人口少（?），再加上他们每个星期天都去岳母家吃住，家里一个月用不了多少水等等。这与那些用磁铁块控制水表的偷水贼岂可同日而语？说实话，我对他的话半信半疑，看他家的水表，黄锈水弥漫在表内，看不大清楚。八号男人说不用看，他已经查过了。墙上贴着一张纸，就详细记载着他历次预先自查的数据，算是对收费工作的紧密配合。

九号住着一对退休老夫妻。老头大半辈子在银行工作，与钱打交道，因此对窃贼最为提防，所以他家的门最难敲开。你不仅要重重敲门，还必须大声呼叫，主人听出来人的声音耳熟，才会来开门的。这一家不仅有防盗铁门，木门上还有铁栓、安全链、大大小小三把锁，组成了立体的钢铁防线，即使主人自己，不大费一番周折也是开不了门的。想那些溜门小偷，对此一定会望而生畏吧？就算是偷得三金两银，也会被麻烦得口吐鲜血吧？老两口对有幸入门的客人都很热情，泡糖茶、递香烟，端上水果。房内别有洞天，打扫得窗明几净一尘不染，几枝月季在客套话的滋润下盛开着触目的嫣红。银行退休干部正在喝中药。说起门，他感慨最多，消息也最灵。他说晚报已经刊载了，哪儿哪儿遭窃，哪儿哪儿被抢，人心不古世风日下，真是不能不防呵，以致他出门时把所有的存折都贴身带着以防万一。他见我也有同感，立刻建议我借收水费的机会，把各家各户串通一下，大家订一个联防轮流值班制度，或者雇请保安人员增岗加哨，他情愿出一份钱。

七号的门上贴着剪纸的大红喜字，自然是一处新婚香巢。小两口不知在哪里工作，每天都早出晚归。我白天敲不开门，只得晚上再去试试。查看水表时，我发现卫生间的水在哗哗哗白流，提醒主人之后，七号男人这才来关了水。他说他没听见水流声，原来厅里乐声大作，又是港台又是欧美又是红军歌曲联唱，立体音响轰击着青春岁月。粉红色的朦胧光雾里，几对青年男女翩翩起舞，另一位女士坐在男友的膝盖上，娇嗔地由对方喂上一颗颗葡萄。在另一间房里，有很多空酒瓶和一堆果皮纸屑，还有大堆黄澄澄的木料，看来主人还准备打制家具，构造更新更美的生活。七号男人留着小胡子，十分豪爽，哗地撕破烟盒，给我递上进口的美国烟，还说要介绍一条"右腿"陪我跳一圈，让我享受一下贴面舞的美味，享受一下熄灯舞的魂销时刻。对于水费，他根本不在意，说算多少都可以，怎么算都可以。一张大钞票塞给我还不让我找还零钱。"你要找钱就是骂人！"他瞪大眼冲着我一个劲地豪爽。

　　四号则永远宁静，总是紧闭着门。主人姓什么，是干什么的，这里无人知晓。好像这一户只住了一位中年男子，我偶有一次见他弓着背出门去，不知此前他何时潜入自己的房间，真有点神出鬼没。他也不认识任何人，前几天才与我点过头，现在我敲开门，他又问，你是谁？来找谁？我说我是你邻居，来收水费的。他说，收过了怎么又收？我说每个月都要收的。他哦了一声，明白了水费是怎么回事，把我引向电表的方向。我说，水表在卫生间里。他又哦了一声，拍拍自己的脑袋，有点不好意思。从他家的水表可以看出，他用水极少，大概除了喝水，是很少擦地板、洗衣服乃至做饭菜的。屋里空空如也，家徒四壁，确实没什么家具，一个床垫放置墙角便算是床了。地上倒是堆码着很多书，有几本线装书摊开了，书内夹着一些冒出头的字条。我说下个月该轮到他来收水费了，他吓了一跳，紧张得脸色灰白，说他对数字最糊涂，不能干这种事，他决不收水费也不收电费。我说每家都要轮上的。他想了想，说硬要这样逼他的话，他就让他姐姐来帮忙。在这一个交谈过程中，他始终没有问我姓甚名谁，当然问了也没用，他记不住的。他在这里只是一个若隐若现的传说，一个似有似无的假定，不可能成为任何人真正的邻居。

一号在我家的楼下，在这十户人家中显得最为风光无限。门前的空地被栅栏一隔，就成了他们的私家花园，种上了各种奇花异草，还有盆景假山，揽黄山、漓江等南北景象天下名胜于一园。常见一群群陌生人来此干活，用陶砖垫出园中小径，或用水泥灌制成预制构件，再搭出花园旁的偏房。这些人干活很卖力，干完活不吃饭就走，连茶水也不多喝。他们对一号男人"科长"前"科长"后的，常有点头哈腰的讨好之态。科长背着手指点他们干活，也常常踱步小径观赏满园春色。他和蔼可亲，是个公共事务的热心人，好几次发动组织邻居们签名上书市政府，要求在附近增建医院，要求改善自来水的水质，如此等等。他家负有浇灌使命，用水却不算多，全仗一辆市政洒水车定期前来输水。他家水表也维护得最好——曾有陌生人笑盈盈地上门检修，发现有点问题，立即换上新产品，就像维护他家的电饭锅、电视机乃至电源插座。科长一听说这个月各户用水之和又与总水表显示的数量有较大差距，便背着手沉思解决问题的方针和方法。他说一定有人偷水，损害公共利益。很可能是八号搞了鬼名堂，应该对八号进行严肃思想教育。他也常批评七号忘记关水龙头，水顺着楼道哗哗往下淌，虽说是自己付钱，但浪费了国家财产么。年轻人啦，不懂得过日子的甘苦，也不懂得艰苦奋斗的革命传统。见到我来收水费，他不给我递烟，也不准我在他家抽烟，对我的支气管和肺叶关怀备至，甚至背诵抽烟致癌的各种统计数据，一边说还一边清嗓子，似乎数据也很恶毒，他对通过了数据的嗓子必须及时检查清理。

二号处一号之侧，住着颇为拥挤的四代共六七口人，经常爆出婴孩们越来越洪亮的啼哭。当家的人称孟爹，也退休居家，常去钓鱼和打牌。他对身旁一号的动静最为关注，一见我上门，就抢先要查阅一号的用水数量。从近几个月数字的变化，他老谋深算地判断，一号不但装了热水器，这个月肯定又添置了全自动洗衣机。"他家里有钱，有钱呵。他家细细最近进了外贸公司，欢欢也在做大生意。这叫什么？这叫钱找钱，钱结伴。越是有肉吃的人，就越有肉汤泡饭呵……"他这一番评说引出长叹，不知是赞叹还是悲叹。他家的卫生间窗子被木板全部封闭，漆黑一团，白天查看水表也得动用手电筒或划火柴——似乎电灯坏了。我问他们为什么不把电灯修好，孟爹不以为然地说，修它干什么？一不在这里读书，二不在这里记账，那么大个坑，还怕屁眼屙不中么？这就让我无话可说。

最难收来水费的人家该算六号。六号住着一对夫妇，都在剧团工作，离了婚，因为找不到房子，只得暂时"非法同居"。

于此，已有一年多时间了。男的常常不在家，是否另有新欢外人不得而知。女主人声称他们的财务早已分开，她只能付她的那一半水费，决不给那个臭杂种垫付或代付。数着角票分币的时候，她还气咻咻地说她完全不该付这么多，因为她用水省，总是在剧团洗了澡再回家，哪像那个家伙，出油汗，出黑汗，每天臭烘烘，一双鞋子没几桶水是洗不干净的。要不是她心软，她根本不会给那家伙洗鞋子，让他娘的打赤脚。我说，既然你还为他洗鞋子，是不是还有复婚的可能？她杏眼圆睁："洗鞋子是洗鞋子，爱情是爱情，这完全是两回事！"她又说，"你以为离婚很奇怪是么？其实没什么。有人说，中国人以前见面就问'吃了么'？现在见面就问'离了么'？时代不同了嘛。我在我的同学中间，算是离婚最晚的啦。"她果然没为前夫垫付或代付一分钱，显示她追求爱情义无反顾的决绝之志。这实在让我为难。大概觉得为难了我，她请我吃一颗糖以作补偿，然后继续去电吹她的一头长发。

最后还剩一个五号，是不用去收水费的。这里原住着老少两个女人，后来少的死了，老的也死了。关于死因，这里的人都吞吞吐吐不愿说，我也不想说。据说人死后阴魂不散，房子里总是闹鬼。有一天深夜，差不多整栋楼的人都听到这房子里地动山摇的一声巨响，像是柜子或桌子倒了，但谁也不敢开门去黑屋子里查看。六号常说，常听到隔壁有脚步声，有女人轻轻哼歌的声音，恐怕是真的出鬼了。七号也说，那套房子窗子都关了，风都吹不进去，但一到夜里那里怎么有房门的吱呀吱呀呢？不是幽灵出没又是什么？他们说得邻居们一个个后脑皮僵硬，小孩子往大人身后躲。一号男人劝大家不要迷信，说世界上哪有什么鬼，大家只要多学一点辩证唯物主义，就不会相信这些鬼话。邻居们不服气，纷纷质问他，你辩证了，你唯物了，但那天晚上你没听见巨响么？你去看过一下没有？你不也是缩在屋里大气不出？……这一说，科长便支吾，便脸红，背着手去看他的仙人掌算了。

后来，房产公司安排别的人家来入住五号，那户人家兴冲冲地来看房子，但一听说闹鬼，就大惊失色，一去不返。

因此五号房至今一直空着。

收费表中的五号名下，月月都是空白。这也没什么，我们每个人或迟或早都要奔赴空白。只是五号少女竟走在我们的最前面，倏忽而逝，我完全没有料到。我对她的面目没什么印象，只记得她每天夜里归家，大概是在中学晚自习后归家，一上楼梯就必定超前地朝三楼大喊一声："外婆，开门——"

楼道的路灯总是坏了，她在黑暗中用高声大叫为自己壮胆吧？她的高声呼叫与故意重踏的脚步渐成定规，成为这里夜晚的一个部分。一旦消失，夜深人静之时，我仰望泼入窗口的银月，会觉得夜晚缺失了什么。

五号房的铁窗很快锈了，木门也蛀眼密布，落下厚厚的粉尘。没有人居住的房子，像摘下枝的果子，失了灵魂的躯壳，没有了生命，腐朽得特别快。常常有老鼠从五号房门下面的缝里钻出来，使过往的行人发出一声尖叫，震落心头的喜悦或愁闷。有时候，一枝来历不明的白丁香，会出现在五号门前，不知是什么人所赠，不知是为什么而赠——这是我的想象。

终于，我向供水公司的收费员缴足了水费，包括为六号男人垫付了他该交的那一半。我的事情就算是完了。

1992 年 6 月

* 最初发表于 1995 年《家庭》，后收入散文集《夜行者梦语》。

北门口预言

北门口是杀人的地方。

城楼靠河，乌鸦总是栖在城墙上，凝视河水里涌荡着的夕阳或晨星。船到了，船客们钻出船篷，忽觉世界明亮耀目，脸上红红的兴奋，便开放在满河的捣衣声及其回声之中。外地人东张西望，鼻梁几乎承受不住凌空欲下的楼影，还有斑驳的青苔，蓬生的蒿草，以及城门上"古道雄关"几个汉隶大字。他们顾盼之间不免暗生一丝惊愕，觉得这里一定发生过什么大事，只是无从打听。

船客们的竹背篓里，多背着穷人的营生。他们有时付不起船资，就用劳力作为抵偿。从辰州到这里溯水上行，一路上三十六滩。每遇到河道狭窄处，哗哗白浪一排排自天而下，船靠岸略停，不用吩咐，这时候自有一些船客挽起裤脚下船，依次搭上一条纤索，拉着船体逆水而上，就算是给船家交钱。纤索悠悠弯弯地悬垂，似乎并未吃上力，却不知纤夫们何以拉得一个个都四肢伏地，一颗颗屁股高高翘起被太阳烧烤。他们涨得脸红脖子粗，额上青筋暴出，大口喘气的嘴巴几乎就要啃着地，啃着河岸上粉红色的野花，啃着岩鹰偶尔投洒过来的影子。本地人把行船叫作爬船，我开始以为是对划船的误读，后来才觉得叫爬船也很贴切——纤夫们一路上确实就像狗一样爬着。

他们沿着河爬进山来，是为了这里的桐油、竹木、砂金、兽皮，还有鸦片和枪。揣度外乡人的目光，首先来自北门口的一些老妪。她们端坐街面上，守着面前小摊上的粽粑、甜酒和醋萝卜，脸上布满如网皱纹，面色油黑光亮，酷似一件件烟熏火燎过的根雕。如果不是逢集，街面人少，她们便少有买卖，但她们仍然天天守在这里，似乎不是为了买卖，只是要列阵迎接暮色，静观岁月在小城里的流逝。

过了街口，有臭粪和飞蝇，有汉子们抽着烟三两相聚，便是牛马场了。这里买牛不论老少，用一根竹条箍量牛的前肋，再以拳宽比量竹条，依长短定出价格。水牛至十六拳为大，黄牛至十三拳为大，此为"拳牛"。买马则须论老少，看牙口，看毛色，还用木棒从地面比至鞍脊，高至十三拳为大，此为"比马"。至于木柴买卖，人们从不用秤，只是把劈柴码成四方垛，用脚比量柴垛的长短，就算估出价格。他们对脚的大小从不注意和计较。

北门口以前是杀人的地方。

买卖若谈成了，汉子们一高兴，大多会去饭店喝酒。店堂里支着几口铁锅，锅下炭火不熄，锅里浑汤长留，周围有窜来窜去的狗，还有杂乱的板凳或矮椅，留住客人们在木板上的余温。新来的客人一进门，对认识和不认识的人都点头笑笑，叫一碟牛肉或猪脚，选一口锅倒入，从容烫热下酒。若是客人多了，锅不够用，店家会取来铁质隔网插入汤锅，将一锅隔成两区或三区，让两三拨客人各得其所。这样一来，锅中食料虽有分隔，但油汤隔网相串，故名"百家汤"；因常年不绝，浅了便加水，加水又见浅，再得名"万年汤"。这种老汤熬煮各种肉骨和菜蔬，翻滚着热辣辣的红油，不知被多少双筷子搅和过，黏糊糊聚天地百味之精华与千家万户之和气，最让客人们欢喜。

酒到三分，他们脸上放出红光，忍不住一手托腮，开始相邀对歌。与拉山歌不一样，这种近距离对歌不在乎声高，只在乎辞巧，因此托腮几成歌手的标准动作，有点像以手遮嘴讲点悄悄话。他们上一板，下一板，一接上头便要比个输赢，常常唱得凉凉暮色流进店来，注入他们的衣袖和他们空空的酒碗，还迟迟不肯散去。在这时候，听歌人其实比唱歌人还忙碌，目光齐刷刷的随着歌声在对歌者之间来回转移，待歌声一落，便评议歌词的优劣。这句好。这句杀得有劲。张老板肚子里文章好多呵。诸如此类。他们精确地审度形势，及时地表彰优胜，巧妙地挑唆情绪，促成一场场诗歌的拼杀。歌手不斗气他们不开心，真斗气了他们又急急劝解，甚至掏钱买酒给歌手们一些安抚。

唱到斗气时，歌手们常有的诅咒之辞是"你烂嘴烂舌讲鬼话，北门口去啃泥巴"。北门口是杀人的地方。"北门口去啃泥巴"一语自然恶毒。这里的人都知道，以前只要铜号声一响，北门口就特别热闹。不用士兵吆喝，摊贩们纷纷闪避，让出城门下那一块地坪空空荡荡，任蝴蝶在那里翻飞嬉舞。因为人们已有经验，有些死囚性子烈，死到临头还要发点脾气，把士兵的手咬去一块皮肉，或者一路上把货摊哗啦啦踢个遍。有一次，一口炸油饼的油锅被死囚踢翻，扬起一匹金浪，烫着了一条狗。这条狗的屁股头至今还红鲜鲜地溃烂了一块，难以摆脱苍蝇的追绕。出于同样的理由，娃崽们此时最让人悬心。他们闻号而动，焦急万分地迅跑，小小赤脚在麻石街上几乎不发出什么声音，接下来在大人们腰边或胯下钻挤，一心把杀人场面看个真切。母亲们免不了到处寻找自己的娃崽，一旦找到便咒骂，便揪耳，便打屁股，把他们鸡一样提回家去。

原来的刽子手姓曾。姓曾的老了以后，又换上了一个姓周的，人称周矮子，周老二。姓周的比姓曾的杀得好，动刀前不用喝酒壮胆，下刀时也不大声念咒，自己身上干干净净，从不曾沾一滴血。他不用板刀，只用拐子刀，每次刀口朝外，贴在自己右臂一侧，听到行刑官下令，便从死囚身后抄上去，横肘一抹，人头落地，动作轻捷利落，旁人还来不及看清刀下奥秘，他的差事就已经完成。人们说，他还可以双刀斩双头，动作一次性完成，叫左右开弓，叫阴差阳错，此绝技不轻易示人。

要是他事先得了死者亲属的银钱，自然会在刀下做点手脚，横肘一抹时看似威猛，刀却极有分寸地暗暗带住，留下一两寸未断的颈皮，连接死者的头颅和身躯，这叫留一个全尸。至于没有亲属来事先打点的，或是獐头鼠目面相刁恶的，痛哭流涕贪生怕死的，周老二一声冷笑，嚓——人头便扬起黑发滴溜溜地旋转，旋得飞快，旋出老远，一直旋到街边的粪水沟里，五官被粪水污得一塌糊涂。脑袋受了这等折磨，身躯还必定扑通一声向前扑倒，算是最后服罪一拜，尊严荡然无存。

这种死法，自然让各位看客目光僵直，倒抽一口冷气，很长一段时间内还精神恍惚。据说有一奸夫，虽然奸情并未败露，但自从在北门口看过一次杀人，已吓得魂不附体，疯疯癫癫几日以后，一根绳子上了吊。

周老二杀人杀得名气大了，便杀出了新规矩。每次完成差事，他提着拐子刀从北门口大摇大摆回家，见到肉案，不用问是谁的，不用看是什么肉，随心所欲砍上一刀，三斤就是三斤，五斤就是五斤，挂在刀尖上，扬长而去，无须说话更无须付钱。这叫作吃"揩刀肉"，谁也奈何他不得。以致后来一听到北门口号响，街上的肉贩子都神色慌张，赶紧收拾摊子躲避，怕被周老二撞见。

周老二没碰上肉案，气不打一处来，便用刀尖戳几个馍，戳一串饼，也算聊作退而求其次的补偿。他的拐子刀泻一道寒光，是他这一天白吃白喝的特权，指向哪里，哪里就得有贡献，哪里就有人赔笑脸。有些人也许是想早早与他拉好关系，见他来了总是尊称"四爷"，又是搬椅子，又是泡茶水或切瓜剥果，阿谀奉承之辞不绝于嘴，似乎只有把这位爷侍候好了，自己日后才有全尸的可能。

"刘麻子他胆敢躲老子！"周老二咬牙切齿，指的是一个肉贩子。

讨好者跟着愤愤：躲什么躲？四爷不是看得起你，会到你的案子上揩刀么？

或者说：这家伙不仁义，将来总要落在我们四爷手里。

只是此语的意思稍嫌含混，不知"落在周爷手里"一语，是指到时候砍下猪肉还是砍下人肉？

不过，周老二也有碰到对头威风扫地的时候。这一次，县衙发布文告，处决一个土匪头。此人是个黑大汉，魁伟身材，从监房一直骂到北门口，又大喊"姓彭的你在云家湾等呵——"不知话里隐有什么故事。他临刑前拒不低头，更不求全尸，挨过第一刀以后，扬着血脖子差一点站起来，挨过第二刀以后，脑袋虽已栽倒，但骂声仍在继续。最后，他挨了第三刀，第四刀，第五刀……让周老二颇费一番手脚，拖泥带水地很没面子。更重要的是，他估计周老二在身后靠近，很有心计地突然改变姿势，由双膝跪地改为盘腿而坐，双腿朝前顶着，暗暗用力，确保自己倒下时是坐死而不是跪死，是仰死而不是俯死。颈腔向后一翻，鲜血还喷溅过来，喷红周老二衣襟，使他狼狈不堪，少见地污了身子。见此情景，看客们都暗暗敬佩，有位后生情不自禁大喊一声"好——"，兴冲冲地一个劲卷衣袖，似乎受到什么启发，就要上场去比试比试什么。

　　土匪头身坯肥大。要抬他去游乡示众，四个人还抬不动他，只好把他拦腰锯断，分开负担。锯到骨头的时候，发现骨头太硬，怪不得周老二大费周折，于是嘎嘎锯骨声从北门口一直顺着石阶滚下，蹦跳到河滩上，惊动了河边的船客——大家不知道是什么声音。恰逢天气很热，为了防止尸体速腐，保证四乡百姓都受到警示，兵丁们给他全身抹上消毒去虫的石灰。他们没有料到的是，石灰沤过的人肉慢慢变成了绿色，兵丁们只好抬着这绿手绿脚绿脑袋，如抬着一个地府阴曹的厉鬼，走进稻草垛子散发出来的炎炎初秋。

　　像以前某些土匪头一样，黑大汉在伏法前已被从头到脚搜过多次，未搜出什么珍奇，以致众人疑心他腰缠万贯的传说恐是虚名。不过，他的小老婆最后赶到北门口，号哭一阵以后，从容脱去亡人的鞋子，套在脚趾头的八个金戒指一亮，跳入围观者的眼中。有人立即捶胸顿足，娘哎娘哎地悔恨自己刚才粗心，诅咒自己的命运。

这都是一些传说。

在很长一段时间里，此地官匪难分。有些官军脱了制服便成了土匪，有些土匪穿上制服又成了官军。但不管是哪些人穿制服，坐衙门，贴文告，周老二照旧一把拐子刀干他的差事。曾经有一次，一位新来的长官倡导新制，用枪毙代替斩首，差点端了周老二的饭碗。不过这位长官很快便被更新的长官当土匪给斩了，一切又回复旧规矩。人们也觉得还是旧规矩让人放心。用周老二的话来说，放枪崩一下就了事，放个屁一样，杀没有杀威，死没有死相，还费铁子，成何体统？

这位倡导新制的长官是外来人，号召富人减租，要求穷人读书，令众人颇感新奇。他不抽鸦片，不纳妾，不嫖娼，不赌钱，不收礼，还不坐轿子，也不准手下人这般逍遥。一位强奸民女的结拜兄弟，被他割耳朵下了大牢，令百姓拍手叫好深为敬佩。但跟着他长久了，他手下人便渐渐觉得清苦乏味，没有多少好处。连钱都不能赌，连女人都不能嫖，那不等于跟着他坐牢么？百姓们开始还觉得他仁义，但后来发现这家伙自己走路，自己扫地和擦灯罩，哪像个官呢？发现这家伙不常杀人，那还有谁怕呢？再想想，不像个官的人，大家都不怕的人，能把衙门坐得长久？

他们开始叫他"王圣人"，后来叫他"王癫子"，见他和善如常并不气恼这一绰号，更认定他确确实实癫了，去北门口啃泥巴，恐怕是迟早的事。

又一支军队来了，把王癫子一伙赶到霸王岭，连攻十六日没攻上去。最后传下命令，凡下岭投降的，只要办一桌谢罪酒饭，洗心革面，三年之间欠租的减租，欠捐的免捐，祖坟一律受到保护。其中献上王癫子的更可得重赏。这一招果然灵，不到两天，王癫子便由他的几名卫士五花大绑押下岭来。

北门口的号又吹响了。人们拥挤着争看墨迹未干的文告。听文告上说，匪首王犯文彬，江西某州某县人氏，惯以伪善欺世，实为衣冠禽兽，曾奸宿其婶其嫂其媳，每天还食人肉若干……众人看此文告都大吃一惊：还有这样的事？还有这样丧尽天良的畜生？一些曾经在王癫子管束下很少逍遥的人，一看文告更加上火：他娘的只准州官放火，不准百姓点灯呵？他原来也是一肠子屎，为何倒压着我们当菩萨？

正当人们交头接耳之际，一位女子哭天喊地冲到北门口，头发散乱、泪流满面，一只鞋子脱落。她冲着汉子们抢地磕头，央求道：彭家大叔，罗家大叔，石家大叔，你们讲句公道话吧。我家文彬没有吃过人肉，没有吃过人肉哇——

汉子们沉默，低下头往别人身后躲。也许他们并非胆怯，只是说话得有凭据，得给他们慢慢查实的时间。他们躲过女子的目光，皱着眉头，抹抹脸皮，深深呼吸，似乎暗示他们正准备这样去做。

冯家大叔，张家大叔，李家大叔，你们大家都讲句公道话哇。我家文彬从不伤风败俗，压根儿就没有嫂嫂和儿媳呵——

没有嫂嫂和儿媳，可婶娘呢？汉子们个个都义道，但仍然无法声援，只能含糊。

女子的声音逐渐嘶哑和稀薄了。她被两名士兵揪住头发，拖到牛马市那边去了。北门口只留下她的一只鞋子。

王癫子就是在这天一命归西。他似乎不怎么好汉，临刑前居然哭了起来，让周老二十分看不起。周老二下手时狠狠用力，让死者的脑袋不但尽旋，而且蹦跳，一路血泪交迸，最后滚到臭粪沟里。只是收刀以后，周老二觉得背上扭得有点阴痛。开始还没在意，回家后觉得越来越痛，最后摸到蚕豆大小的一肉团，硬得让人心疑。他请郎中看，郎中说是毒疗，来者不善，一定是来收命的。

几天之内，这颗毒疗越来越硬，竟有碗口大小，黄色的脓头密集相聚，如一颗饱满熟透的石榴鲜红而美艳。一到夜里，半个镇子都可以听到刽子手彻夜的号叫，狗吠也随着此起彼伏。再仔细听听，在号叫间歇的寂静里，有麻石街上轻轻的脚步声，时有时无，似远似近，不知是何人还在深夜独步。

有人说，可能是王癫子冤死，周老二才遭此冤死鬼的报应。人们这才想到，王癫子可能确有冤情。比如说他吃人肉，那时候北门口几乎没吹过号，他有什么人肉可吃？难道是去掘坟吃腐肉不成？又比如说他淫乱，但他当时不妾不嫖，有什么理由要打几个黄脸婆的主意？……这一想，人们又议论他的遗书。据说他女人只收存了亡夫一纸遗书，后来一直帮人家打豆腐，确实没有接下什么家产。遗书上写着："既为民生，当为民死。

行恶民仇，名善民嫉。仇兮嫉兮，不亦梦兮。"似乎写得有点没头没脑。一位老郎中最通文墨，把这份遗书看了好半天，也支支吾吾没说出个意思。

人们想到王癫子临刑前的仰天痛泣，惴惴地有些不忍，最后在老郎中提议下，凑了点钱，把尸体从乱坟岗挖出，置一口棺材，燃一通爆竹，重新下葬了。

周老二也凑了一份钱。大概是凑得及时，破财消灾，他背上的毒疗竟脓净封疤，好了。他的操刀营生接下去还干了多年，照样杀得很好，照样赚过好些捐刀肉。

我第一次来到北门口的时候，这里早已不是刑场。城楼旁边升起了百货公司的水泥墙，还有邮局、书店、银行以及政府机关，成了守摊老妪们新的背景。有一位伞匠把手中铁板敲得叮当响，走过街市，播一路防雨的警告，又像是敲打出什么暗号。间或有些大城市来的游客，看看残破的城楼，尝尝老妪们兜售的零食，用照相机咔嚓咔嚓地把小城拍来拍去。我就是这样知道了北门口的来历。

至于有名的周老二，据说他还活着，老得牙齿都掉光了，偶尔去酒店喝一盅苞谷酒，在牛马买卖双方之间当中人。他一手拉住买方的手，一手拉住卖方的手，手都伸到对方袖筒里，指头捏一捏，就捏出些暗号，让对方心知肚明。一旦左右两手捏出的价位趋同，就算讨价还价结束，他抽回手一拍，一桩机密的买卖宣告完成。人们说，他年过八句还精明出众，只是身子骨不太强了，而且看人时还习惯性地往颈根上看，说人还习惯性地往颈根上说。比方说到人的身体，他不大说胖瘦高矮，只说颈根太粗或者太细，说颈根嫌长或者嫌短，让人们有些诧异。说到某人当上了林木站站长，他就说此人干不了大事，颈根与脑袋一样粗，颈后有个扁担坨，活脱脱的贱相，同邮局的彭老三差不多。这里的问题是，说人就说人，为什么又说到颈根？邮电局确有个彭老三，但彭老三从不与他打交道，他为何如此熟悉对方的颈根？是什么时候仔细观察并且牢记在心？甚至可随口拿来打比方？

周老二有时还在干部面前吹嘘，说他也有过革命功绩，理应受到政府的福利照顾。按照他的说法，那年革命党号召剪辫子，没有什么人响应，后来不就是全靠他周老二一把板刀？镇守使授权他惩治长发鬼（有时候他说红军是授权方）。他忙得没日没夜，肩上背着一捆长辫，成天提着板刀在墟场上转（有时候他又说自己骑了马）。只要见到长辫子，他一把揪住，拖到某个肉案上，揪得那人引颈于案，手起刀落，银光一闪，嚓，一条辫子就体温犹存地落入他手中。他革命好几个月，容易吗？总共斩下了几百条辫子（有时候说斩下了几千条，包括洋教士们的假辫子），容易吗？当年再强霸的后生也被他斩得抱头鼠窜，乡下人好几个月都不敢上街赶场。一个最先消灭长辫子的模范县就诞生在这里呵。这样的丰功伟绩，怎么就一笔勾销了？

有个后生很崇拜地看着他，说你这样革命，后来怎么还去坐牢？

冤案，冤案么！周老二用没有牙齿的嘴巴说，张镇长他公报私仇呵，他占了我家的坟地还硬说我入过洪帮，完全是无中生有……

　　干部们对以前的坟地和洪帮都不感兴趣，敷衍他几句，就向酒店里其他熟人搭腔。那些人也无意听周老二讲古，假装没看见他，只顾划拳或对歌，闹出一阵阵喧哗。就这样，他没争到福利照顾，只好自斟自饮，久久地呆坐，任三两只苍蝇叮在他的眼角，似乎已无气力去摇头或扬手，把讨厌的苍蝇们赶开。他衰弱的目光依旧颤颤抖抖地浮游出去，停留在人们一根根可爱的颈根上，把它们逐一轻柔地抚摸。

　　我住进这个小城，正碰上这里的一件大事。在县里某基建工地出土了一批西汉时期的石俑，共有八个，除了挖断一条手臂，其余基本上完好。最大的一座石俑有活人般高大，神态生动，堪称绝品。连省文物部门派来的专家都惊叹不已。县政府也立即筹资建文博中心，计划利用这些石俑，再加上本地悬棺、城楼以及溶洞，发展本地的旅游事业。

　　本地人争相来看稀奇。据说有乡下来的一位老妇人，看到最大的那座男俑时突然大惊失色当场晕倒。后来，她醒来时喃喃，说她看见文彬了，那个石头人就是王文彬！

　　王文彬是谁？后辈人都不明白。有几个老街坊寻思半晌，讨论片刻，才想起王某就是多年前在北门口啃泥巴的王癫子。他们急忙再来石俑面前核对，左看看，右看看，觉得确实有点像，但又不怎么太像。

　　老妇人因此一病不起，很快咽了气。她留在街心的一只鞋子重新被人们传说，她后来的命运我也慢慢得知一二。她改嫁一位桶匠，生有二男一女，住城东的小村里，门前有荷塘。她的儿女现在都在外地工作。

我曾沿着河岸散步，看月光如水，把对岸的山影洗得模糊，把流水声洗得明净而清晰。这条陌生的河流，闪着月亮的波光，流向哗啦啦的黑暗。在波光熄灭的前面那一片河滩，野渡无人，有一条隐约可见的空船，似乎也将滑向无边黑暗不再回来。我来到石俑前，再一次细细观看它们，发现其中最大的一尊双眼平视远方，嘴唇紧闭，似乎不愿说出往事。我摸到了它的腿，感到一种刺心的冰凉。它真像一个什么人吗？真像一个时隔两千多年以后的某个死囚吗？

我不知道这件古物的制作者是谁，也不知道当年制作时是否参照过什么人的面容。但我摸到了两千年的冰凉。

我还听到了哭泣，左右寻找，才发现不是石俑在哭——哭声来自临江的一座木楼，一户陌生的人家。

这篇文章将要结束了。也许还可以附带说说另一件事。人们告诉我，十年前曾有一位白发老人路过此地，预言十年后这里将土里出金，河里流血。刚好十年过去了，第一句似乎已经灵验：石俑出土，旷世珍奇，招八方游客，纳滚滚财源，不就是"土里出金"么？至于第二句，经好事者们机警周密地思索，终于附会给一家化工厂。那化工厂不知生产什么，排出的废水殷红如血，染红了半条江。烟囱里还飘出红色粉尘，红了墙瓦和道路，红了晾晒的衣衫，红了老人的白发，红了鸡鸭和猪狗，甚至连人拉出的粪便也泛红。我曾见到某家的一只老鼠，如全身抹了胭脂，一道红光射入衣柜底下。这就是十年前老人所预言的"河里流血"？

我走出红色。为了反映群众的强烈要求，我把搬迁化工厂的事记下来，答应回去后向有关政府部门报告。

1992 年 6 月

* 最初发表于 1993 年《红岩》，后收入小说集《北门口预言》，已译成法文。

土　地

　　我听到一阵哗啦啦的异响，跑到院子里一看，见竹林里枝叶摇动，还有个隐隐约约的黑影似乎正在藏匿。是谁呢？我随手抄起一把铁锹大叫一声，那里便有一刻的静止，然后冒出一个顶着蛛网和草须的脑袋。

　　"我来砍点茅竹。"他露出两颗黄牙。

　　"你是谁？怎么砍到我院子里来了？"

　　"这些茅竹没有用的。"

　　"你说没用，我有用呵。"

　　我大为生气，觉得这人真是无礼，不知什么时候竟然擅闯私宅，冲着我的园林狠下毒手，是不是过两天还要来拆墙和揭瓦？可怜我精心保留下来的一片绿色，院子内必不可少的第二道或第三道绿色帷帘，已经被他撕开了缺口。围墙红砖裸露出来，砸得我眼前金星四冒。

　　他嘴唇肥厚得有些迟重，又披挂着又粗又密的胡桩，搬运起来不方便，吐什么字都是一锅稀粥。他说了他的名字又似乎没说，说了他家在何处又似乎没说，还说茅竹不是楠竹，只能砍下来卖给毛笔厂做笔杆云云，但我都没怎么听清。我喝令他立即住手，立即离开这里。他怔了一下，迟疑地点头。但我现在回想起来，觉得他当时回答得并不清楚更不肯定，或者干脆就不曾回答。

"这些茅竹只能藏蛇，留着做什么呢？没有用的，没有用的。"他还在嘟囔，把砍倒的竹竿收拢成捆，扛上肩，总算出了门。

不久后的一天，我从外面回家，一进院门，发现这里已有主人——又是那一嘴胡桩，像一个脱手刷子；还有两大块嘴唇，冲着我一番哆嗦和拥挤，总算挤出几星唾沫，是高高兴兴的唾沫："回来了呵？"在他的身后，两头牛也有主人的悠闲自在，一边喳喳喳啃着草，一边甩着尾巴，拉下了热气腾腾的牛粪，惊动了上下翻飞的牛蝇。我恍惚了一下，以为自己走错地方，但定睛一看，这刚刚用石板铺成的路，刚刚开垦出来的菜地，刚刚搭就的葡萄架子，明明还有我的手温。这围墙外的一棵大树和远远的两层山脊线，明明是我熟悉的视野，怎么眼下倒让我有一种反身为客的紧张？

"你找我有什么事？"我警惕地问。

他兴冲冲地指着一块菜地："这里的地湿，你不能种番茄，只能种芋头和姜。你得听我的。"

他又指着樟树那边说："那下面有两株好药，五月阳，你不要锄掉了，等我秋天再来挖。"

我不懂什么五月阳，也不在乎两株草药由谁挖走以及什么时候挖走，但我无法容忍他这种兴冲冲的劲头，这种无视法律和搅乱社会的口气。"你到底是谁？我同你说，这是我的院子，我买下来的院子，我办了土地证的院子。这个意思你不会不懂吧？你要挖草药，要放牛，要砍茅竹，可以到外边去。你如果要进这个院子，得经过我的同意。你懂不懂？你要不要我拿土地证给你看看？"

他怔住了，似乎难以理解这么深奥和复杂的道理："你是说，你是说……"

"我是说，你以后不要到这里来放牛。好不好？"

"这里不能放牛么？"

"你觉得这院子可以放牛？"

"牛最喜欢吃这些茅草，你留着反正也是没有用……"

"留不留是我的事，对吧？你怎么知道我不需要茅草？"

"你要留呵？你要留，就早说呵。我不知道你要留。我不知道。你要是早说一句，我就不会来了。"

他没有追究我不宣而禁不教而诛的责任，吆喝一声，赶着牛出了院门。一大捆牛草在他肩后晃荡，叶尖沙沙地刮扫着路面。他当然没有带走牛粪和牛蝇。

我后来给院门加了一把锁。

我加了锁以后才知道他的来历。他叫李得孝，外号孝佬，是附近一个农民。只因为我买下的这块地，原是分配在他名下，二十多年来，已经被他跑熟了，甚至被他家的牛跑熟了。一放绳，那牛根本不用驱赶，就乖乖地直奔这里而来。眼下，他不是不知道事情已经有了变化，不是不知道这块地经乡政府征用，最终卖给了我这个外来人。但他砍茅竹或者割牛草的时候，还是情不自禁地往这块地上窜。想想吧，他熟悉这里的茅竹，熟悉这里的茅草，熟悉这里某个角落的五月阳，憋一泡屎尿甚至也习惯性地往这里狂奔，一心要来增肥活土。他一时半刻哪能割舍得下？

他远远就能嗅到这里的气味，远远就能听到这里发芽或落籽时吱吱嘎嘎的声响，连睡梦中一迷糊，也能感触到这里在雨后初晴或者乍暖还寒时的一丝抽搐或跃动。对于他来说，这些当然比一张土地证更重要。有人告诉我，自从我不久前两次把他逐出门外，他还是有点半醒不醒，好几次扛着锄头来到我家院门前，见门上一把铁锁，才悻悻地蹲下或者徘徊，最后掉头而去，嘴里嘟嘟哝哝不知说些什么。

他没有大喊大叫地打门，没有气冲冲地翻墙或挖墙，就算是够清醒的了。我相信，在今后很长一段时间内，他还会在一把铁锁面前恍惚，就像把一个儿子过寄给了人家，但很难把这个儿子视为人家的骨肉，一不小心就还会叫出什么乳名。

我的目光越过院墙，看到了墙外起伏的青山，看到了雨后的流雾在山间悄悄爬升，这才发现自己对这里所知甚少。

说起来，我在这里已经居住了三个月，也许往后再住上三个月，再住上三年，我也无法得知这里的全部故事。就拿对面山上那个无人的峡谷吧，我只知道它在地图上叫"珠波坳"，或者是农民平常说的"猪婆坳"，一个诗意的名字不时散发出猪屎味。到底是"珠波"还是"猪婆"？在一个旅游者眼里，那条峡谷也许只是一片风光，只是春天的映山红和秋天的落叶红。但在一个勘探者眼里，那里可能是丰富的酸性红壤和页状层积岩吧？是勘测记录里来自侏罗纪时代的云母矿和含硫铁矿吧？同样是那条峡谷，对于一个耕作者来说，也许更意味着竹木的价格、油茶的产量、蜜蜂花源的多或少、水源利用的难或易，还有某一年山林垦复时刺骨的寒冷和腿上流血的伤口。我在这里还认识了一位喜欢谈风水的船老板。我知道他见山不是山，见水不是水，猪婆坳在他眼里既不是风光，也不是资源或者物产，只是一些青龙、白虎、神龟、玉兔以及来意不明的其他巨禽大兽，是这些神物的伪装和凝固，还有它们对山民们命运的规定。于是，船老板总是在山水中看到了遥远的祸福，有时会被一棵老树的倒下吓得浑身冒汗，或者对某一个建房工地心急如焚长吁短叹。

船老板近来忧愤交加，因为风水正在遭到漠视和破坏。外来人越来越多了，大多不理睬他的那个罗盘。除了我这样的城市生活逃避者，还有商家要在这里征地建制药厂和矿泉水厂，还有政府机构要在这里征地建培训中心，还有一家港资公司打算在这里圈地上万亩，建设宾馆、猎场、马场以及生态公园——测量人员已经来了好几趟，陌生的身影和口音让山民们颇为好奇，未来的一切也就变得闪烁不定。乡政府干部大为生气，说有些农民一听说外人要来征地，就到处制造假坟，骗取迁坟费。乡长在广播喇叭里曾大声怒吼：有些家伙，平时一没看见他们上供，二没看见他们挂香，到这时候了，就这也是祖宗那也是祖宗，你们哪来那么多祖宗？孝子贤孙想当就当么？随便挖个洞，丢几根猪骨头牛骨头在里面。想诈骗谁呢？以为我瞎了眼吗？以为人民政府的钱出门就可以捡吗？……

农民对此不服气，在路口上三五成群交头接耳，说人骨头就是人骨头，乡长如何扯上猪和牛，讲出这种浊气的话来？他自己的祖宗未必就特殊些？有本事他也挖给我们看看！再说，那公司老板的先人姓曹，以前就是这里的大地主，只是革命那年吓得白了头发，瞎了双眼，最后一绳子上吊。但现在曹家香火旺盛，人脉发达，在台湾出了博士，在香港又出了董事长，要把土地统统往回收。让他家多出几个迁坟的钱有什么了不起？就算是做了几个真真假假的坟，不也是让他多掏一顿饭钱么？哪里扯得上什么破坏改革开放？

说起来，命就是命呵。他们常常感叹，十几年前修公路时移过曹家祖坟：坟破之际，坟内热气往外冒，潮乎乎的鲜味扑鼻，像包子铺里一个揭了盖的蒸笼。你想想，时隔几十年还能有这样的蒸笼，曹家不兴旺发达也是不可能的。

言下之意，是他曹家多出几个钱也在情在理吧？

如果我没有记错的话，我见到过曹家的后人。乡长带着一行客人来到我家，照例是无可款待的时候，把我这个院子权当乡间景点之一。客人中领头的一位满头银发，但穿着旅游鞋，背着双肩包，揣着照相机到处照相，照我家的树，照我家的草，照我家的鸡埘和锄头，最后照到我的脸上，似有一种对案发现场的认真仔细，让我有一刻的毛骨悚然。他身后的秘书也是个银发老头，也穿着旅游鞋，但一进门就倒在椅子上呼呼大睡，大概是走得太累了。如果不是他们身后还有年轻的一男一女，一直折腾着便携式电脑，我觉得这两个老顽童疯疯癫癫，投资开发一类纯属儿戏。

他们操着台湾式国语，倒是很和善，见人就递名片，就彬彬有礼地鞠躬问好，连一个个抹鼻涕的娃崽也被他们笑脸相向，毫无一点寻仇报冤的迹象。

他们把我家院落前前后后细看了，临走时，照相的老头低声说："你在入秋的晚上是否听到过什么声音？"

我摇摇头，不知道他是什么意思。

"没有就好，没有就好。"他笑了笑，吁了一口气，"你这里是个好地方，最好的地方，千金难买。我告诉你，只是有一条：千万不要冲着西北角撒尿。"

我更不知道这是什么意思。

他看了看我家后门，看了看后门外碧绿的水面，很有把握地点了点头："你听我一句：这个门的朝向要改一下。实在不能改的话，至少要在门外做两个石头狮子。实在不愿做石头狮子的话，门上至少也要挂一面镜子。"

"为什么？"

"你不知道么？你这张门，正对着猪婆坳。民国十六年，那里曾有血光之灾，必留恶煞之气，还是避一避的好。你明白了吧？你要是下水游泳，也千万不要游到那里去。那里不干净的。你明白了吧？"

我明白什么？民国十六年，也就是七十多年前，是我出生前的三十多年，那里发生过什么？如果是杀了人？杀的是什么人？

老头言之不详，告辞走了。我事后向乡亲们打听，他们也含含糊糊，没人能说得清楚。孝佬来挖五月阳，顺带找我讨几片瓦，对杀人事更是一无所知，只是说那山峒里原来有一户人家，听风水先生说他家要出三顶轿子，心里十分高兴。没料到一辈子过下来，还是穷得差点卖裤子。主人最后倒也没有找风水先生的麻烦，只是叹了一口气说：三顶轿子倒是没说错呵。你算一算，我婆娘结扎是抬出去的，我婆娘遭病也是抬出去的，最后死了也是抬出去上山的，不就是三顶轿子么？

我一听孝佬说起这事，知道他已经糊涂，把猪婆坳说成雁泊坡去了——他的耳朵似乎有点背。

我后来去过一次猪婆坳，是跟着制药厂几个人去找水源。我们弃船登岸，劈草开路，沿着一条小溪走进了比人还高的茅草丛，走进了一时明又一时暗的杂树林。我不怕蛇，甚至没工夫想蛇，满脑子是前不久曹家老头那番说法，于是对山谷里的一切既好奇又提心吊胆。

大概就是这里了吧，也许不是。也许事情还发生在前面，在歪脖子松树那里。我不知道溪边那片石滩上是否横过尸体，不知道前面那棵老枫树上是否挂过血淋淋的肠子或者眼球，不知道更前面那一丛火焰般的美人蕉，之所以开放得如此癫狂，是否扎根于一个蚁群曾经密密噬咬过的骷髅。我正在走过一个现场，以至我在一个石头上喘气的时候，觉得这块巨石太凉，凉得很有些来历，让我有点不敢触摸。最后的情节是什么？是一个人从死人堆里爬出来，从草坡那边爬过来，把扎进肚子的杀猪刀拔出（这样也许可以爬得快一些），把身上那些鼓着气泡的血水送进嘴里（也许可以解渴和增加体力），眼睛就盯着这块石头，一寸又一寸，半寸又半寸，希望能在天黑下来以前爬出山谷，至少要爬到能看到山下屋顶的那个地方（那时还没有这个水库，不会有水库边的小船和草棚），但那个人可能就在触到巨石之前，伸出的手痉挛了，僵硬了，慢慢地冷却，然后有蚂蚁、蚊子、蜈蚣、山蚂蟥的聚集……他或者她的衣袋里，可能滚落出一个银镯子，或者是一片人耳——以后查找仇人的证据在此失落。

一声尖厉的惨叫拔地而起，吓得我全身有抽空之感。仔细一听，才知不是什么人的惨叫，是林子里鸟的喧哗。

我可以确定，完全应该确定，我在这里没有见到罪恶。除了树上有一张蚊帐般的大蛛网让我心惊，除了一种草叶毒得我两腿奇痒，这里只有各种野花争相开放，足以让你想象自己落入了一个万花筒天旋地转。在一种有草腥气息的晕眩里，你还可以看到一大群蝴蝶扇动着阳光的碎片，遮天蔽日而降，感觉到全身被无数个光点一瞬间击穿。

坐在这块石头上，同行人谈着引水工程以及将来的大规模开发。我没有什么好说，回望水那边，恰好可以看到村子里的几户人家，包括看到孝佬的那两间瓦房，看见他的屋顶上照例没有炊烟。

他很久没有来我家了。我知道，像其他有些农民一样，失去土地以后，他就去城里打工，算是运气不好，打完第一年工，老板跑了，让他一个工钱没有拿到。第二年算是拿到了工钱，但老婆跟上一个照相的浙江佬，要同他离婚。儿子想了想，对母亲说："爸爸一辈子抓泥捧土，好辛苦，我不会离开他的。"母亲说："妈妈再给你找个好爸爸。"儿子说："我不要新爸爸。你一定要离婚的话，我就穿一身白衣到汽车站去送你，给你叩三个头，但从此以后你不要回来，我也不会去找你。"

……这一切是孝佬说给我听的，让我心头一酸。

还是从孝佬的嘴里，我听说他婆娘听完儿子的话，跑到山上大哭了一场，但还是走了。儿子果然穿着一身白衣去送妈妈，在汽车站撅起小屁股，冲着她的背影跪叩三番，直到夜色降临还跪在路口，直到泪水流干还面朝着公共汽车远去的方向。是一个陌生的老头最终扶起了他。

从那以后，主妇再没有回家，也没有寄钱回家。为了独力负担儿子的学费，孝佬在工地上不再吃早餐和晚餐——因为老板只管一顿免费的中饭。这样，他每天早上和晚上看见同伴们取饭碗，就假装上厕所或假装去逛街，一直熬到中午，一直熬到可以白吃的时刻，再狠狠吃他个两眼翻白，又是嗝又是屁地动静很大。他后来一失足摔下脚手架，摔断了腰骨，大概就是胀昏了头或者饿昏了头的缘故。

他一度回村养伤。我看见他一手扶着腰，在山里挖药，或者给邻居阉鸡，还给学校里这个或那个老师挖地，种点菜秧，好像他吃着百家饭就管着百家事，或者是一个无家可归的游魂。后来我才知道，他欠了很多人的钱，一时没有办法还清，就用气力来还一点人情账。

有时他一手扶着腰，拿着十几根多余的菜秧来找我，问我要不要赶着季节栽下。这时候，他蹲在地头，接过我递过去的烟，嗖嗖地吸出声音，嘟囔着他的儿子。儿子读高中本来成绩还好，但去年竟然考了个门门不及格，退学了，去广东打工。其实学校里的老师同学们都知道，他是故意考砸的，是想考出个退学的正当理由，早点去打工赚钱替父亲还债。

"孽障呵，你看看，真是个不忠不孝的孽障呵！这个该吃枪毙的，英语只考了个八分，传到外面去，把祖宗的脸都糟践成屁股皮了。"

父亲一说起这事，就抽自己一大耳光："我就是腰不好。要不是这腰，我早就跑到广东去了。我要找到他，打断他的腿！"

"你不要怪他。年轻人也不是只有读书一条路。"

"不读书怎么办？不读书怎么办？你说怎么办？到时候不就像我？一辈子就土虫子一条？"

我连忙岔开话题，问他为什么不另外找一个老婆。女人的话题也许能使这个单身汉开心一点。

"我有儿子了呵！"他瞪大眼睛。

"我不是说儿子，是问你为什么不再找个女人。"

"我有儿子了呵，已经有了呵，对得起祖宗了，还结婚做什么？还养个婆娘来吃饭？来费衣？来摆看？"

这回轮到我有点费解了："你毕竟……才四十出头，就不要个做饭的？"

"做饭最容易了。我煮一锅，吃得了两天。"

"就不要个伴，好说说话什么的？"

"我不喜欢说话。"

他已经栽完菜秧子，又摘了些大树叶来给菜秧子遮阳，防止它们遭到暴晒。看他对菜秧子兴冲冲的劲头，我怀疑他根本没听懂我刚才的话。他平时随便找个碗，往地上一砸，取块瓷片就可以帮邻居阉鸡或者阉猪，甚至给自己剜疮割疣，他莫不是又砸了一个碗？取一块瓷片把自己给阉了？不然的话他为何对女人毫无兴致？

春天又来了，我家的芥菜果然长得很猛，每一棵都胀得地皮开裂，能让你挖出碗大的菜头，可见孝佬确实熟悉这里的泥性。

春天里的茅竹齐刷刷抽笋，很快就绿成了密不透风的一片，有几只鸟在那里面扑腾或者啼叫，总是引起来客们的注意。我不得不去间伐一些茅竹的时候，就想到了孝佬。我早就取下了铁锁，敞开了院门，希望他什么时候提着柴刀前来，但他的脚步声不再出现了。我家的五月阳已经繁殖出一大片，开出的花朵像满地金币，却没有人再来挖采。

我路过他家门，发现门上挂着锁。他是去寻找他的儿子，还是去哪里给人家帮工还人情，抑或是去城里找他的一位兄弟，不得而知。

他的邻居也不知他去了哪里。更准确地说，他其实已经没有多少邻居。村子里有点空空荡荡，我的脚步声足以引起巨大的回响，我的说话声也足以让自己惊吓。一张大门锁着。另一张大门锁着。另一张大门还是锁着。就像一场瘟疫留下了巨大的空阔，声音在这里奇异地被放大，连一片树叶的轻落，一只蝴蝶的飞掠，一缕微风的穿过，几乎都可以在这里震出天地间滚滚的声浪。还算好，我在这里找到了人。但留在这里的老人和小孩似乎已经习惯寂寞，不大说话，只是倚着门，直愣愣地看着我。你完全可以看出，他们的眼光里有欢迎但没有惊奇，看我离去时有欢送却没有惜别。也许他们已经疏于人间交往，常见的世界只是泥土和泥土和泥土，常见的活物也只是飞鸟和飞鸟和飞鸟。也许，在他们的眼里，我不过是一只人形的鸟，即算挂着古怪的墨镜和照相机也还是一只鸟，一只稍微有些特别的鸟，不过是来此落脚，吃点谷米，屙点粪粒，然后又飞上前面的山冈，离开他们的视野。

我问他们：打工的人会回来吗？比方说，过春节的时候会不会回来？

他们说：可能回来，也可能不回来。

我问：他们总会要回来的吧？

他们说：当然，总要回来的。

我看见好些空屋堆放着一些杂物，有烧剩的干柴，有破摇篮或者旧水缸，当然更多的还是一些农具，比方木头大禾桶，是以前给稻子脱粒时要用的；比方说木头大风车，是以前给谷粒去壳时要用的；还比如木制的龙骨水车，复杂和精巧得像巨大的骨雕项链，是以前抗旱引水时要用的。眼下，它们用不上了，或者说是被更先进的金属机器替代，只能在这里蒙上尘垢，冷落在某个阁楼上或者墙角里。奇怪的是，主人把这些东西都保留着，没把它们烧掉，好像它们还会有用上的一天。

在这些人家的屋檐下，在横梁上或者走道里，一定还停放着棺木。一具或者数具，不可一世地占据着很大的位置，翘起的棺头更有点趾高气扬，只差没有喷出呼噜噜的鼾声，没有喷出高声大气的哈欠。

我知道这些棺木很珍贵，一户人家如果有这样的棺木，足以证明这一家过得殷实，对未来早有准备，日子可以过得踏踏实实。

前不久，我家院子里出现了一只鸟。这家伙在林子里呱呱呱地大叫，搅得我根本无法入睡。我只得摸黑去寻找和驱赶，用木棒敲击了好些树干，用石块射击好些树杈，但最终不知它藏在哪一片墨色树影里。直到第二天早上，我才发现鸟叫不知什么时候已经停止，而且发现这只鸟就死在石阶上——身上没有任何伤痕，只是瘦成一包壳，在我的手里轻飘飘的像一片影子。它有蓝色的翎毛，有橘红色的眉圈，有眉心间的一点纯白，其实美艳惊人。

它为什么死在这里？这里是不是它必归的家园？

或者它是不是带来了远方的什么消息？曹家老头曾经低声说过，要我注意初秋夜晚里的动静。我这才发现，那老头看似疯疯癫癫的，其实是个知情人，对这只鸟的到来早有暗示。在这一刻，我甚至相信七十年前七百年前七千年前所有在这里生活过的人都是知情人，对今天的一切几乎了如指掌。他们大概早就知道，早就在口口相传，有一只无名的鸟今天将回到故乡，死在秋日的露水和晨光之下。

我把它埋葬在竹林边，踩紧了一堆新土。

2004 年 12 月

*最初发表于 2004 年《文学界》杂志，后收入小说集《报告政府》，已译成法文。

能不忆边关

　　从未见过这么多军卡、大炮、坦克以及车载火箭，串成一条盘山绕岭的铁龙，连接了长天两端的地平线。铁龙是暗红色的，蒙上了红土地的尘垢。

　　都停车了，天地间顿时一片寂静，数以万计的人在路边一齐撒尿。他们灰头土脸，纷纷搓去耳后的泥，吐出嘴里的沙。在他们周围，树叶、草叶以及水磨房都红若铁锈——不知起于何时的滔天尘浪正顺风而去，使路南一侧的天地变色。

　　枪口幽幽缄默。刀刃闪闪流盼。一箱箱炮弹是亲切的枕头和床榻。40火箭筒或82无后炮成了玩具，或者说牌桌上的刑具，挂在倒霉蛋的脖子上，一直要挂到他杀出败局。扑克已洗牌好几轮了，好几轮了，有人不耐公路塞车，用步话机纷纷呼叫。骂娘的，喊天的，摔话筒的，口音南腔北调。

　　据说前面的坦克翻下山了。据说前面有敌方特工的情况。还听说前面两支部队在争路，互不相让……消息五花八门，不知哪一条是实。挂着伪装网的北京212在逆行道上窜来又窜去，一副要解决问题的样子，似乎也没解决什么。

　　我们被安排到附近一处农舍。旁边是破旧小学。警卫员拿来压缩饼干和午餐肉罐头，不知又从哪里找来几棵白菜，打出一锅热汤。当地官员和老乡也来了，押来两个来自敌方的小贩，没有身份证明的那种，是不是探子，一时无法查明。他们又连连说对不起，称前面过去的部队实在太多，粮库早已搬空，猪羊统统变成了白纸借条，战时体制么，乱了，谁都是先下手为强。他们眼下两手空空，愧对远征之师，但还是带来了半桶黑米粑粑。一位老人说：这些粑粑是"解放饼"，以前叫"关公饼"，蘸了鸡血的，掺了剩饭的，你们非吃不可，一定得吃。

"鸡"谐音"吉"，意在逢凶化吉；"剩"谐音"胜"，意在旗开得胜——这当然是老乡们好心的小迷信。

几个警卫员盯住了采访组，白天给我们带路，防止误入雷区；晚上严禁我们户外活动——即便我们记住了口令，紧张过度的哨兵也可能稳不住指头，没等到口令就射出一梭子弹。据说这种事已有先例。

受长官们关照，我们不可能去最前线，顶多是在停战期间沿着交通壕进入前沿，在掩体里探探头，叉叉腰，像旅游者观看风景。前面的山川一片宁静，草茂林稀，薄雾轻云，三两鸟雀不时绕飞。不过是普通得不能再普通的张家湾或王家坝子么，凭什么吓得我们一路蹑手蹑脚屏声息气？

敌方特工的渗透时有所闻——据说前不久我方一个师级野战医院惨遭偷袭。这使后方也成了前方，大家对任何外人都神经兮兮，无论男女，无论是否说中国话，总得多盯上两眼，枪口先对准再说，枪机保险全部打开。据战士们的经验，对中国话还要更多警惕才是，前不久敌方特工就是靠哼着《三大纪律八项注意》的曲子，骗过我方哨兵，在偷袭中占了便宜。

突然有人一声怪叫："有情况——"接着就是哒哒哒一串枪响，让我们都惊出一身汗，紧急分散和藏身。我趴下的地方是一堵土墙的墙根，朝门里偷偷探一眼，发现这里原来是臭烘烘的茅房。

片刻之后有人高喊："不要打！不要打！……"原来前面晃动草丛的后面，不过是一头牛——我随后也看清楚了。

要不是有人叫停得快，可怜那头老牛就会顿成肉筛子。

阎团长赶过来，大骂手下人神经过敏，没看清就狂呼乱叫。他后来向我们叹息，说好多年没打仗了，甚至不大练兵了，政治运动翻来覆去，连营团级长官也多是嫩秧子，到这时候能不紧张吗？听说有的人当了几年种水稻和盖房子的兵，枪都没摸过几回，初上战场时根本不敢伸头，只会对天开枪。更严重的是，有的长官连地图坐标也不会看，带着队伍上了山，把自己的位置报错。结果炮群一个基数的急速射，队伍就在自家人的炮火覆盖下血肉横飞找不到北——他们以及他们的亲人肯定没想到过这种死法。

第一批伤员从前线送过来了。无腿的，无手的，号叫的，挣扎的，一片血肉模糊和浓腥刺鼻，使"战争"这个抽象的词，已经听得耳熟但仍然有点虚幻的词，突然变得尖锐和沉重，轰然砸了过来。我的腿已经有些发软。事情是真的了——虽然我已经十多次这样想，但无法不再一次严重地想到。

军营里醉酒几成常态。当官的喝，当兵的喝，大概都想用几口酒壮胆，也洗却一些闹心的事。阎团长醉得最厉害的一次，是我们在一个叫沙岭的地方再遇 M 团的那个晚上。他领着手下人刚参加了一次不算大的战斗，眼睛红红的，嗓子已沙哑，浑身一股酸臭，当着我们的面豪饮无度还谎报军情："报告，我正在带人抢修便桥，正在山上砍木头……您就放心吧，完不成任务我提头来见！"他丢下话筒，满不在乎地咬下一个瓶盖："喝！满上！谁都不准耍奸！"

这天晚上没见他砍木头，却见他至少吹下两瓶茅台。喝红了脸就骂天骂地。先是骂什么姓魏的在后方装病，临阵脱逃，推责耍奸，王八蛋，龟儿子。然后骂 Y 团谎报战功，臭不要脸，也是王八蛋，龟儿子。最后骂后勤系统盖大楼有钱，买进口车有钱，吃得一个个浑身长膘，就是要命的钢盔缺货——"这头盔是金子打的还是银子打的？是高科技产品做不出来？还是嫌我们这些尿壶脑袋不配？"

我听说过，这个团的钢盔短缺三分之二，带钢板的防刺鞋也迟迟不到位，因此很多伤员不过是被竹签铁钉伤了脚。

在他烂醉如泥倒在床下之前，上面的政治官员也难免狗血淋头："吃饱饭没事干呵？嘴巴皮子谁不会耍？站着说话不腰痛，今天一个通报，明天两个文件，以为我们下面这些人在拍皮球捉蚂蚱？优待俘虏，秋毫无犯，唱歌打快板，挑水割稻子……操！害死我们多少弟兄。他们自己怎么不来玩玩？"

两个警卫员把阎团长架回团指挥所去。"郝团长我告诉你，你得听我的。"他临走时一把抓住我，把我当成友军兄弟，"千万不要听他们放屁！要想少伤亡，你就得狠，就得王八蛋，就得把政策擦屁股……"

送走这位酒鬼，我与一位同行大摇其头：这样的团长也能打仗？

终于从40倍的潜望镜里看到了敌人。一个光膀子男人，歪戴草帽，穿一条白短裤，操铁锹维修工事。另外两个上半身也露出来了，似乎合力搬运着什么。在他们上方，一片灌木林那边，一线曲曲折折的散兵工事若隐若现，有沙包、油桶、粗树干，还传来断断续续的人语——此时的山谷太静，声音常常变得远近莫辨。

他们看上去像是平民，老少混杂的乌合之众。但这些人靠一个连或一个排的小规模，化整为零，时进时退，凭借有利地形，一直与我方主力死缠烂打。据说迄今为止是1∶1的伤亡率，比教科书上的常规比率"攻3守1"要好得多——这是司令部记者招待会上的通报数据，但闻者大多生疑：怎么从前线下来的伤员那样多？

坦克在这种山地放不开手脚，只能纵排单行。一遇必须减速的弯道，这种坦克常常是肩扛火箭筒的活靶子，还会成为后续坦克要命的路障。后续坦克一阵吭吭吭地硬撞和强挤，才可能挤开前面的损毁坦克，重新打开通道，简直是要活活地把自己逼出屎来。炮群倒是我方一大优势，一吼就是红了半边天，地动山摇，烟火蔽日，天昏地暗，把山头削平，把地翻筛几遍，炸出一片片无氧的窒息区，炸出一座座十几年内难长草木的光山秃岭。也许正是看到了这一点，敌方主力在战争初期就是缩，就是躲，就是忍，倒是发动民兵和老乡来死扛，让你拳头砸跳蚤，明枪对暗箭，很多时候打得犹豫和别扭，也打得特别惨烈——这大概是官兵们火冒三丈的原因之一。

打扫战场时，战士们发现了一个血流满面的敌军伤员，好心地用急救包简易处理，再把对方背下战场。但对方在摇晃中醒了过来，悄悄旋开背负者腰间的手榴弹盖，乘人不备拔出了拉火环……

一些战士冲进了一条小街，只发现几位老人，对路边一个放牛娃也没在意。但他们随后总是被冷枪袭击，先后有一个炊事员、一个电话兵、一个排长莫名其妙地倒下。杀手到底在哪里？他们把街前街后再搜索了一遍，一无所获之下，不得不把目光投向放牛娃。有人上去搜身，果然在对方衣袋里发现了一支手枪，枪管还热。事情到此就难有其他结果：少年杀手挣脱逃跑之际，哇哇大哭的士兵们一齐开火，密集的机步弹把小小背影几乎拍成了一片肉质粉末。这还不够，坦克又冲上去再把零乱残体再碾压一遍……

在另一个村子，战士们累得大口喘气，浑身汗湿，喉舌冒烟，但不敢随便喝水。一只头戴棉帽的鹰走过来了，其实不是鹰，是一位干瘦如鹰的老妇，看了战士们一眼，漠然地走开去。看到这位老妇去田边一口浅水井喝水，几个战士放下心来——她能喝，大家当然也能喝。没料到这几个呆子一步踏入圈套，不一会儿就口吐白沫，嘴唇乌黑，眼球暴突，硬挺挺地倒在水井边。其中一位临死前没忘记朝水井甩了一束手榴弹，以防其他战友跟着中毒。不难想象，那个成功诱敌的老妇也没走多远，丧命在村口。战士们看得心里发毛的是，老妇竟然嘴角含一丝微笑……

247

官兵们哭诉着这些故事，清理战友尸体时泪流满面，事后还可能发出一声声号叫，互相头顶头地揪扯或厮打，用这种办法来尽力平静自己。奇怪的是，悲伤之泪常常是最大的战斗力，是最纯质的忠诚和最烈质的勇猛。用阎团长的话来说，有伤亡了，有大伤亡了，谢天谢地，仗倒是好打了——当活生生的战友不再醒来，当朝夕相处的面孔突然爆成肉泥，哪怕两分钟前还多愁善感的书生，哪怕一分钟前还吓得尿裤子的软蛋，都可能泪流满面，眼一红，牙一咬，变成狂怒的疯子。"要那么多政治工作做什么？"阎团长曾经冷笑，"见血，死人，就是最好的政治工作！"

D城、F城、R县、342高地、773河口……后来好几个速决战，也许就是在泪雨横扫之下一一搞定的。特别是打到K河时，明明说不得过河，但疯了一样的士兵哪管命令？哪有工夫理解命令？师部一个参谋说，当时连长叫不住或找不到排长，排长叫不住或找不到班长，班长叫不住或找不到战士，全乱套啦。一些士兵跑得帽子没了，鞋子掉了，甚至没子弹了，但光着脚丫子也在K河那边多追了七八里。连炊事兵也抓颗手榴弹狂追——其实你追上去能有多大用呢？就不怕大家到时候饿肚子？

小夏因为打架和赌博，高中没混完，没人管得住，父亲才花钱买人情，把他送入部队"劳动改造"——这是他自己说的。

出征途中，他也被剃成了光头，镜子中的小波浪发型从此不再。他没法逛街下馆子，压缩饼干的又咸又甜让他翻胃欲吐。好在早操取消了，不查内务了，没人找他唠叨旧社会了，他可以多睡觉，熄灯号之后收听美国的广播也没人管——这时候的军营空前自由，自由得让人稍稍不自在。人人都写下了遗书，于是预备烈士之间怜爱大增，宽容大增，好脾气大增，增得你心里发怵。胸前满满四个弹夹更是随意喝酒和骂娘的权利。用小夏的话来说：这时候谁还敢得罪人？不怕老子在战场上打黑枪么？

他知道自己贪生怕死，只是不知事到临头时更丢人，擦拭过上百遍的冲锋枪没放一弹就不翼而飞。事后想起来，不知它去了哪里。当时炮火向前延伸，冲锋号吹响，高地上人影错乱，子弹打得石屑和碎叶狂飞，自己没看清敌人也没看清战友，一声哇，捂着双耳就钻进石头沟。

他不知自己怎样脱离了战场。肯定是跑晕了头，等他缓过气来，回过神来，发现自己孤身面对一片山谷。他不敢去找部队——枪都丢了，还有脸见人？不会被军事法庭打入大狱？

他继续一路狂跑，朝着地平线上家乡的方向。

事后证明这主意也不靠谱。且不说可能的地雷，且不说饥饿、风雨以及毒蛇，他一身军装足以惹祸，碰上敌人小命难保。到第二天，他已经一身泥污一脸泪，在青苔上一步滑倒滚至坡底，把逼迫自己参军的父亲骂了个体无完肤死有余辜。现在他该怎么办？他会饿死或摔死？要是落入敌手，他是不是得准备投降？是不是要下跪、谄笑、写悔过书并且去广播电台大声宣读？……就在绝望的一刻，他听到了坡下林子里有人声，仔细一听，竟是中国话，中国话呀！事后才知道，那也是一支打穿插的部队，多是广东籍士兵，正急匆匆直扑 W 县城。

"同志——"他忍不住大喊一声，哇的一声哭了。

对方发现了这一脸泪水，问他的名字，部队番号，拍拍他的肩膀，用猪肉和黄豆罐头把他喂得两眼翻白。

"算你运气好。要是碰到敌人，不把你开膛破肚才怪。"一位长官这样说。

后面的故事，是我采访其他官兵而得知的。这个连伤亡很大，特别是在穿插的最后阶段，原计划是部队过完了再炸桥，没料到工兵忙中出乱，这个连还没过河，桥已经轰的一声炸塌。大部队奉命对 W 县城准时发动侧攻，无法回援和等待，只能狠狠心留下这个五连自寻出路。于是，在接下来的突围中，连级干部全体阵亡，排级干部伤亡过半，加上野战电台丢失，大家完全是群龙无首。几个党员组成的临时支部商量来又商量去，意见难以统一，不知如何是好。小夏在一旁看得着急，看得冒火，忍不住跳出来骂娘，说你们打算在这里过年呵？在这里孵蛋呵？再这样屎不屎尿不尿的，不想活是吧？

大家面面相觑。没人不想活，问题是谁能给一个活法。

不要说了，听我的！这个陌生面孔不把自己当外人，他把指南针夺过来，摆上几个石头比画，三下五除二，就决定了突围方案。对不同的意见，他左一个"你脑袋被门夹坏了"，右一个"你脑袋被鞋底拍瘪了"，一张臭嘴与其说是辩论，不如说是辱骂。

他算哪一盘菜？但有些人知道他，这外来户身手灵活，测射程，爬绳梯，打火力点，都颇有能耐，刚上手的喷火器居然也能玩得转。

凭什么听你的？有人又问。

知道俺大伯是什么人吗？军长见了都得立正，吓死你！

后来的事实证明，他的决定很及时，吹牛和嘴臭也无伤大雅。他不过是利用自己当年聚众群殴时的战法，带着大家见弱就欺，见强就溜，包括一路丢水壶，丢弹夹，丢军帽，虚虚实实，扰乱和引开追兵。在最后断粮的日子里，还是靠前人渣或准流氓的经验，他放烟熏走一窝野蜂，用满满几头盔的蜂蜜，补充了大家体力。

在团部的战情报告里，这个五连在几天前已"全体殉职"。看到"夏连长"带着三十几个人奇迹般归来，首长们真是惊喜过望。但这位编外连长的一条腿没有回来。当时他一脚踩出不祥之感，顺势急滚，已来不及了。他眼睁睁地看见熟悉的腿、熟悉的鞋袜、熟悉的破烂布片随着泥雨喷放而腾空而去，在烟浪中旋转，在天空中飘摇——那一刻在他的记忆里宁静而且漫长。

奇怪的是，他还一直有这条腿的感觉，比如还能感觉到膝盖的痛，脚跟的痒，只是摸到那里的时候，只能摸到一条空空的裤管。他不再说一句话，圆睁双眼目光发直，躺在后方医院以后，床头出现了师首长、大红花、红领巾、大堆慰问信以后，还是这个样子。护士说，十多天了，他每天晚上睡觉也大睁双眼，眼皮一直合不下来。

一匹白马奇迹般地从敌后归来了。这肯定是哪个侦察排或通讯班的，肯定经历过战斗，满屁股血渍就是证明。

战士们猜测，它想必听到了山顶上高音喇叭中的对敌广播，听到了《大海航行靠舵手》熟悉的音乐，才得以翻山越岭，找到归家的方向。

正是它的归来，让师部有了一个新决定：山顶上的高音喇叭改为最大音量二十四小时不间断广播，高瓦数的探照灯也在入夜之后一齐射向敌后，为那些可能还幸存的士兵，可能还幸存的马，指引回家的路。

但很多人没有回来，包括那位阎团长——他与我前后相处过几天，满嘴的酒气和牢骚话曾让我暗暗惊讶，把几个干部子弟从连队抽调到团部罩起来，大有媚上营私之嫌，更让我失望和小看。没想到后来的事情是这样：采访组离开之后不久，他带着一个摩托化营插入敌后，不料途中遇到伏击。他在乱枪之下多处受伤，不愿当俘虏，不愿再痛苦，便开枪自杀了。据逃脱了的士兵描述，敌人放火烧毁了团长那辆吉普。因此事后能找回来的，只剩下团长一颗帽徽，一个皮带扣，还有一个烧变形了的水壶。

我知道，他经常用这个水壶装酒。

他经常就是摇着这个酒壶说些不着调的怪话。

我来到安葬烈士的墓园，向阎团长和他的战友们献上了一束野花。一位本地老妇在我身旁哭得厉害——其实她不是死者的亲人，连熟人也算不上，不过是路过这里，丢掉竹杖，捂住嘴巴，折腰便哭，声音如微弱的猫嚎。也许，她只是见不得死人，看不得伤心事，一看就得止不住长号。也许，她只是可怜这些娃娃们没有亲人相送，可怜这些死者往后很难被人们长久惦念，更是为自己将来可能的忘却而痛彻心扉。

能证明这一点的是，墓园另一侧有几具待葬的敌军尸体，也被老妇哭了一番。一位本地汉子，大概是她的亲戚或邻居，对此感到很没面子，跺着脚粗声埋怨："老糊涂了呵？你哭错了，哭错了，哭乱了套了么……"

老妇还是一意孤行地揪出一把把鼻涕。

她也许没怎么哭错。不是吗？当娃娃们放下武器，就没有多大的差别了吧？都有父母抓挠过的头发，都有弟妹攀爬过的肩膀，都有老师打量过的一脸腼腆或倔强，都有日晒雨淋过的古铜色皮肤和血迹斑斑的衣衫……她一个老太婆都看清楚了，已经不需要看到别的什么了。

以为还有大战，但似乎没有了。前方连日来一片宁静，转送重伤员的直升机也不再光临，营区渐渐恢复了早操和卫生检查，但因为驻军太多，以致营前的渠水半个月来一直是浑如泥汤，泥汤洗涮之下的大家实在卫生不到哪里去。

偶尔传来冲锋号和喊杀声，飘来一浪浪刺鼻硝烟，不过那只是摄制组补拍镜头。北京来的摄影师没赶上趟，或没胆上战场，但又不能没有冲锋杀敌的镜头，便让官兵们一次次事后排演，累得大家气喘吁吁大汗淋漓。

拍到第三遍。效果还不够理想，官兵们只好疲惫不堪地往山下撤，再一次等待烟火师的安排，等待导演的举旗发令。

我就是在这里认识了孙主任，一个自带梳子、香波、熨斗、吹筒以及成天埋怨没有净水洗澡的制片人。在Z城再遇他的时候，他领着摄制组一伙从西线回来，大概导演补拍了更多好镜头，声称当年的国家级大奖他是拿定了。也许是几次聊天聊出了兴致，他打电话让某政委送几箱茅台酒来的时候，也给了我两瓶。他让市政府公费安排名胜景区四日游的时候，把我和老王头也拉上面包车。"有一个熄灯舞会，很好玩，很现代派的，你们要是感兴趣的话……"他说得神色诡秘，笑着挤一挤眼睛。

我们在景区的这里或那里拍照留影，看少数民族的歌舞和日本的新电影，吃着公费开支的各种佳肴美食直到杯盘狼藉。客人们在席间交换购物经验，并且按孙主任的要求，无论买什么都索要发票，没有货名和人名的那种，交给他去处理。

我对这种发票收集略有诧异，终究没说出什么。

眼前一片灯红酒绿，似乎离战争很远，离山坡上的军人墓园很远——虽然它们不过就在起伏山脊线的那一边，在苍茫夜色之下。我们与那里有什么关系吗？我们是他们牺牲的意义和价值所在吗？我们就是他们需要拼死保卫的同胞、人民以及兄弟姐妹吗？我恶狠狠的疑惑挥之不去：这里的游赏和享乐，海吃和豪饮，还有可疑的发票，是否真值得他们在山脊线那边喋血疆场？

很多战争都发生过了，很多人为我们挡住了子弹和刺刀。好了，自从有了这些死亡，自从有了生存机会的不平等分配，有了人类生命的大笔删除和大块空白，幸存者的日子成了奢侈，成了负债，甚至是一种肥厚的无耻。

我把发票交给孙导时忍不住这样想。

谁还愿意与我说说墓园？说说整个山坡上的茫茫白色？说说白色坟碑一排排延绵到山顶的惊人视野？

洪某，徐某，刘某，李某，宋某……碑面上是一个个陌生的名字。他们是谁的兄弟？谁的儿子？谁的邻居和同桌？他们在蓝天慢慢旋转的那一刻倒下，在山林与河湾最美丽的那一刻倒下，再也不能回到故乡。

因为战场上遗体零乱不易清理，这些埋入异乡的不乏完尸，但也可能只是一条腿，一只胳膊，甚至一个笔记本或一顶军帽。偶尔错误地埋入别人甚至敌人的尸骨，也说不定。因为国家困难，按当时币值，这些人的家属只能获得三百元抚恤金——我听到这个数字时立刻想起 19 管车载火箭，想起丛林里那一排排发射架的缓缓升起。据说每发火箭弹造价两万。那就是说，当号令旗一举，在火海腾升和空气撕裂的声音中，仅一个单车齐射就是近四十万，就是近两千血肉之躯的市场价格唰唰唰呼啸而去？

这种火箭其实太老旧，也便宜。我还没说到 89 式 40 管或 122 型 50 管的车载火箭，没说到 B-52 战略轰炸机和 094 核潜艇，没说到巡航导弹和航空母舰……无战的天国至今距离人类仍然遥远。那么这些现代战争装备天文数字般的造价，这些人类社会中最精美的恶毒和最昂贵的虚无，总是使任何高额抚恤金的比值都几可忽略不计，生命价值一次次在刹那间狂贬至零。

一位总部首长从北京来了，听说墓园一事大为生气，称这件事办得太缺心眼，简直是猪脑子当家。搞得惨兮兮的一片，不会影响士气么？不是浪费土地和材料么？依这位首长指示，依当年淮海战役中的做法，烈士们集中下葬，大墓一个，大碑一个，搞个隆重的追悼会，事情就齐了。

墓园施工停了几天，但最终没有改过来，原因是 C 军军长的固执。我远距离地见过这位军长一次，知道他脸黑，脖子短，丑得像个烤红薯，平时喜欢骑马而不喜欢坐车，喜欢蹲着吃而不喜欢坐着吃，走起路来咚咚咚的谁也跟不上。作为一个出身木匠的老粗，他也许确实缺心眼，不懂什么政治，甚至满脑子旧观念。"凭什么我的兵都要大合葬？他们没捞个好活，难道还不能得个好死？"

他激动得一脸黑肉更丑陋了。"到时候当爹妈的，来烧一把纸，摆一碗饭，说几句话，总得有个地方吧？"

说得军部的人都没吭声。

"以前家属来探亲，都有一个单独房间。以后他们要是来走一走看一看，你拍着胸口想想，把他们往哪里带？一个活人不见了，连个名字也不给留下？"

有两个小干事差点哭了。

"你们就这样去回话，说这个错误我犯到底了——"

"军长，军长，听说上面很冒火……"

"他们冒火，我还要骂娘呢！"

军长把帽子朝桌上一甩，把袖口一挽，去工地指挥施工，用马鞭指着这个或那个，把工兵营的汽车和推土机轰赶得飞跑。依他的命令，不但要照计划分葬，还要一人一口棺材，一人一面国旗裹尸。事后一个未经证实的说法是：就因为这种胆大妄为的抗命，他背了一个大过处分，在军党委会上做过检讨。

十多年后的一天，我持旅游签证进入当年的敌国。这个国家早已回到和平与建设。离边境不远的 H 市眼下到处是广告、商铺、机动车、叫卖声、流行音乐，还有偷偷求兑美元或者人民币的小孩。仿欧的宾馆大堂里，墙面光可鉴人，花丛芳香扑鼻，服务员大多说得出几句汉语。导游就更不用说了——小姑娘能唱中国当红电视剧里的插曲，抖几个中国最新的流行词，让客人们兴奋不已。

同中国一样，这里已全无当年战争的影子，就像那件事不曾发生。即便很多战事仍受到隆重纪念，但遗忘十多年前的那一段，似乎成了当事双方的默契。你在这里找不到老墙上的弹孔和老树上的弹片，更找不到有关纪念馆、印刷品、影视片以及老兵聚会，甚至很多时尚青年对你的提问茫然无知。在一再追问之下，导游姑娘也只是淡淡一笑："没什么呀，兄弟之间有时也要打个架呵。"

宴会中的当地旅游局官员也这么说。

杂货小店里的老伯和老婶也这么说。

我当然也会——这么说。

简直是出自同一套标准答案，是统一的删除格式。当然，人们记住了战争又怎么样？第一次世界大战被记住了，往日的交战国只是在欢呼和彩旗之下军舰互访。第二次世界大战被记住了，往日的交战国只是在礼炮和花雨之下军乐队同台演奏。历史已经翻过去了，已经褪色与风化，后人在碰杯，在拥抱，在握手和飞吻，一笔勾销了沉重宿怨。我们文雅而富裕，我们用现代文明人足够的宽厚、仁慈、友善以及热情，让天上的亡灵困惑或者欣慰，痛苦或者快乐——他们在外交礼仪中将成为暧昧的过去。作为和平的代价，他们的意义似乎正实现在他们被避讳、被含糊、被遗忘的时候。换句话说，遗忘成了他们最崇高也最残酷的一枚无形奖章。

但活着的亲历者和当事人怎么能遗忘？是否要等到所有亲历者和当事人也都被遗忘的那一天，文明的奖章才最终得以生效？

我不知自己该困惑还是欣慰，该痛苦还是快乐。也许是，也许都不是。我在这里无法入睡，只得去寂寞的路灯下信步闲逛，买了一瓶水。我不会再打听什么，不会再打听一个伤员和手榴弹的故事，一个放牛娃和手枪的故事，一个老太婆和水井的故事……当然还有很多我年轻同胞的故事。我相信，导游姑娘不会知道这些，甚至没兴趣知道。她眼下只关心如何去中国留学，让她的中文更流利，今后做生意更方便。

但我以水代酒偷偷浇洒在地，为很多人。

为今夜涌上心头的一张张面孔。

不，还有战马的面孔。

2009 年 4 月

领袖之死

　　听说领袖真的那样了，长科一直害怕和悲痛。他是去屠坊砍肉时听到这个消息的，当即就悲痛得说什么也不能砍肉，说什么也不打算接裁缝来家做衣了。当然，他悲痛的资格有点可疑，因为他老爹没有参加过红军或农会，婶子或嫂子也没被日本鬼子糟蹋——人们在忆苦会上常说这样的故事。更要紧的是，他小时候居然去街上读过洋学校，吃红米干饭，鞋子裢子穿得整整齐齐。后来在县城当教师那阵子，去食堂偷过一碗肉，被灰溜溜地开除回乡……他不敢回想这些历史污点，越想越觉得自己对不起领袖，如今凭什么也可以苦着一张脸盯着地上发呆？

　　他怕被别人看见，也怕不被别人看见——他心里没鬼的话就不必躲藏。他暗暗羡慕女人们。女人们眼窝子浅，能哭。上屋的本善家有位媳妇，死一只鸡仔也可以哭湿两只衣袖。远近四乡无论哪家有了丧事，都会备好红包请她出马，陪主家哭丧。若没有她那气长韵足跌宕有致的说哭就哭，仪礼不成体统，主家还成何脸面？不过她不识字，心里不明亮，有时也哭乱套，把东家哭成西家，把孙子哭成儿子。上次开大会声讨某地主据说是畏罪自杀，她没听清死的是什么人，解开怀襟找着什么，一把鼻涕一把泪就抹起来。大队党支部书记明希听着听着生了疑色，最后给这蠢婆子一耳光。

村里无人唱戏唱歌了，都戚戚然，互相留意，蹑手蹑脚，不知五官该如何表现似的。有个娃崽见别人踩了他的屎，拍手大笑，立刻被大人们惊恐地扑上去捂嘴巴，打屁股。直到国葬日后才可以笑，这是明希爹的宣告。长科便暗暗数日子，小心度着时光，特别怕蚂蚁爬到颈窝子里去，弄不好，忍不住痒，就笑了，就反动了。

他注意很多乡亲确实比他悲痛得多，自己怎么挤眉头，耸鼻头，干干的眼睛眨巴眨巴，还是没排出水来。倒是急出一身汗，被风一吹，外感风寒。他当然没敢去见郎中，领袖都那样了，他怎么可以小病小疾去找郎中和抓药？他努力悲痛，必须悲痛，于是慢腾腾地迈步，沉缓缓地说话，挑着粪桶去地上泼菜的时候还拉长着脸，似乎已被悲痛压得透不过气来。想想吧，满园猪菜都是他哀思所在，每一声鸟啼都令他寸断悲肠。伟人仙逝，日月无光，他真是没勇气活下去了，真是没勇气把粪水泼下去啦。

他算是村里的知识分子，喝墨水最多的文豪，经常为庆祝会一类写标语。明希来找他去扎灵堂和写挽联。

他悲痛得还没转过弯来，低低地"哎"了一声，声音小得几乎听不见。

"你听见没有？"明希爹耳朵背。

"哎，"他慌慌惊醒，"写什么呢？"

"该写什么就写什么，归你去想。"

"是在老地方开庆祝会？"

话没说完，他已魂飞魄散。娘哎娘，他怎么舌头一溜把"追悼会"说成"庆祝会"？在那一瞬间，他已经意识到应该改口，但舌头竟僵硬如脚，转不过弯来，硬是把反动话顺溜溜端出去了。

"错了错了，我是说开庆祝会，不是开追悼会……"他急忙更正，一边更正一边更为大惊失色，他不仍然说错了吗？他一心狠狠地咬住舌头，但嘴舌完全不听使唤，罪恶滔天地急忙忙直奔最后一个字——"会"。一片静默。他的话说完了。

他两眼一黑。

"你说什么？"明希皱起眉头，深深地盯了他一眼。

他注意到明希注意了他，注意到对方注意了他的注意，注意到对方注意了他注意到对方的注意。他还注意到不远处有两位妇女在塘边捣衣，她们虽没朝这边看，但完全可以听到他说话的。

"喂，有洋火没有？"明希借火抽燃了纸烟，走了，背上的步枪摇来晃去。

自从领袖逝世之后，他一直保持这种备战姿态，对天上偶尔飞过的飞机也很警惕，看会不会丢下第三次世界大战的炸弹。那锈迹斑斑的三八大盖虽然根本没有子弹，但显然是对一切伪作悲痛者的严正警告。

整整一天下来，长科提心吊胆。村头的狗一叫，他就以为是县公安局来捕他了，后来才发现是个荒货贩子进了村。晒谷坪里有人搓草绳，他以为那是准备用来捆他的，看到后来，才知道他们用草绳去绚牛。吭——身后地塌天崩的一声巨响，他吓得差点尿了裤子。接下去没什么动静，他怯怯地回头探看，原来身后没有明希的枪口，没有怒目逼人的革命群众，只有一只猪崽勤奋地拱吃着泥土。一杆锄头大概是被猪拱倒了，砸得面糊盆翻了个底朝天。这一刻，浑身的血呼呼呼地直往他脑门里灌，灌得他头大颈粗，怒不可遏，抄着剪刀朝猪崽猛扎。猪崽愣愣地瞪了他一眼，任屁股上鼓出一串血水泡，不怕死的样子，发出一声尖嚎，居然迎着危险上，湿乎乎的嘴巴撞偏了他的脸，小爪子在他肩上踩踏过去。他更火了，从桌下钻过去，但未能揪住猪尾。他一直追到屋外的水塘边，才在猪腿上再扎了一剪刀。结果可想而知，猪崽的主人与他大吵一架，双方都咒了最狠毒的话，最下流的话，无非是关于祖宗的，或关于祖宗的祖宗等十分遥远的人。众人不免有些奇怪，觉得长科今天的凶狠十分少见。

明希到上头开会去了，没看见这一幕。

明希回村时，眼睛红红的，嗓子也嘶哑了，显然在公社又哭过一场，这使长科再次惭愧和恐惧。明希在窑棚子前召集群众大会，宣布新消息。还好，他暂时还没揭发长科的反动言语，也没说世界大战打到了边境。只是说，因为领袖闹革命时到过这个村子，所以国葬那天，大家都要来吊香，上头还要派人来照电视——长科知道"吊香"一词用得不妥，"照电视"应该是"拍电视"，但他根本不敢去纠正。

明希又说，乡亲们到了那天要好好地哭，哭出感情来。本善家的婆娘哭得最好，可惜肚子大了，照到电视里丑人，不要她。那么常兰家的，德虎家的，三桂家的，都要做点准备。这些人都是赤贫出身，在伪政府时期没穿过棉裤，不晓得票子是圆的还是方的。她们有得哭的。

长科盯着书记身边黑洞洞的枪口，心跳渐猛，等待明希下一句就点到他。

"完了。"明希看也没看他一眼，宣布散会，"你们莫带走了砖！"他知道有些人常把垫坐的窑砖偷偷带回家去。

这有点奇怪。明希是等长科写完了挽联再收拾他，还是当时没有听清他的失言？

"要你莫拿砖！"明希朝他大喝一声。长科低头看，自己手里确实有一口砖。娘哎娘，他从不敢偷集体的一根草。只是现在他越不想干什么，就越会干什么，脑子里完全装着臭大粪了。他忙不迭把砖送回原处，定定神，眨眨眼，发现自己两手已空，确实已把砖块放回原处了，才稳稳地离开。

村子里的人都矮小，唯长科个头高，做衣费布不说，往人群中一戳，总要出人头地，高出别人一头，颈根凉飕飕地迎八面来风，有莫名的危险感。他知道，到了追悼会那天，他怎么弓着背勾着头也没用，别人不可能看不见他的。倘若到了那关键的关键时刻，可恶的眼窝子里仍挤不出泪他怎么办？他还想不想活？电视可不是好玩的，那是用电的，没有什么东西斗得过电。即便明希多眼花看不清他，县里的公安局会不会来查他一番？喂喂，人人都哭了，你这家伙为什么不哭？莫不是心里有鬼？你老婆难产的时候你哭过没有？哭过。你侄儿放排淹死在河里的时候你哭过没有？也哭过。哦哦，这就很清楚了么。

长科发现自己确实反动。

想到这一点，他的口舌突然干了，一种猛烈的干燥似乎从脚底升上来，迅速蔓延到全身，蒸发了他所有的血液，灼干了他的五脏六腑乃至眼睛。他眼球痛，眨眼时被眼皮枯枯地摩擦，好像发出了喳喳的声音。他感到喉管干得已经裂缝纵横，空气在裂缝中嗖嗖地流泄。这种可怕的干燥感他以前只经历过一次，就是当年听到开除公职通知的时候。他完了，他相信自己到时候还是哭不出来的，何况明希不可能没听见他的失言，两位捣衣的妇女也不可能没听见他的失言，他的罪证充分。

当然，他活过了这些年，也不算短命，前世没积德，完了也就当死条狗。既然哭不出来就该去坐牢或吃枪子，只是可怜他老婆和一堆娃崽。最小的刚断奶，也长着同他一样的长鼻子，经常东张西望，咿呀学语。当爹的一狠心撒手而去，这娃崽……长科就是带着这一些心思来到了追悼会场，看着前面他老婆弯弯的背脊，还有后颈上一颗熟悉的黑痣。老婆背笼里的嫩崽认出了父亲，在背笼里跳跃。

太阳很烈，人的头顶和肩都被烤得发烧，牛蝇也在烈日下惶惶乱飞。长科刚才离家之前已把水缸挑满了水，已把柴弯里的烧柴备足，从邻家借的灯油和红薯丝也一一还清。该了结的都已了结。他现在又赶走儿子头上一只牛蝇，想象这是最后一次为儿子驱赶牛蝇，想象这是最后一次触摸儿子的皮肤，忍不住心里一酸。但儿子似乎很喜欢牛蝇，咬着指头，张开嘴巴，流下长长一注涎水，冲着父亲笑了。

鞭炮乘人不备地爆响，恶狠狠，怒冲冲，不由人分说，炸得人们的骨架都松散，炸得人们都感到自己虚虚的轻了许多。老槐树上的乌鸦突然惊飞，扑棱棱的黑影子砸在人们头上和背上。家犬也一齐狂吠，吠得每一片树叶都在颤抖。长科的小儿子当然受惊，立刻哭歪了一张脸。长科忍不住把他抱出背笼，紧紧抱在怀里。这是最后的时刻吧？这是儿子无法记忆的告别吧？当父子俩肌骨相亲气息相融合为一体命运与共的时候，一泓热热的东西在长科眼里夺眶而出。

他是追悼会上第一个哭出来的成年人，这是很重要的事态，也是电视记者发现的第一个目标。乡下人不大了解电视，因此这一天两个电视记者来到村里，扛来一些奇怪的机器，曾给乡民们增添了莫名的紧张。据说鸡躲进了圳，狗窜到岭上不敢下来，某位后生硬是没能把八十斤谷子起肩上路。就拿追悼会来说吧，刚才玉槐老倌去燃放鞭炮，划断了十几根火柴也没划燃，最后还是明希用打火机帮助了他。更让人火急的是，面对着摄像机的镜头，不仅本善家的吓得没敢哭，其他几位计划中的主要悲痛者也乱了套，一进会场也好像贼一般，你看我，我看你，惊惶失措，在镜头面前一个个贼眉贼眼，没挤出半点眼泪，只能让记者大为失望。镜头不是枪口，你们怕什么怕呢？记者这样解释。但人们还是在枪口前纷纷躲闪或者后缩。这种枪口用来驱逐好奇的娃崽们倒是很灵。他们乱糟糟地挤乱了队形。大人们的呵斥没有用，明希的铜哨和步枪也没用，实在没办法了，明希就请记者扛上摄像机扫荡一轮，并没开枪开炮，娃崽们就如鸟兽散，逃得远远的。

明希今天也大为沮丧。他率领全家，一人顶着一个麻袋来了。听公社干部说，新社会不兴披麻戴孝，他才怏怏地把麻袋摘下来垫座。这位老书记参加过红军，行军时掉了队，又碰上岔路鬼，才没去参加长征（也有人说他是逃兵）。但他曾经到县城开过会，到省城探过亲，是见过大世面的，因此一直要乡亲们休得紧张，照电视嘛，同照镜子差不多，同医院里照片子差不多，绝不会伤皮肉，也摄不走魂魄，没什么了不起。当年我们跟着领袖闹革命，连德国和美国的大炮都不怕，哼，难道现在还怕照一照电视吗？但他无论怎样说，几个妇女的眼里还是没有泪水，连常兰家的婆娘也一脸呆肉，肉纹跳了几跳，还是没有多大希望。

"怎么搞的？"公社干部很不满意，在明希耳边嘀咕。

"对不起，对不起，这些婆娘昨天还哭得好好的，今天是鬼打蒙了……"明希觉得自己正蒙受谎报和做假的嫌疑，急出一头老汗。

在浓浓的硫黄味中，他决定继续启发一下大家的感情，先朝领袖遗像三鞠躬，屁股上两块黄泥印子再一次高高撅起。接下来他清清嗓子，大谈领袖对广大贫下中农的恩德。"同志们，同志们呵，我们伟大的领袖过世了，我们哪个不心痛？大家今天都来吊香，打鞭子，搞得乌烟瘴气，嗯啦，乌烟瘴气……"

身旁的记者怔了一下，拉拉他的衣袖："怎么能说乌烟瘴气？这个词是要不得的。"

明希眨眨眼："这么好的词也用不得？"

"你疯呵？"

明希只听说过，对领袖的画像和著作不能言"买"只能说

"请"，倒没听说过乌烟瘴气这个词有什么不好。

他暂时压下满腹狐疑继续演讲，从红军当年打土豪分田地，一直讲到抗美援朝和抗美援越，再讲到最近的晚稻积肥和种秋红薯，历数穷苦人民眼下享受的幸福。"就说我一家吧，如今不就是过地主日子吗？（记者又皱眉了）天天吃白米饭不说，光大柜就有两只，雕花床也有两张，椅子呢，十六把，还有缝纫机一部，打火机两部，吾一部，吾庆强一部！"（记者再次皱眉）他环视四周，看谁还不慑服于他和他儿子的打火机，"政治地位也大大提高了嘛。不光是我当书记，我家庆强和媳妇都是国家干部，我家满女是——沙老太婆。"他是指女儿参加业余剧团，光荣扮演《沙家浜》中的婆旦主角。当然，他得总结得周全，不漏掉最后一名家庭成员，"我婆娘是——"他顿了顿，找出了一个既体面又基本上不违事实的新社会用语，"妇女，嗯啦，妇女。"

有人忍不住笑，记者和公社干部更是哭笑不得。

"谁敢笑！"明希瞪大眼，想找出破坏追悼会的奸细。但他眼有点花，找来找去还是一张张肃穆无比的黄面孔，没有可供他发火的目标。但事情到了这一步，气氛显然已被破坏。不论明希如何耐心启发，无论他搬出多少铁的事实，也难启发出乡民们的悲痛。明希也自觉讲乱了些，忍不住暗暗怨恨刚才公社干部不让他顶麻袋。就是那一横炮，打乱了他的心思呵。其实披麻戴孝有什么不妥？他朝讲台上的牛蝇狠狠瞪了一眼。

会场上隐隐有些骚动，似乎发生了什么。明希随着旁人的目光看去，看见了高出众人一头的长科，一张哭歪了的脸。

明希心里一软，颇有几分感动。

哭声是有传染性的。长科一溅泪，他的婆娘和娃崽也跟着哀哀，旁边几位妇女更是跟着掩面而悲，很快就带动周围一片小小的哭潮，连明希的泪水也被牵引出来。记者喜出望外和手忙脚乱自不用说，明希爹也如释重负，终于开始激动地号啕，竟完全忘了追悼会的程序，大声说："长科同志，你来讲讲，你到台上来讲!"又向众人宣布："长科是老实人，好人呵。他大伯卖豆腐从来是足斤足两的，他婆娘在队上出工从来没走过后面。"他这一刻想起了长科家族的种种好处。

长科被推着拉着上了讲台。刚才不知是哪些人握过他的手，不知是哪些人拍过他的肩，反正一片温情搞得他鼻子更酸。他哭了，真正地哭了。他现在才最终相信了这一点，真是天不亡我，绝处逢生呵。他不光是暗自惊喜和庆幸，而且真该大大地悲哭一场。不是吗? 明希刚才称他为"同志"。这就是说，书记不认为他是坏人。就是说，书记不计较他的失言或者不曾听清他的失言。这也就是说，他以后不会下大牢而且可以安安稳稳地吃饭睡觉喂猪种菜看报纸。所有这一切，都在来不及思索的瞬间已经发生，已经在那里了。他第一次被这么多人仰视，被这么多人握手和拍肩，如何能让他不哭?

我们必须说明，长科是完全够格被这么多人握手和拍肩的。他一直忠于伟大领袖，忠于祖国和人民。作为村里的民办教师，他遵照领袖的教导为人民服务，几乎每天翻两个大岭，分别去三个村子给娃崽们上课，包括解开娃崽们打成死结的裤带以便他们排泄，包括给娃崽们洗脸、洗手、洗屁股以及在头发里捉虱子。有一个夜里大风大雨，马灯没油了，熄灭了，他险些滑下山崖粉身碎骨，在墨黑的茅草丛里东摸西摸，直到天亮时分才泥水淋淋回了家。他向谁诉过苦没有呢？他看见好些娃崽没钱买课本，就带他们去砍柴换钱。有一次碰上马蜂窝，他让娃崽们先跑，自己被黑压压的蜂子蜇得天旋地转，两天两夜没沾米水，脑袋一直充血，红肿如脸盆，吓得全村的娃崽都躲开他。他向谁诉过苦没有呢？他不但不曾邀功请赏，恰恰相反，就因为他年少无知时偷过食堂的一碗肉，他受到的打击和委屈难道不是罄竹难书？……他终于迸出一个男人怎么也压抑不住的尖锐长号，让尖声直钻人们的鼻窦，剜人们的后脑。会议气氛由此而推向了最高潮。

记得他还哀哀地说了一些话，呼唤领袖不要走，请求领袖给他做主，原本打算秋后带上盘缠去北京看望伟大领袖等等。

这天的追悼会很成功，很动人。与会者都哭得东倒西歪，连电视记者也抹眼泪揪鼻涕，好几次看不清镜头画面，工作颇受影响。其中一位追悼者还中暑晕倒，由旁人脱光他的上衣，在他背上一把把拔痧，揪出一条条紫黑色的痧痕。乡民们也心灵净化，和顺多了，正直多了，看拔痧的时候谁也不拥挤，谁都很谦让和客气。去给田里下牛栏粪，人们都拣大筲箕上肩，一改平时那种偷奸取巧的恶习。他们一边下粪一边咒骂日本鬼子之类的敌人，咒他们的祖宗。他们继续追怀领袖，痛惜红军当年在这个村子里只吃了红薯，没吃到肉，实在让人过意不去。关于领袖当年在这里是否拔过痧，是骑一匹白马还是骑一匹黑马，他们还争论了很久。

长科觉得周围突然笑脸增多，别人对他多少有些异样。拆台子的时候，各家把自己的门板扛回去，他扛不动，立刻有人来帮他一手。他的斗笠不见了，玉槐老倌立刻帮他寻找，发现自己的娃崽已把斗笠坐瘪，立刻在娃崽头上锄了两丁公，锄得孩子捂头半晌才哭出声来。其实玉槐老倌完全不必这样仗义，只要平时不拖欠娃崽的学费，不来偷长科园子里的辣椒丝瓜，长科已经心满意足。他受宠若惊地对玉槐老倌连连欠身。

不知何时，水塘边已经在传播流言。说是长科照电视照得最多，一照就照到省台和中央台，让各级领导非常满意，可能要重新当国家干部了。当然，当干部就要当粮油站站长，那才是好差事，妇女们捣衣时都这样认为。长科嘿嘿直摇手，说诳讲，诳讲，哪有这回事？他哪有什么官相？他只是应邀去县里开过一次会，座谈领袖光辉业绩和学习领袖著作的体会，如此而已。

当然，他心里明镜儿似的。自从他在电视镜头前成功一哭，事情已经发生了很大变化。他渐渐成了一个重要的人物，去县里参加过好几个会，同更多首长握过手。因为参加的会多了，发言的经验多了，他现在讲得越来越丰富，悲痛也越来越出色。比方说，像明希爹一样，他也是从旧社会说起，历数革命人民吃过的苦头（具体是谁吃过什么苦，稍稍说得有点含糊）。发言重点当然是介绍自己对领袖的忠诚，比如被蜂子蜇得脸肿大如盆，三天三夜没沾米水一类（近来开始把两天两夜记忆成三天三夜）。但他革命信念动摇了没有呢？没有。他是否计较个人安危和个人得失呢？也没有（他开始采用了这种启发学生们的设问自答方式）。每天深夜，他还在油灯下坚持学习伟大领袖著作。每逢风雨，他还在翻山越岭去给孩子们上课，为此他已经瘦了身体，患上了胃溃疡和水肿病……说到这里，他总是两手冰凉，喉头哽塞，差一点说不下去。

他自己也知道，不必这么激动，不应这么激动，太激动就会影响发言效果，就会引来会议主持者倒开水递毛巾什么的，让人不好意思。但他完全没有办法，自那次国葬以后他不知为什么比本善家的还容易抛眼泪，一提起领袖，一听到国歌，他就情不自禁地眼红鼻酸，完全没法管住自己，没法平息胸中奔涌澎湃的悲壮。他总是望着天，任混浊泪水在眼窝里旋动和蓄聚。他嘴唇嚅动和咬合，尽力忍着，忍着，忍着。

台下自然是鸦雀无声，随之而来便有突然爆发的口号声：向魏长科同志学习！向魏长科同志致敬！……

一排排声浪扑打过来。

口号只能使他哭得更加厉害，让会议主持者更多地来加开水或递毛巾。

长科从此成了大忙人，经常外出，自家的菜园子渐荒。他经常去明希家领取会议通知，甚至身份不明地列席过一两次干部会。他以前很少有机会来明希家，连走过门前也膝头有点发软。他现在才知道这道门槛里其实很平常么。他知道明希的床上蚊帐又黑又破，知道他家梁上有破禾桶和燕子窝，知道他家的猪总不上膘而且互相打架闹槽，知道他家冲豆子芝麻姜盐茶的瓦罐已经缺了个口。他对这个曾经神秘的世界渐渐不以为然。明希递水烟筒给他，请他坐。坐，他当然坐，他热爱领袖当然想坐就坐。

明希嫌凉水没有味，令女儿赶快烧吊壶炒豆子以及磨姜。

借这个机会，长科发现明希耳背处有一点燕子粪，便说你老人家今天没洗脸么，怎么耳朵上有内容？他居然伸过手去，把书记光光的脑袋抹了两下。他现在根本不反动，因此想抹别人的脑袋就抹别人的脑袋，没有什么可怕的。

他放肆地打了个喷嚏，余音袅袅。

好些年过去，明希死了。本来可以抬他去住医院的，但他最不能忍受那些没出嫁的红花姑娘让他脱裤子打针，便坚决不去，便死在家里。咽气前他抓住长科的手，紧紧盯住长科的眼睛，像有什么话要说。"你呵……"一口痰堵住喉头，终于没说出来。

他要说什么？成了永远的谜。长科暗自琢磨了很久，因琢磨不出来，自己的头发很快就白多了。

1993 年 10 月

＊最初发表于 1993 年《花城》杂志及 1993 年台湾《联合文学》杂志，后收入小说集《北门口预言》，已译成法文。

白麂子

季窑匠是个单身汉，撬着个布包来到这个村子，已经好些年头了。他烧出的一窑窑青砖黑瓦又结实又匀整，价格总是比别人的便宜，发货时又不计小数，三十五十顺手相送。碰到什么人急难之下开口来借钱，只要他手上有，他从来不说二话，你借八角他甚至还掏出一块，有时热情得结结巴巴，恨不得把口袋底子一同翻给你。

有一天，他灰头土脸地下了工，去湖边洗澡洗衣，一去就没有回头，只留下岸上的衣衫和草帽，第二天被看牛的娃崽发现了，提在手里捡了回来。村里的人大惊失色。一些后生赶紧扛着桨去放船，到他下水的地方寻找和打捞，忙了约莫两个时辰，一篙子终于戳到水下一个重物。两个后生喝下酒，壮了胆子，潜下水去一摸，果然捞出了一张歪张着的嘴巴以及整个泡得又白又肿的人尸。

他的四肢都缠上了水草和渔网——看来是不幸游错了方向，被一张捕鱼的拦网缠死在水中。

村民们唏嘘了一阵，各出一把力，挖了个土坑，把他草草下葬了，包括把他歪张的嘴巴又揉又捶又扳又敲，好容易才使它勉强合拢。有人说他是个"祛师"，意思是说他是个法师，虽然只是业余水平，但既然懂点看水碗、剪纸符、收魂驱魔一类小巫术，还是有点别出一格。照老规矩，得让他眼蒙布条入殓，或者让他入土时脸面朝下，以免他死后还能东看西看，眼睛像探照灯一样乱射，搅得村里不清静。但大家念他多年来的义道，情面多少有点抹不开，含含糊糊一阵以后，把防范措施稍稍放宽，只是在坟穴里熏了一把烟，再垫了一担石灰，有点消毒灭虫的意思。好像他是一个虫蛹，有石灰管着，就不会变蛾子飞出坟墓了。根据村里李长子的提议，大家还凑钱买来一丈白布，把他裹了个一身清白和一尘不染。

丧事毕，主丧的李长子看纸钱灰屑在秋风中飞远，重咳一声，郑重发话，说季窑匠虽然上无老下无小，但他还有一个姐姐在石门镇打豆腐，有人在那里看见过的。你们知道么？

大家说，是的是的。

李长子说，你们谁借了他的钱，赶紧还回来，一起给他姐姐捎过去，也算是活人不欠死人账，阴阳有界两相安。你们明白么？

大家久久没有吭声。

李长子对沉默有点生气，忍不住点下名来："辉矮子，你堂客上次肚子里长瘤子，住医院两个月，未必没找季窑匠借钱？"

辉矮子笼着袖子往人后缩："借是借过一点的，不过……我那堂客早还了吧？好像是早还了的。我……这得去问问她。"

李长子又把目光投向另一个："友麻子，你前年做了五间大屋，都是在窑里挑的瓦，瓦钱都同他结清了账？"

友麻子还未说话就红了脸，但出言理直气壮："你不说结账

274

还好，说起这事来……唉，不说了。"

"有什么话说不得？"

"他还倒欠我一千皮瓦哩。现在他眼一闭，脚一伸，我找哪个去要？该我倒血霉。不是看他死得可怜，我还真要到石门镇去走一遭。"

"嘿，你还有灯亮照人家？今天太阳是从哪边出来的？"李长子看看天，表示对这话根本不相信。

"我要是有半句假话，等下就被雷公劈死在茅坑里！"

李长子手中没有证据，没法往下说，只得再次重咳一声，耐心地等待。他发现眼前好一些人都目无定珠，吞吞吐吐，东张西望，抓腮挠耳，虽然身子还马马虎虎地在场，但心里着了火，已经无法安坐，如果不是被他的目光紧紧黏住，肯定就会像苍蝇轰的一下四处逃散。最后，只有茂爹出面认了一笔账，说他两年前借过季窑匠八角钱，季窑匠恐怕是已经忘了。他还说明天就去卖鸡蛋还账。

李长子叹了一口气，说人生在世，只有两块金字招牌，一个是仁，一个是义。你们还不还钱，我管不了。你们借没借钱，我也不知道。但你们最好是把窝心放在胸口里，端端正正放好，就行了。

大家都说，当然，当然是这理。

时间一晃过了十来年。这些年里村里发生了一些事情，有人出生了，有人去世了，有的家兴旺了，有的家败落了，倒也正常。随着市场经济越闹越火爆，这些年风气不如从前，有人偷牛，有人偷树，有人连电线也割一段去卖废铜，甚至把自己的亲爹亲娘往屋外赶，也不能算不正常——这些就不说了。唯独有点让人奇怪的是，这些年村子里老是出病人，而且很多人一病就说昏话，说话的声音和口气都像某个人，准确地说，像当年的季窑匠。比如辉矮子家的那个二毛伢，还只有六岁，说昏话时居然有了成人昏浊浊的喉音，半夜里大喊："坏泥还没踩熟，坏泥还没踩熟！"他一个娃娃晓得什么坏泥不坏泥呢？或者喊："拿弓线来，拿弓线来！"自从有了山外那些便宜和结实的机制砖瓦以后，村里的两口窑早已废弃，坯桶、荡板、弓线这一类窑匠工具完全绝迹，一般的少年见都没有见过，他一个六岁小儿如何喊得出这等名称？

满姨子打老远来看他，还没走进院门，这小把戏就在帐子里嘟囔一声："满姨子来了。"这更是奇怪，隔着两堵墙，他如何看得见大门外是什么人？

到最后，他高烧不退，还惊恐万状地撕蚊帐，撕成一片片一缕缕的以后，塞到嘴里去嚼，人家拦也拦不住。邻居照例往因果报应那一面想：想当年季窑匠缠死在渔网中的——莫非是他阴魂附体，眼下把蚊帐当成渔网，一看就怒气冲冲要除之而后快？

这样一想，人们越想越害怕。

辉矮子请郎中来治病。郎中把了脉，看了舌，打了针，脸色还是阴沉，叹了口气说："这种病来路不明，用心太险，吃药打针恐怕是没什么用了。"

郎中深深地盯了辉矮子一眼，似有什么意味，说什么也不收医药费，撑着雨伞匆匆走了。

辉矮子着急，又去请磨盘岭的法师。法师名气很大，号称白云半仙，据说晚上回家时嫌路远，便在湖面上忽悠悠如履平地抄了近路——有人看见过的。但他还只走出磨盘岭的山口，离这里还有整整六七里地，鼻子在风中嗅了嗅，掉头就往回走，还气呼呼地抱怨："这种烂事也找我，我一个人再狠，如何打得赢三个人？"他说什么也不上阵。至于他说的三个人是谁，还有他如何知道要迎战的是三个人而不是两个或者四个人，这些都言之不详，旁人没法明白。

辉矮子喊天不应叫地不灵，只能眼睁睁地看着心肝儿子继续高烧，在抽搐中脸色发青和全身变冷。下葬的那天，他在坟前昏了头，忍不住对自己的婆娘来了一通毒骂："……我说了要还，你贼娘养的不还。你这下甘心了吧？你是留着钱买棺材呵！你是要留着钱买冥屋呵！你这个烂货一心一意要绝老子的后灭老子的族呵！"

不用说，悲愤之下吐真言，村里人都听出了这一段话中的隐情。其实，这些年有难的人家不少，但这些人家是否都有隐情，是否都属于什么报应，不是一件说得清楚和查得明白的事。但人们都拿辉矮子说事，偷偷地议论着，一传十，十传百，到最后，远近四乡的人都在闪烁其词心惊肉跳。季窑匠又来了吗？嗯，又来了。季窑匠去年不是来过了吗？嗯，今年又来了。他们如此交头接耳心照不宣，好像季窑匠没有死，永远不会死，永远是这个村子里一个无处不在的成员，随时可能出现在某一扇门的后面，某一张床的后面，或者从某个废弃的土屋里探出蓬头垢面的头来。

他们议论辉矮子家的、黄三家的、罗海家的、清远家的动静，说他们病床前季窑匠的什么声音和口气，说他们当年与那个窑匠的可疑交往，当然还不会忘记对门山上的麂子——据说那是一只少见的白麂子，近年来出没在对门山上，叫的声音特别悠长和尖厉，深夜里鸣呵出一道长音，像孩子的哭喊，十里之外也听得到，附近村子里更有叫声中的瓦片和砖块突然开裂。人们说，白麂子一叫断无好事，瓦片与砖块开裂更是窑匠出场的预告，声音所及之处，必有一家遭殃。

　　人们还说，季窑匠入土的时候不就是裹了一身白布吗？不就是一身白吗？你想想，这只麂子的白色怎么没有点来历？

　　村里有一些猎户，专门与野猪、野羊、野兔、野鸡什么的过不去。有的神枪手把茶盅往空中一抛，提枪就能将其击个空中粉碎。但枪法再好的人，也不敢去碰白麂子。以致这只白麂子越长越大，偶尔见过它的人说，这些年下来，它已经有一扁担高，一门板长，在岭上出没的时候，挤得枝叶哗哗哗地两边分，像轮船排出滚滚波浪。它也越活越横蛮，在小路上碰到砍柴的或者挖药的，根本不让路，直愣愣地盯着你，呼呼呼地出粗气，逼着你远道绕行。有一次，它还跑到村子里，在小学校的球场上大大方方绕场一周，吃了几个不知谁晒在那里的红薯，吐出薯皮，扬长而去。

　　这只白麂子成了人们心中最大的恐惧。如果有孩子不收哭，大人就可能警告："你再烈，你再烈，白老爷就要来了！"

　　白老爷就是指白麂子。

　　白老爷果然能够吓得全村的娃崽们一声不吭。

　　当然，也有一些人不在意白麂子。茂爹当年还清了八角钱，就是其中一个。据说他家里从来都很清静，不但男女老少安康无恙，鸡都不曾瘟死一只，瓜也不曾蛀空一个。有次茂爹到山上挖药，一不小心失足掉下山去，顿时无踪无影，人家都以为这下完了，完整的肯定是没有了，挑着箩筐去捡点骨肉零件吧。没想到的是，他们哭哭泣泣地下到谷底，发现树丛中的茂爹竟然毛发无损，还捡了身边一窝野鸡蛋，用一角衣襟兜着。他的子女也都有出息，一个当上了中学教师，一个当上了汽车司机，还有一个在读博士研究生，据说是专门研究大汽车的鼻子，了不得，研究大汽车的鼻子呵，与研究脚板或屁股的岂可同日而语。

除了茂爹，李长子当然也不必要害怕白麂子。他心中无冷病，以前对季窑匠不但不曾欠钱，而且还今天送个南瓜明天送把苋菜，就凭这一条，他不管在哪里碰到季窑匠都说得起话，都做得起人。不过，说是这么说，不知为什么，这年夏天他孙子考中学落榜，读议价生亏了好几千。接下来祸不单行，他自己脑袋又痛得厉害，有时痛得他冷汗大冒昏天黑地恨不得立刻喝农药。到县城医院就诊以后，不但没有去痛，一条腿也有些麻木了。人家都说，他怕是要瘫了。他有点纳闷甚至愤怒。为什么张三不瘫，李四不瘫，唯独他的身上出鬼？要瘫就好好地瘫，合情合理地瘫，有桥有路地瘫，为何偏偏撞上对门山里的白麂子叫？搞得村里人偷偷摸摸地戳他的背脊？

一天，辉矮子在路上碰到过他，叫了一声"村长"，什么也没说，只是不怀好意地阴阴一笑，好像彼此同在一个婊子家撞上，有点原来如此的惊讶，又有点连裆共裤的友好。

"你笑什么?"李长子很恼火。

"我笑了么？没什么，没什么，我是要去买豆腐，准备明天接客。"

"你说怪不怪，我那个孙子蠢得做牛叫，还得了个奖学金，一得就是三百块！"他吹了点牛皮。

"你大人大福，闭着眼睛都发财呵。"

"我今天腿也不麻了。"

"是么？"辉矮子不无警惕，"那就好，那就好，只是这走路的样子还是……"

村长不再搭理对方，气呼呼来到乡卫生院，找到了戴眼镜的王院长："你说那对门山上的白麂了也是老了吧？我看是老糊涂了，乱叫一气。差不多就是下河湾那个谷爹，老得连儿女都不认得了，晚上把儿子当贼打。这麂子老了也一样造孽！"

王院长笑着说："哪有什么白麂子，我是从来没有听见过。"

"你是读新书的，阳气足，火焰高，听不见。"

"迷信，都是迷信。你上次说茂爹是得了白麂子的照应，其实你就单单记住了他摔一跤。他那个宝田丢了一台汽车，欠一屁股账，白麂子怎么不照应？他那个宝华的媳妇至今怀不上娃崽，未必也是白麂子的照应？"

李长子眨眨眼。

"你们呀，说一不说二，说三不说四。"

"倒也是，我忘了这些事。"

"哪是什么忘了？你们是不想记，就不记了。古人说三人可以成虎，三人成麂不是更容易？"

李长子无话可答，但还是感到几分安慰："你们读新书的都讲科学。这科学也确实厉害。你想想看，老辈子说什么顺风耳，千里眼，眼下不都实现了？顺风耳就是手机，千里眼就是电视。老话还说刘伯温的铁牛肚里藏万人。现在轮船和火车的肚子里不就是真能藏万人？说不定一个斤斗十万八千里，一口气把猪吹成个人，这事也快了。依我看，古人讲的其实都是科学，都是现代化，只是时候不到，就不能让你们一下子听明白。你说是不是？"

王院长只是笑笑。

"这科学好是好，就是不分忠奸善恶，这一条不好。以前有雷公当家，儿女们一听打雷，就还知道要给爹娘老子砍点肉吃，现在可好，戳了根什么避雷针，好多老家伙连肉都吃不上了。可怜呵可怜。"

王院长笑得更厉害："这也能怪科学？"

李长子今天很愿意谈科学，在科学面前放下心来了。遵院长的建议，他第二天去省城大医院做了个检查，割了脑袋里一个瘤子，回到乡下时，发现自己果然脑袋不痛了，手脚也灵便了，可以直着腰杆在村里走来走去，可以大声说话和大声打喷嚏，一旦打出就惊天动地余音袅袅。他说喷喷喷，还是省城医院的手段了得，这个镜子那个镜子在他身上照妖，把他的脑壳当西瓜一样破开，他居然一点都不痛。但村里很多人不大相信照妖和破西瓜，说医院治病不治命，归根结底他还是靠了白麂子的照应，是他自己修的福分和积的阴德，与医院何干？

说来说去，说得他又有点迷糊。说来也是，他本来是有福分的，有阴德的，本来就是不怕白麂子的，事实也证明白麂子终究与他没有关系。人与人就是不同呵……这一想，就把医院这一段撇下。

没有解决的问题是：白麂子前不久的几声叫，如果绕过了他李长子，那么将要落实到哪一家的头上？如果说季窑匠这次没有进他李家的门，那么会进哪一家的门？这是一个悬而未决的疑案。几天来，眼见得李长子的脑袋确实比较安定，村子里开始惶惶不安。张家父子大吵了一架，李家婆媳大吵了一架，都是在查什么钱，好像家家都在展开大规模的清查和揭底运动。有人满腹委屈地说："季窑匠已经来收过账了，未必还要来二回？来三回？这要收到何年何月？干部搞摊派也没有这样心枯吧？"

友麻子从邻县贩竹子回来，发现自己背上有点异常，摸一摸，是个硬硬的毒疮，立刻吓出一身冷汗。他去找郎中要草药，见地坪里有人交头接耳，忍不住自己一腔怒火："我怕什么？他姓季的要来就来！他南边来，我南边迎！他北边来，我北边接！他季窑匠就没欠我的？贼养的，他当初鸡巴骚，有生活作风问题。老子不看僧面看佛面，一直忍住没同他算账。一夜夫妻百日恩，未必就不抵他那几匹烂瓦？……"这一说不要紧，大家还没听明白是怎么回事，他婆娘踉踉跄跄从屋里冲出来，一头撞在他怀里，抓住他的手就咬，顿时咬出了袖口上的一注鲜血。他大儿子正在砌猪栏房，当即抽了自己两个耳光，一脚踢倒了新墙，回家清拣了几件自己的衣物，骑上摩托就要出村，一个要远行不归的样子——人们这才有所醒悟，觉得这后生确实有几分像季窑匠，比方说两人都是下巴塌。

大家明白了当前的事态。有人骑摩托去追麻子家的公子，有的去阻止麻子家的婆娘喝农药，鸡飞狗跳之下，有几个人找到李长子，说这样下去终究不是个办法。友麻子的这个毒疮不得了，要是治好了呢，就更不得了，不知道哪一家又要出鬼，他乡长县长来也降不了这个鬼。你是个一村之长，看来还得拿个主意，把道场做了吧。

他们的意思，是每一家出二十块钱，合起来给季窑匠做一个道场，弥补当年草草下葬的不足，给死者消消气，搞好关系，免得日后再生麻烦。

他们没有说出的话是：现在到上面这个所那个局去办事，不也是得这样一张笑脸向前，不也得放水养鱼破财消灾吗？

见村长有些犹豫，他们又急急建言："你是个老干部了，要为广大人民群众谋利益。这件事关系到两百多户人家的利益，你刚在上面学习了文件，总要有点实际行动吧？总得做点实事吧？在这个关键的时刻，你不出头谁出头？你不挑担子谁挑担子？"

村长确实想做点安民利民的实事，但不知道如今办道场合不合法："道场就那么管用？我同你们讲，你要是个长命鬼，不做道场也长命，你要是个短命鬼，做了也是白做。我们最好还是搞科学，不要搞迷信。"

"如何是迷信？"村会计瞪大了眼睛，"刘少奇死了那么多年，党中央在北京城里还做了一台道场，电视里都播了，你没有看见？"

李长子拿不准："那不是道场吧？"

"追悼会不就是洋道场？"

"追悼会就是追悼会，你莫乱讲。"

"我们也只是为季窑匠开个追悼会，不行吗？"

其他人也说：对对，我们既不杀人，也不放火，只是开个追悼会。马虎点算一算，季窑匠也是个老一辈革命窑匠吧？对革命没有功劳有苦劳吧？

"不行，你得让我想想。"

李长子说不过他们，又不敢去找政府请示，想了想，觉得全村群众的利益实在重如泰山，还是去了卫生院王院长那里。他想问问北京是否为刘主席做过道场，是否为彭将军做过道场，是否凡革命同志都可以享受改良道场。王院长哈哈一笑："你们硬是想做，就去做。其实做也可以，不做也可以。我有一位老师说过，古人的巫医结合自有其道理。医疗治其体，巫调治其心。也算是双管齐下，心身兼治。"

李长子眨眨眼，不知道他在说什么。

院长被婆娘叫去剖鱼。李长子见对方在水井边两手带血，刀光闪闪，不便继续问，便在房里静候。直到日头又爬高一竿，见院长还没有回来，不知去了哪里，才不得不打道回府。不过，他刚才静候时看了一阵电视，是中央台在播映孙悟空的故事。说来也是，电视台不说是党的喉舌吗？党的喉舌不是一直是在宣传党的方针政策吗？现在党的喉舌那里也是牛鬼蛇神男妖女怪腾云驾雾呼风唤雨的方针政策，老百姓做一台道场又有何不可？难道只准州官放火不准百姓点灯？

他这样一想，就想通了。一台水陆道场就做下来了。村里热闹了三天，和尚念经，道士作法，香烛纸钱烟熏火燎，鞭炮锣鼓惊天动地，还有花灯绣球长幡短旗，村里人大展身手，拿出了做一番实事的劲头，几个村干部更是处处身先士卒，忙得走路都咚咚咚一阵风，嘴里说得冒烟，手机差点打爆，茶水都没好好喝一口。但他们这么一忙，就忙得心里踏实多了，周身的气血也畅通多了。他们把季窑匠从土坑里挖出来重新安葬，不过挖地三尺，什么也没有挖到，连一根骨头或一颗牙齿也不见，觉得好生奇怪。经过慎重商议，他们只好把坑里的一层石灰泥权当尸骨，装入棺木，裹上红绸，送抵新坟。入土的时候又遇到奇怪事：突然间天昏地暗，狂风四起，飞沙走石，十步之外就闻声不见人。这阵狂风持续了约莫两根烟的工夫。人们事后发现，新坟旁两棵碗口粗的松树不知何时被狂风刮断，断得大家心里虚虚的，不知又是什么兆头。

不知是真是假，自从季窑匠迁入高贵的新坟以后，自从他的拱形青砖墓室比乡信用社的营业厅室还要体面气派以后，据说对门山上还真的清静了，白麂子不再叫了。有人说还看见过它，说它一反常态，见人就跑，慌不择路，拉成一道白光，很快就隐没在山林里。有一个月夜，天地间亮如白昼。友麻子的婆娘从婆家翻山回村，一不留神，发现白麂子就赫然立在她面前，眼里发出红光，是哭得很伤心的模样——它已经成了一只红眼睛白麂子。

据说那女人顿时吓得全身都软了："我们就算无恩，起码也是无仇，你你你不会同我过不去吧？看在我们虎娃的面上你你你也……"

白麂子前来嗅了嗅她的鞋子。

"我家那个发瘟的友发，虽说黑了你的十几担瓦，但他没偷过别人的树，没偷过别人的牛，那次在路上捡了一捆电线，事后还是给了人家司机的……"

白麂子喷了个响鼻，又探头来嗅她手上的布包，把她挤逼到路边，差一点要失身掉下山谷。

"你千万不能冤枉好人哇，冤家。上次有人偷公路上推土机的油，人家怀疑是他，其实我们晓得是谁偷的，只是不好说。还有那一次，村里少了三袋水泥，人家又怀疑他，还跑到我家的猪栏房里来看，我们身上长一万张嘴巴也说不清……"说到这里，女人突然火冒三丈，朝白麂子猛击一拳，又气急败坏捡起土块猛扔过去。"你如何瞎了眼？你如何也来墙倒众人推？你这个千刀砍万刀剁的货——"女人大骂，骂得白麂子一惊，似乎明白了什么，又喷了个响鼻，甩甩尾巴，盯了她一眼，扭头向坡下逃走。

据女人事后说，白麂子挪了挪嘴唇，没有叫。她还看见对方白麂子眼中闪着光亮，是一窝汪汪的泪水。

山上仍然有很多声音，包括一道道长音，像麂子的叫声，又像红毛狗或者挂角羊的叫声。但猎户们听了以后都没想到白麂子，都信心十足地说，是挂角羊！今年的挂角羊很多，等它们长肥了再去打。

只有友麻子说，他还听到了白麂子叫。他知道大家都不相信这一说法，但也无可奈何，无法给大家重新安装一个耳朵。需要交代一句的是：他这一年没有死于毒疮，但两年后还是死于肝硬化。

2004 年 10 月

＊最初发表于 2004 年《山花》杂志，后收入小说集《报告政府》。

生离死别

玉老爹是属狗的，掐指一算，已年近八旬。他婆婆从不知自己的生年，只说她是山上大闹蝗虫那年生的，是榨油房起火那年嫁的，大概在村里打死豹子那年又做了娘，活到如今到底多少岁，是一笔糊涂账。

反正他们活得自家的老大死了，老二也死了，女儿的丧事几年前也办了。唯一剩下的老四，是个路上捡来的孤儿，靠老人砍柴火和捡牛粪养大，读了书，进了城，一晃这些年无音信。邻居们问起老四的时候，老两口哼哼哈哈装耳聋。

他们经常在井边合抬一桶水，在山边合抬一捆柴，觉得路好长，肩上好沉，蚊子和马蜂好欺人。特别是这一天，老黄狗有些异样，盯着饭不吃，盯着水不喝，四腿一跪，倒在门边，眼光慢慢发直。老两口有些伤心，在屋后挖了个土坑，摸着将要入土的一团冷毛冷皮，割肝割肺地哭了一场。他们拍着身上的泥土时不约而同对视了一眼，互相明白了心意。

那件事看来是该办了。

"我胆子小。你先做我，再做你自己。"老妻说。

"我好歹当过组长的。你得先做我。"老夫摆出领导干部资格。

287

"我腿不灵便，站不稳。你不是不知道。"

"我眼睛花，这几天手杆子也没气力。"

"我事事都让着你，这回说上天说下地，也不让了。"

"不是不让你，是说做自己太难了，如何好下手？要是把自己做个半死，血糊糊地闭不上眼睛，我就亏大了。"

"那你去找雄三来做你。他会帮忙的。"老妻出了个主意。

"雄三，雄三，你只晓得一个雄三。"

老夫觉得这不是个好主意，但也没办法，抹干胡须上的残涎，回家去找出斧子，在阶前石块上磨了好一阵。见斧口渐渐泻出银光，拿一块木头试试，叭，居然一劈两半。婆婆在一旁高兴地说："我说你行，你看是不是？"

婆婆扶着墙，驼着背，兴冲冲拐进了屋，清出了两套比较体面的衣，算是入土用的寿衣，一套男式，一套女式。她最不放心老公的眼花和糊涂，"死鬼，到时候你多看两眼，莫把我的鞋子穿反了，莫把我的袜子穿反了，记住了么？"

"我连这点小事还做不好？"

"你要把我身上的血抹干净，莫吓了别人，晓得不？"

"你都说过八遍了。"

"我胆子小。你要先打昏我再下刀……"

"你就是啰唆，一张麻雀嘴。你要是这不放心，那不放心，你就自己去做！"玉老爹气呼呼把斧头丢在地上。

玉婆婆不敢自己"做"，即自己杀，只好不再当麻雀。他们吃了最后一顿饭。老妻要老夫多吃点，说多吃才有力气，才会下手利落，见对方放下碗，又往空碗里再压了半瓢饭，非把对方喂成一个雄壮杀手不可。接下来，她照例收拾桌子，刷锅，洗碗，洗筷子，不料玉老爹坐在门口打饱嗝，等得有点不耐烦。

"死猪婆，还洗什么洗？给谁洗呵？"

"我洗了一辈子碗，未必就多了这一回？摊烂这一灶台，我不安心。"

"好吧，你只管洗，你洗。"

玉老爹尽力表现得耐心一点，闲得没事可做，便一把斧头在门槛上随意乱剁，剁得木渣四处飞跳。一只破皮鞋也拿来剁了，顷刻间碎尸万段。看来刚才斧子磨得好，刃口已无可怀疑，有一点削铁如泥的味道。

灶台上叮叮当当的声音总算消失，水缸边窸窸窣窣的声音也没有了，小土屋里一片寂静。后来的事情发生在灿烂的阳光里，发生在门前两头牛不安的长啸里，发生在某一片枯叶飘离枝头或某一滴泉水落向石块的微弱动静里……这件事在此从略，以免过于血腥的场面刺激读者。总之，按照他们事先的策划，玉老爹在这天一棒打昏了自己的老婆，然后杀了她，提来两桶水，把她身上的血抹洗干净，依次换了衣和鞋袜，用白布床单包好，平平稳稳地放入棺木。他检查了一下死者的衣袋，发现一沓纸钱已经在那里了，又检查了一下死者的脚，发现鞋袜都没有穿错，这才喘一口大气，觉得事情做得利索。

"你现在满意了吧？"他把小镜子和小梳子放入女人的衣袋，对尸体不无羡慕和嫉妒地说。

"你现在晓得，有老公与没老公还是不一样吧？"他还不失时机地自鸣得意。

他现在得考虑自己了。去找雄三之前，他围着自己的老屋走了一圈，围着自己以前种过的两丘稻田也走了一圈，回头把一张旧渔网和半坛好酸菜送给邻居秋矮子，算是抵了去年抓药时借的四块三毛钱。做完这一切，他掩上门，扶着一根竹杖上路，翻过一个小山坡去找雄三，一个远房侄子，一个热心帮忙的人。

雄三是个砌匠，住在水磨房旁边。他听说来意，鸡啄米似的点头说，这个忙肯定是要帮的，你老人家是从不开口的人，好容易开一次口，我能不答应么？你帮我找过牛，帮我理过圳水，我不帮你还算是人养的？不过……

"不过什么？"

"这样的事，我怕。"

"怕什么呢？我斧子都给你磨快了，不费你多少力。你就看准我的颈根，要不看准我的脑壳，闭上眼睛，咔嚓一下……事情简单得很。"

"我……我从没做过这事。"

"我也没做过，今天不也做了？"

"你要我帮别的忙，我肯定说一不二。"

"你去多喝点酒。我出酒钱。屋里还有个柜，算是留给你的。"

"我要是喝醉了，说不定就砍乱了。要是砍了别个，如何是好？"

"真是个没用的货！你没宰过鸡么？没剖过鱼么？我比你年长几十岁都杀得了，你一个后生如何杀不了？只是下斧子要狠一点，莫杀个半死，痛得我满路上跑，滴的血到处都是。"

"再说……"雄三眨眨眼，"这事也不知违不违法。"

"是我要你杀的，又不是你要杀的。"

"那不一定。上一次国强打他老婆，又没打别人的老婆，也被警察抓去关了几天。谁想得到呢？"

"我给你留字据，总可以吧？"

雄三觉得字据很有必要。不过玉老爹眼睛花，不识几个字，字据只能由雄三写好，念给对方听，交对方按手印。雄三怕承担责任，在字据上特别强调，杀人这事纯属帮忙，是欠了人情不得不还，与他雄三没有任何关系。就算下手再狠，就算没给对方留下个全尸，他雄三也不负任何责任。

可惜雄三家里没有别人，没有第三者按手印做证，因此这字据还是让他心里悬悬的，不怎么踏实。"这样就行了么？"

"你还要怎样？"

"这样吧，我再去问一下村长。你不急在这一刻，早晚都是一回事。先回去等着。我立马就回来。"

玉老爹冲着他的背影大发脾气："屁大的事还问问，胯里白挂了四两肉！比你玉婆婆还不如。我早就说你成不了大事！只有尿壶的八字，摆到哪里也装不了酒！"

雄三早已一溜烟跑了。

雄三来到村长家，发现来得不是时候，村长正指挥一些人卸车，卸下沙石和水泥，是准备秋后盖新房的——有新房以后就有新媳妇进门了。他只好先帮着卸车，把一包包水泥堆码在檐下，累得头昏眼花，连衣角都在滴汗。好容易才见汽车走了，帮手们散了，村长也消停下来，才凑到对方的耳朵边。"今天特地来有事要问问……"

"什么事，你说吧。"

"我要杀个人……"

村长脸色突变："哪个黑了你的钱？"

"那倒没有。"

"睡了你婆娘？"

"也没有。"

村长松了口气："你想上台唱一回杀人的戏，你就说清楚。"

"村长你莫开玩笑。我哪是唱戏的料？我是真想……杀人了。"

"雄伢子，多个仇人多堵墙，多个朋友多条路。你今大不要在我面前说是非。你就是受了再大的气，也只能大事化小，小事化了。懂不懂？人呵，只有今生没有来世。你记住我这句话。"

"你老人家越说越远了。我真是……真是……"雄三抓耳挠腮，不知如何才能把事情说出来，最终掏出了字据。

村长看完字据，啊呀一声，明白了几分。"你是说玉老夫子……他么，活着确实受罪，死是福气，不死不顺民心的。你想呵，有饭吃不香，有衣穿不暖，一不留神屎尿就在裤裆里。到冬天，咳得没声音，只是咳得眼睛翻白，口吐清水，全身发抖，差点把绿肠子都咳出来了。他不受罪，我们看了都是受罪，哎哎哎……"

"你是说我杀得？"

"难为他这一片心，算是舍己为公，给国家和社会减轻负担，精神是不错的，风格是高尚的，应该表扬……"

"照你这样说，我杀他一下没有问题？"

村长摇摇头："见血总有点吓人吧？社会影响不好吧？你看看，我们这个村就在大路口，还是个林业先进村，沼气利用先进村，灭鼠模范村，人家过来过去的。上面的小汽车也今天来一部，明天来一部。你搞得外边人指指点点，叽叽喳喳，大家脸上有什么好看？照我看，他不想受罪就自己动手……"

"他不是怕动手，是怕自己搞不彻底，落个半死不活。"

"那就下点农药，到河边找个水深的地方，总而言之，要做得斯文些……"

"我也是这样说呵，但他又说怕死得慢，说只有斧子来得快。你说这如何办？我也不知走什么背运，倒霉事件件都赖上我了。"雄三蹲下去揪自己的头发，急得一脸的五官全乱了套。

村长没法断案，想了想说："这样吧，这事得问问。要不，明天我给你打个报告送上去，就说这是特殊情况，需要特殊处理。"

"来不及啦！"雄三拍着大腿，"他正等着哩。我不杀他，他肯定不依不饶，说不定晚上就提着斧头上门来，守在我床头。我还睡不睡觉？"

事情既然急成这样，村长只好拿出手机，打了个电话给自己的小舅子，一个在城里教书的先生。不料对方一听到杀人，吓得结结巴巴，很快就把电话挂了，好像怕血流从电话筒里溅过去。村长又打电话给洪麻子，镇上一个修电视机的师傅——那人比较现代化，西装穿得好，皮鞋穿得好，还能说城里的官话，应该比较有见识。不巧的是，洪麻子这一天恰好出远门，也没法提供法律结果。村长没办法，急得团团转，只好拉着雄三直接去乡里。

天色渐晚。乡政府一侧的派出所里，两个警察正在灯下打牌，吵吵闹闹的，没把村长的话听入耳。待村长说到第三遍，一个警察才跳起来："嘿！翻天啦！这不是凶杀案吗？"说着把手中的牌一丢，跳下桌子找鞋子，提起手铐就往外赶。

一行人急匆匆来到玉老爹的小土屋里，查看了玉婆婆的尸体——受害人果然在，又查看了墙边的斧头和水沟里的血迹——犯罪工具和犯罪现场也历历在目，完整无缺，不容抵赖。他们随即把凶手逮了个正着。当时杀人犯已经困了，坐在门槛上，依着大门，半张着嘴巴昏昏入睡，梦得昏天黑地深不见底的样子。月光从树影里筛下一些光斑，在一张皱纹深刻的老脸上跳跃。两只萤火虫落在他的破鞋上，绿色的亮点此起彼伏，一闪一闪。

手电筒射光在他脸上照了几轮，才晃得他两条眼缝慢慢打开。"喂，你杀了人吗？"一位警察问他。

"没，没，没杀呵。"老人以手遮挡强光。

"那屋里的玉婆婆如何死的？"

"我杀的。"

"你还不是杀了人？"

"我没杀人，只杀了我老婆。"

"你老婆也是人，杀她就是杀人，明白不？"

警察用手铐套住他的手腕，把他从门槛上拉起来。拉他的时候发现他太轻，轻得像一根草，一阵风。

轻飘飘的人不知这是要去哪里。

"你犯了谋杀罪，要吃官司。起码要判你个死缓。"一位警察说。

"死缓是么事？"

村长解释："就是让你死，但暂时还不让你死。"

"那要等好久？"

"不晓得。可能等一年，可能等两年，也可能就不让你死了……"

老人一听就急，哇哇哇哭了起来。"娘哎，娘哎，好你个雄三呵，你不帮忙也算了，告什么官呵？害得我还要等一年，还要等两年……你好个不知咸淡的货呵！"骂完雄三又喷出鼻涕大骂自己的老婆："我说了不能找雄三，你说找得。现在好，还不是找来个祸呵？你拍屁股走了个干净，留下我一个人吃官司呵！死猪婆，疯猪婆，瘟猪婆，你现在脚也不痛了，手也不痛了，腰也不痛了，后脑壳也不痛了，你撇下我不管了，自己逍遥自在花天酒地过太平日子去了呵……"

老人号啕不已，跟跟跄跄跟着警察走了。大概是他闹腾的声音太大，树上一群乌鸦突然惊散，扑棱棱地腾空而起，飞向月亮的方向。

两个月后，玉老爹因犯谋杀罪被判了个二十年。听说他在法庭上吹胡子瞪眼，很不服气，看谁都没有好脸色，后来大概是累了，在法庭上睡了过去，直到宣判完毕才被警察叫醒，重重咳了一声，朝地上吐出一口唾沫。

法警把判决书交给他。

他看也没看，将纸片揉成一团，擦擦鼻子和嘴巴，丢了。

2006 年 8 月

* 最初发表于 2006 年《山花》杂志。

末 日

　　昆佬回村以后吞吞吐吐，把地震一事轻描淡写，倒让乡亲们更慌了。事情很明显，肯定是凶多吉少，肯定是上面怕下面乱，不让他回来说实情，只说地震是可能，是或许，是万一，是那个那个……这话谁信呢？

　　政府曾经说往后吃饭不要钱，不也是捏住鼻子哄眼睛？何况山那边瞎眼四婆婆早就放下话来，这次是龙王发怒地龟翻身，老天爷不收走十万人命不会歇手。

　　"我说不会震。你们硬不相信我，那我也没办法。"昆佬是生产队队长。

　　"什么叫没办法？"很多人只听到后一句。

　　"我没这样说，是你们这样说的。你们这个说会震，那个也说会震，反正把我说的只当放屁。你们硬是想震那就震吧！"

　　"你也同意震？那你就早说呵！"人们还是只听后一句。

　　"我同意什么了？这事轮得上我来同意么？你们看看人家，吴家桥的人还在修路，小寨的人还在挖塘，只有你们……都活够数了是吧？"

　　还是只听后一句：活够数了？这不结了？总算逼出了他的

296

实话吧？

人们倒抽一口冷气，想起十几天前一些口音和着装都比较陌生的人来到村里，又是观测井里的水位和水质，又拿着收音机到处寻找怪音，还在地头支起了三脚架，用奇怪金属盒子把前山后山瞄了个遍，每个人都忙碌匆匆。那会有什么好事？他们还四处寻访，听说这一家的鸡婆上了树，那一家的老牛不回棚，还有一家坟地上突然冒出乌丝蛇几十条，立刻脸色发白额头冒汗，做笔录的手都哆嗦不已——到最后，干部们终于去开紧急会议，开了一个又一个。他们肯定不是闲着没事去烤炭火吧？

有的说五天之内一定震，有的说今天晚饭后就要开始。不管怎么说，反正大家都明白了"震"是怎么回事。不就是天崩地裂吗？不就是一个个村子突然夷为平地，大树突然塌陷成地面一个树梢尖，苞谷地棉花地都突然翻滚和跳跃？……有一个河北来的药贩子，描述过多年前那里的地震情景，说得某位大嫂当场身软如泥口吐白沫。

各生产队的民兵已组织起来，日夜值班，守住电话，严密监视地情和水情，一旦发现地震迹象就要鸣锣报警。另一条指示也开始落实：假如远方有亲戚朋友的，可以把老人小孩送去寄养，以免他们到时候不便疏散，成为抗震救灾的拖累。这更证实了灾难的紧迫性，也使瞎眼四婆婆更受到关注。照她的说法，命就是命，能跑得脱么？就是跑到九洲外国，该寅时死的不会卯时死，该竖着死的不会横着死。你就是把自己塞到坛子里埋在床脚下，阎王爷也会看见你躲在哪里。

很多人都相信四婆婆，相信她嘴边上一跳一跳的大黑痣，于是送走亲人的并不多。就算真要送走，一想到生离可能是死别，想到将来的少年丧母或老来丧子，当事人又撕肝裂胆哭作一团，喊出我的肝呵我的肺呵一类词语，喊得旁人的心里也空了，轻了，碎了。要不是昆佬瞪着一对牛眼珠前来发威，有的人家还差点提前举丧：扎的扎冥屋，剪的剪纸钱，手忙脚乱赶打棺材，搞得乌烟瘴气，实在很不像话。喂喂，不是还没震吗？不是还光天化日天下太平吗？革命群众抗大灾的勇气到哪里去了？与天奋斗与地奋斗就是这个白菜样？

"抢先进是吧？搞竞赛是吧？"昆佬觉得自己很没面子，"平时要你们担牛粪抬石头，怎么一个个都往后缩？"

有个老人说："汉昆，是你说的，说要准备准备呵。"

"我要你准备棺材了吗？我是要你们多打担把米，到时候万一桥垮了，就没法去四方坪打米了。"

"我那个王八崽子不孝，你是晓得的。要是我伸脚了，他肯定舍不得打樟木棺材。这事只能靠我自己。"

"屁话。要是小震，根本用不着棺材。要是大震，再好的棺材也没用。咣当一声，大家都呵嗬嘿，哪个来给你盖板子？哪个来抬你上山？"

这话也在理。

另一个老汉说："队长，我不是怕死，只是怕半死不活。你们硬要震就一次把我搞死火，莫害得我缺胳膊少腿好不？"

昆佬更火了："你血口喷人！吃人饭放牛屁呵？什么我要震？我什么时候要震？"

"那……是公社曹书记要震？"

"关公社什么事？"

"原来是县政府要震呵？"

"县上的人骨头发痒了？"

"那……这地震总得有个来由吧？"

昆佬不是四婆婆也不是地震局，说不清复杂的来由，只好拣一条顺耳的说："是美帝国主义要震！美国，你懂不懂？就是在朝鲜和越南丢炸弹的坏家伙。他们觉得炸弹不过瘾了，晓得我们也有原子弹了，就发明地震。明白了吧？"

大家"哦"了一声，表示恍然大悟。

昆佬觉得他们在美国面前太不经事，差点一脚踹了棺材，但眼下面对着老辈，又考虑到大家说不定见一面就少一面，说一句就少一句，还是留一线人情为好，就气呼呼地走了。

事情得接着往下说。

因为没有听到队长吹出工哨，全队劳动力这一天不明不白地放假。牛也跟着放假，发出此起彼伏的哞哞叫声，不知是觉得幸福还是感到诧异。孙家后生在灶边多瞌睡了半个时辰，直睡到被牛叫醒，揉揉眼睛，抹一把涎水，伸了个大懒腰，在村前村后转一圈，发现没有人叫他去担粪，也没有人责怪他出工走得慢，更没有人嘲笑他挑担时的水蛇腰和蛤蟆步。这一想，地震还是不错，同过端午节和中秋节差不多。

他迎面看见老万的一张苦脸，更觉得地震深得民心。老万会养蜂，会采药，会打猎，加上几个儿子门高树大，是村里有名的殷实户，前不久刚建起一栋丈八高的砖房，远近第一大厦，当时贺喜的鞭炮炸翻了天，接客的酒席摆了好几桌，但老万没给泽彪下帖子——不就是狗眼看人低吗？他孙泽彪是近邻，七尺男儿戳在这里，孙中山的孙，毛泽东的泽，林彪的彪，说到哪里都是这三个大字，居然没接到帖子，奇耻大辱也。没想到老天终于开眼，有钱的老万一样跟着挨震，狗眼看人低的老万已被阎王爷盯上了，而且房子越高大肯定垮塌得越惨重，哗啦啦咣当当咚隆隆得儿哩个呛。想到这里，他在危楼前心潮起伏，多说了几句话。

他给地震局派来的勘察队扶过儿大标杆，算得上半个地震内行。"肯定要震！怎么能不震呢？"他瞪大眼睛，"廖技术员说了，这次不是七级就是八级，到时候你还站得稳？还跑得动？娘哎，爬都没处爬呵。老天爷筛几轮再簸几轮，说不定搬来一座山擂你几下。你这个房子不就是个老鼠坨？"——他是指诱砸老鼠的那种石块，"肯定的，一坨一个肉饼子。"

老万已急得团团转："早知今日，盖什么死尸屋呵？可惜我那百多根好杉木，可惜我那一窑好烟砖……"

"打地基，你肩膀都挑肿了。"泽彪帮助对方记忆。

"岂止是挑肿了肩，我草鞋都磨穿几十双呵……"老万揪出一把鼻涕，蹲下去，哀哀地哭起来。

泽彪叹了口气，对危楼左右看看："算了算了，你加柱子也没用，加斜撑也没用，还不如去剁两斤肉，要死也做个饱死鬼。"

很多人都来劝老万止哭，劝着劝着自己也黯然神伤，大概是想到自家房屋。只有泽彪心花怒放，反正他的两间茅屋用不着伤心，也没有婆娘孩子值得操心，因此不管走到哪里都大声说地震，无非还是什么筛几轮再簸几轮，还有老鼠坨一类。说得兴起，又信口胡编一些消息：哪一家的竹扫帚开了花，居然有茉莉香味哩。还有某一家挖出的萝卜完全是人脸，居然有眼睛，有鼻子，有嘴巴，就像前两年死的那个张家老二。想想看吧，这不都是天下大变的异兆么？这些异兆不早不晚偏偏这时候出现，不正说明好日子已经到头了吗？哎哎，老桃叔，老桃婶，你们多保重呵。金山哥，卫老伯，我们可能得来世相见了。明年的今日，唉唉唉，天晓得是谁的坟前有香火呵？……不知什么时候，他很悲痛地从金山哥那里揪来一顶棉帽，在自己头上戴得顺理成章。他又在果园里悲痛地揪下几个柑子，嚼得自己理直气壮。因为更进一步悲痛，他还差点信心十足拉扯人家的热乎裤带——当时他见秀姑娘洗菜，剥了个柑子硬要喂给她，顺手在对方腰上掐了两把，差点把对方挤到水塘里去了。

"臭痞子！"秀姑娘满脸涨红，跳出一丈多远，整顿衣装。

"你叫什么？"泽彪压低声音，"这里又没人看见。"

"你怎么没皮没脸？"

"要地震了，大家都要永垂不朽了，你如何还放不开？"他眨眨眼，"好姐姐，你我这辈子真是亏大了，一点娱乐都没有。"

"去死吧你！"对方把一团干牛屎砸在他脸上，哭哭啼啼地跑了。

"喂——"泽彪急得大叫，"你听我说，听我说说。你再不听就没机会啦。我有一个日本的铜盒子早就想要送给你……"

大概是秀姑娘去告了状，昆佬怒气冲冲挡在村口，泽彪还隔老远就感到自己全身汗毛倒竖，一根根被烤灼得弯曲和枯萎。"泽拐子你脱了裤子看看，看你胯里是人卵子还是狗卵子，是狗卵子还是鸡卵子！"队长发现他转身逃跑，"你回来！回来！你这畜生连自己的姑都敢骚，害得人家要吊颈要吃窜塘的，没王法呵？"

泽拐子装作没听见，朝着路边人家大喊："一组的劳动力赶快去挑塘泥哇——"

"震一百次，你也休想趁火打劫！"

"第二组的劳动力赶快去加固渡槽，人在阵地在，怕死不革命，关键时刻看行动——"

"你装蒜也没用，老子要开你的斗争会，罚你的谷！"

泽拐子没法继续代理干部部署生产，只得回头一咬牙，做出一个下流手势："你罚，只管去罚。你咬老子的卵呵？你老人家命大，八字硬，大水淹不死，房子压不死，泥巴埋不死，到时候全队的谷都是你的，还用得着你罚么？我家里的坛子、柜子、房子都是你的了，你满意吧？只是到时候你老人家一定要万寿无疆呵！"

队长算是听明白了。眼下莫说是罚谷，就是坐班房挨枪子也不足以威慑对方。他泽拐子居然敢还嘴，居然敢高声大气还以脸色，不都仗着地震的势？不就是身后有美帝国主义在撑腰？队长气急败坏，脚一跺，捡起泥块就砸，砸得泽拐子闪入油菜地。"你回来，看我老子不揪下你的阉鸡脑壳喂狗——"

泽彪一口气跑过山坡，回头看看，确认没有人影尾随，才吐匀一口气，活动了一下手脚，从一片薄薄的影子变回一个有体积的整人，从一堆四分五裂的动作变回一个团结的肉身。这一天很冷，阴霾沉沉，下了一阵雨，敲落一些熠熠发光的叶片，搅得人心确实灰暗和冷寂。他没兴致再去巡视，只在寒风中独自悲愤了片刻。他孙中山的孙，毛泽东的泽，林彪的彪，发现眼下很多人居然仍对地震缺乏理解，只好在窑棚里睡了片刻，最后撕了墙上两条旧标语，冲着抽水机拉了一泡屎，算是对队长的狠狠报复——他知道那铁家伙是队长所爱。

天色渐晚，他被一只飞鸟吓了一大跳，以为那是队长射来的致命暗器；又被一阵风吹草响吓出了满身冷汗，以为那是队长的伏兵突然出击。到最后，他瞻前顾后，还不敢回村，笼着袖子来到了大队供销点。那里的小老板叫小奇，是他的初中同学。

"一瓶酒，一斤饼干！"他把一张皱巴巴的票子拍在柜台。

老同学很高兴："我正要找你哩。你上次赊了我的砂糖和纸烟，都欠下几个月了。"

泽彪又在棉袄里摸索一阵，再拍出一沓小票。

"发财了？"老同学觉得太阳从西边冒出来了。

"阎王爷不认得这些钱，留着也没用。我还有一个日本军官的铜盒子，值好多钱的，我明天拿来送给你。"

"你以为真会地震？不至于吧？"

"不说这事。来来来，喝酒喝酒，彪哥我今天高兴，我今天请客，请客请客请客……"他一口气把请客高声强调十几遍，差点把舌头扭成结。

他咬开酒瓶盖，找来两只搪瓷杯，在小桌边一屁股坐下。但小奇眼下没工夫陪酒，只是一个劲忙着应付顾客。今天的生意太火爆了，大概是生死关头乡亲们都不想省钱，已经把供销点里的砂糖、糕点、面条、粉丝、海带、咸鱼、干椒、白酒、陈醋、酱油、萝卜干等一扫而光，连饼干渣也没给泽彪留下。要不是小奇打点埋伏，酒也不会有了。特别是第三队的国安爹，平日里从不进店门，一分钱恨不得掰成两半花，今天却狠狠地花天酒地，说什么也要喝它一斤酱油，嚼它三碗砂糖。他出手豪阔又长吁短叹，猖狂享受又骂天骂地，一碗砂糖咽得自己翻白眼几乎要呕吐，还舍不下一只空碗，用蘸着口水的指头去清底。"白砂糖就这一个味道呵？"他流着泪说，"怎么吃到最后是个肥皂味？"

小奇本不在意地震，以为坐牛车和坐拖拉机也是震，震一震不是正好睡觉么？何况压库的霉面条和臭海带都成了抢手货，不能不说是件好事。但扛不住国安爹的泪，他最终也有点慌。"彪哥，彪哥，你说这地震不会真来吧？"

他知道对方为勘察队扶过标杆，知道更多的情况，"你别光顾着喝酒。你说说，廖技术员到底是怎么说的？未必我们这个地方真会震？未必说塌就会塌下去了？没这号事吧？"

彪哥已经喝得红了眼圈，脸上拉扯出一丝怪笑："放心，你不会死的。顶多也就是断条胳膊少条腿。"

"你怎么知道？"

"八字。你不懂八字么？不懂得看相么？"

小奇对着镜子把自己看了看，没看出什么道道。"那你说，我老爹和老娘的面相怎么样？能不能过得了这一劫？他们信了几十年的菩萨，连鸡都没有杀过的。"

彪哥不接话，咕咚一声又喝下一大口酒。"太好了！"抹了一把脸又说，"太好了，太好了！"

"你什么意思？"

"地震就是太好了！不震它一家伙，这老天爷也太不讲道理了！"彪哥两眼闪亮，"你想呵，把猪脑子拍打拍打，仔细往下想呵。四海翻腾云水怒，五洲震荡风雷激。我们什么时候碰到过这样的好机会？信用社和百货公司的楼肯定要震掉吧？到时候我们去那里，想穿皮鞋就穿皮鞋，想戴手表就戴手表，想擦香肥皂就擦香肥皂，城里人享的福我们都能享！还有满地票子随便捡。要上茅房了就扯两张票子——不，票子太滑了，还是毛巾舒服——扯两条新毛巾擦屁股。"

小奇吓了一跳，似乎不相信这种美好时光。

"第二就要震掉林业派出所。看他娘的还威风什么！上次老子不过是砍了几棵树，就被他们上铐子，套索子，插牌子，说我是反革命，也太歹毒了吧？"

"震了派出所也好。"小奇也不喜欢警察，因为他姐夫就是警察，平时最看不起他的诗歌创作，说他今后顶多只能给人代写书信。

"第三要震掉汉昆那个老鳖。"

"你是说你们队长？"

"队长？狗屁队长？到西山公社黄土大队棺材生产队去吹哨子吧！我是不会给他送葬的，不会给他吊香的。以后每次走他坟前过，还要屙他一泡尿。他家雪娥当了寡妇，到处找不到男人，说不定还得哭哭啼啼地来求我。到时候我收不收寡妇，还得考虑考虑。"

"你还没喝多少，怎么就在裤裆里说话？"

彪哥不容老同学夺走酒杯，红红眼睛一瞪："你嫉妒我是吧？你也打了雪娥的主意？"

"我们好歹是老同学，我怎么会嫉妒你？你就是收二房三房也不关我的事。"

"那是，我也不会亏待你。"彪哥想了想，"这样吧，一夫一妻的政策还是要的，所以竹梅、二娥、翠玉就不留了，留着也不好配。只有秀姑娘留下，派给你。她的水桶腰太粗了，脸模子还不错。"

小奇大笑："你怎么就知道秀姑娘不死？说不定女人都震死了，老母猪也没给我们留下一头。"

"这怎么可能？"

"怎么就不可能？你以为你是阎王爷他爹？"

两人争辩了好一阵，没什么结果。这时天色更暗，寒气更重，北风吹得糊窗子的破塑料布叭叭响，吹得油灯也晃个不停。小奇见顾客散尽，掩了店门，找出半锅冷饭和一碗咸鱼，在炭火上热一热，将就着充饥和下酒。泽彪握了握拳头，捶了捶桌子，借着酒力来了个缩腹挺胸，引颈拔背，朝窗外严正地盯上两眼，继续自己严正的想象，一步步完善震后的生活蓝图。他甚至到屋后的山坡上登高远望，看自己将来的新楼房该落座在哪个方位。

一切都计议停当。比方说，既然说到母猪，既然说到猪，就得考虑吃肉的问题。他和小奇不能光有女人吧？好日子里总得吃吃肉吧？但他们不会杀猪，那么屠夫不能死，大路边的屠房也得留下。当然，屠夫不能杀空气，那么还得留下几个养猪人，王家的，李家的，似乎可以考虑考虑，队上的猪场也不能震掉。当然的当然，猪也不能吃空气，还得吃粮食，还需要人们种田，那么除了王家的和李家的，孙家的和莫家的是不是得多留几个？到时候插秧和打禾总得有些人手吧？莫非像泽彪这样的领导干部还要亲自去挑谷？这是一个问题，嗯，一个大问题……小奇你也说说看法么，事情一想远了还是蛮复杂哩。

彪哥像一个最高法官，终于掌握了生杀大权，正召开一闭门会议，在一大片死囚面前决定着赦免对象。他们提前进入了震后百废待兴的世界，进入了重建家园的艰难，对人才的选用和教育尤费心思，争议哪一个该死，哪一个该活，哪一个该死但可以稍缓，哪一个该活但得给点教训。比方刚才那大吃砂糖的国安爹就让他们为难。这人么，最小气，铁公鸡一个，只要有机会用别人的就不用自己的锄头，不穿自己的套鞋而换别人的，穿了别人的套鞋还专往尖石上踩，往泥水里蹯，是可忍孰不可忍，照说该死得翘翘的。但考虑到他是个篾匠，有一技之长和可用之处，就不能不网开一面了。他们最后的决议是，让国安爹震个半残吧，留他一双手，好编个筲箕或笋筐。

他们已接近完美的方案。就是说，杀猪的，喂猪的，种粮的，还有编筲箕和笋筐的都安排到位，他们和他们的女人可以高枕无忧地大享其福了，还可以想当队长就当队长，想当大队长就当大队长。小奇伟大的诗集出版就更不在话下。拟任大队长孙泽彪已经提前批出了五百块钱，助他去北京拜会诗坛老师，让他激动不已。

不过小奇没全醉，虽然傻傻地大笑，但眨眨眼又想到一个新问题：要是吴家桥的人来抢水怎么办？是呵，种粮得有水，吴家桥的人住在马子溪的下游,好几次遇到旱情就要来破闸毁堰,不准上游的人截流。他们人多势众,气势汹汹,大搞帝国主义,有次冲突中还一扁担打得泽彪头上起了个大包。要不是汉昆出面,对方可能会下手更毒。那次他们终于撤兵的原因,一是汉昆一口气可以吃下五斤肥猪肉,不能不让他们佩服;二是汉昆一个人可以搂起染房里的大踩石,不能不让他们胆寒。更重要的是,昆佬虽读书不多,但从伯父那里学会了喊礼,是远近有名的礼师,能在丧礼上喊出"三杯酒"之类的套路,喊出《浪淘沙》或《满江红》的哀调,还懂得"享年"与"享寿"的区别,"孤子"与"哀子"的区别,中规中矩的丧礼总是少不了他。这附近哪个老人的顺利归天不靠他去喊几嗓子?要是得罪了他,要是与他结了仇,你们往后还能安安稳稳地死得成?你们不三不四地上山去钻土洞,睡在那里还不天天托梦回家吵事?

"不行,汉昆恐怕还得留下来。"小奇一想到吴家桥的人就怕,一想到水源与种粮、喂猪、杀猪、吃肉的因果关系,就觉得事情别无选择。

"你胆小?你背叛我?"彪哥把搪瓷杯愤然砸在桌上。

"不是背叛,是你我都不会喊礼,吴家桥的人不怕我们。"

"干脆,把吴家桥的人都震死!"

"万一他们也有些八字硬的呢?"小奇还知道,吴家桥很多人去外地修铁路,以后总要回来的,总要生儿育女的。再说除了吴家桥还有下游的小寨和莫家坝,那些人未必都是善鸟?

彪哥憋红了脸,一时竟无言以对。

"彪哥,算了,算了。来,喝酒。你也不要想着雪娥了。那雪娥有什么好呵？虽说会唱戏，但又好吃，又好疯，还懒得出油，连纱也不会纺，连鞋底都不会打，也没见她扛锄头进过菜园。你要是收了她，是收一个祸，收一个祖宗，收一大屁股债，凭你这香火棍子样的手脚，你当奴隶也还不清的。"

"照你的意思，她还得继续忍受强占？"

"什么叫强占？人家是合法夫妻。"

"就是强占！就是拐骗！就是流氓犯罪！"

"人家有结婚证。"

"肯定是那个王八蛋拿钱买通官家，骗来的。"

"好好好，依着你，是强占。那就让她震死算了，省得你心里焦。"

"怎么死？"

"还能怎么死？房子一垮，咣当咣当，砖瓦四溅，血肉横飞，同老万、金山、七麻子他们一样的死。"

彪哥没笑出来，只是捂住了脸。不知他因此窝了多大的火，等小奇上茅厕回来，发现一条板凳四脚朝天，一只搪瓷碗滚落墙角，连床上的蚊帐也垮塌下来。拟任大队长困兽一般在屋里走来走去，在柜台上拍出叭叭叭的震响："老子操他娘的美国佬，要震也不选个时候，还让人家过不过年？……"

小奇本想纠正对方的美国责任论，突然大叫一声"快跑"，话音未落就夺门而去。身后老同学也撇下帝国主义跟着出门，一头扎进黑暗里。原来小奇刚才听到了锣声，远远的锣声，令人魂飞魄散的锣声。

外面正下着毛雨。他们想回头去取伞，但听着越来越急和越来越密的锣声，都不敢冒死进屋，甚至不敢靠近危险万分的屋檐，只好来到晒坪边一棵大枫树下暂避。黑暗中有人语。从人语声可以听出，附近几家农户的乡亲也来到了这里。有人是从茅厕里直接跑来的，身上只有短裤，眼下正冻得全身哆嗦鼻涕淋漓。又有人在争议该不该回去取棉被，该不该回去赶猪和捉鸡，但争了半天，没有人动身。有的母亲在呼叫儿子，有的妇人在寻找老公，患难之中见真情，喊声都撕裂和尖锐。只有几个小娃崽不知忧患，反倒觉得很热闹，自己错穿了别人的衣裤也很好玩，黑灯瞎火地来捉迷藏也很好玩。等一下会不会放电影？他们唱起了战争片常有的片头音乐：哒哒嘀，嘀哒哒，哒哒哒嘀——

人们紧张地四处张望，看村子是否突然夷为平地，大树是否突然塌陷成地面一个树梢尖，苞谷地棉花地是否都突然翻滚和跳跃，但等了好半天，只等到全身发硬，什么也没发生。摸摸自己的手脚，掐一掐自己的皮肉，已全无感觉。穿短裤的汉子实在受不住了，骂了一通娘，回家钻被窝去，说震死也是死，冻死也是死，有什么好怕的？接下来，又有两三个陆续跟着回家，说锣都敲过好几轮了，老天爷也好，美国佬也好，一点实际行动也没有，太不严肃了，像什么话？

但泽彪与小奇还是觉得门洞可怕，不敢贸然靠近定时炸弹。他们往指尖上哈一口气，往树干上撞一撞，尽量给自己增加一点热量。

"地在摇，你发现没有？"

"是的，是的，是在摇，肯定地震了！"

他们感觉自己是站在船上，前俯后仰地站不稳，不得不蹲下来，紧紧抱住树干。但抱着抱着又觉得平静如常，刚才到底摇没摇，有点说不清楚。问旁人地震了没有，旁人也说不清楚。

好容易，大路上传来吹哨的声音。"各家各户都睡觉吧，没事啦，没事啦——"待这喊话的人走近，他们才发现对方是一值班民兵，手里的一道手电筒光柱雪亮刺眼，坚硬得似乎敲在哪里都会嘣嘣响。据他说，刚才不过是一值班人打瞌睡，被一只疯老鼠咬了耳朵，惊吓之下把自己的翻倒误当地震，当当当敲起了锣。邻村的民兵一听也跟着鸣金报警，闹得大家虚惊一场。

"贼养的，把我们当猴呵？"泽彪气得一把揪住对方的衣领，"一敲锣，猴子就出来跳。一吹哨子，猴子就进笼子。好耍是吧？我不被震死也要被你们耍死的。你赔我的骨折……"他出示自己腿上摔跤的伤口，没找到骨折也没找到脱臼，便迅速拿七麻子当作气愤的依据——不久前刚被他暗暗判过死刑的家伙。"他有心脏病，你们知道么？他刚才一脚踩空了，肯定摔成脑溢血了。你看他嘴巴，你看他额头，都是血。就要丧失劳动力了，你们给他养老送终是不是？……"

这种仗义执言颇有煽动力，在场人都纷纷指责民兵的荒唐，对他们倒立空瓶之类的监测手段也很不信任。防震期间杀猪太少、公粮征缴太多、森林禁伐太严等等，也迅速成了湿淋淋的猴子们愤怒的内容。比较奇怪的是，泽彪不管骂到谁都要把昆佬带上："坏得跟张汉昆一样"，"肯定是同张汉昆一伙的"，"张汉昆就是跟他学"，诸如此类。

"你以为我愿意耍猴？你来耍，你来耍！"民兵把铁哨子往这个那个塞去。

没有人敢接这个差事。

"你们千万不要把自己当猴。下次听到锣响,你们再跑出来就是我妹子养的!"说到这一层,民兵更占理了,大义凛然的手电筒光柱戳在泽彪脸上。

革命贫下中农是——泽彪本想大喊一声口号以抗议手电筒光柱,但想了想,还是忍住。

不知什么时候,他气呼呼回到小店。这时小奇已把自己珍贵的各种文稿和笔记本收捡好,哈欠滚滚之际,借来一床棉被准备睡觉。遵上级最新指示,他搂着一床被子钻到床下,以床架为掩体,防备房屋的垮塌。一张借来的木排椅翻倒,由椅面与靠背形成三角形空间,上面加盖几个麻袋,也是一安全掩体,需要老同学钻进去。

"喂——"小奇在吹灯前推了推对方,"你说,今天晚上不会有事了吧?你耳朵尖,留心一点。"

排椅下的彪哥不吭声,只是把头埋在被子里。

"睡得这么快么?我跟你说,我这个床架子不结实。要是今晚我那个了,你得把我的日记和诗集交给我爹,记住了么?"

对方埋着头,还是一动不动。

"要是我爹也不在了,你得把这些东西交到县文化馆去。我会记住你深厚友情的,会记住你高风亮节的。你要相信,未来的读者也会感谢你对文学事业的贡献,会从我的诗歌里听出你的艰辛和牺牲……"小奇突然有点伤感,声音有些异样。

对方还是只有一撮乱糟糟头发露出被子。

"你听到没有？同你说话哩。"小奇擦了把鼻子，把老同学的脑袋揪出被窝，不觉大吃一惊，因为对方已浊泪满面，瘪瘪碎碎的声音在嘴里憋着，憋着，憋不住，终于从一张歪嘴里迸出："……不行呵，她要是没有手，就戴不得镯子啦。要是折了腿，就穿不得皮鞋啦。她的腰子也不能伤，要是在里面接根管子，钉几颗钉子，上台唱戏哪还扭得动？不行呵，残了我也不能残她呵……"

"你说谁呢？"

"她家就在山边边，那么高的山崖，太危险啦……"

"你还想着雪娥？喂喂，你……发梦癫吧？"

"不管她残成什么样子，我也会去帮她挖地，帮她挑水，帮她砍柴……"

面对这样一个满嘴酒臭的候补义士，老同学有点哭笑不得，只能拍拍对方的肩："怎么说你呢？好，不说了，不说了，睡觉吧。"

他吹熄了灯。

不知过了多久，暗夜中总算有了粗重的呼吸。到处是浓浓的一片寂黑，窗外的风声和雨声停了，只有蛐蛐声偶尔冒出墙根——真是一个美好的深夜，一份万分宝贵的寂静和安全。只是这一觉睡下去，不知还能不能活着醒来，还能不能看到明媚灿烂的万里晨曦……小奇迷迷糊糊时未能把这一诗句想完。

2006 年 7 月

* 最初发表于 2007 年《山花》杂志。

怒目金刚

老邱会砌墙，一把砌刀敲得当当响，只要砖块和灰浆供得上，两三个呼呼喘气的砌匠也赶不上他。他又会打猎，一枪放倒野猪，用不着其他人补枪，大家只管前去挂绳子抬肉就是。他还身高体壮，见几个后生抬一根水泥电杆上山，别别扭扭，累得嘴斜鼻子歪，便一声冷笑："啰唆，啰唆，这么多筷子如何夹肉呢？"他扬扬手让后生们后退，自己紧了紧腰带，大吼一声，三百多斤的电杆就上了肩，稳稳地腾空而去，吓得后生们无不倒吸冷气，再也不敢要求加工钱。

正因为身手不凡，加上全乡在他的治下粮食增产，他这两年臭脾气见长，帽子从没戴正过，衣襟从没扣好过，眼睛珠子总是朝天上翻。"你小子""我老子""他妈的""老子崩了你"一类行伍京骂，动不动就遍地开花，大戳乡亲们的耳朵。但大家拿这位活阎王能怎么办？他说太阳从西边出来，你就不敢说从东边出来。他说一天有二十五个钟头，你就不敢少说一个钟头。人们忍气吞声，任他一张臭嘴到处吆三喝四骂东骂西，任他四方步、八字步、蛤蟆步或螃蟹步呼呼地带风，走到哪里都排山倒海。用本地人的话来说：他要进你家的门，你得赶紧砸门框。

他要是在你家坐，你得赶紧往椅子下支砖。

这些话的意思，是指这位书记霸气太大，门框都容不下；也太重，椅子也顶不住。全乡的门框和椅子都遭了殃。

这一天，活该吴家村的玉和倒霉了。刚过大年初五，老邱召集村干部们学习。这正是大抓马克思主义哲学下农村的时代，物质、精神、内因、外因、质变、量变、辩证法、形而上学……这一类小册子上的古怪名词折腾得大家冒虚汗、翻白眼以及舌头抽筋。但哲学是明白学、鼓劲学、斗争学、粮食增产学和肉猪长膘学，哪个敢不捧着小册子出汗？哪个敢逃脱这种哲学大刑？

玉和来迟了，拍拍身上的雪花，笼着袖子往墙角里蛇行鼠窜。

"嘿！站住！"书记铁青着脸，"你小子怎么又迟到？"

"我……刚才看见对面山上牛吃菜……"

"哄鬼呵？今天是牛吃菜，明天是鸡吃谷，每次迟到都有理。妈那个×，我看你小子就是目无领导对抗学习！"

"确实是断了牛绳，真的，不信你自己去看看，西坡的油菜秧子少了好大一片。我要是说假话，就把舌头割在这里。"

"油菜重要还是哲学重要？你就不能叫别的人去赶牛？你猪娘养的呵？不会动动脑子呵？要是在战场上，迟到半分钟也不行。妈那个×，贻误战机，军法从事，老子一枪崩了你！"

书记今天火气特别大，主要是发现下属的学习一塌糊涂，不是把"黑格尔"记成了"黑木耳"，就是把"辩证法"记成了"变戏法"，甚至把"巴黎公社"理解成"篱笆公社"，将来遇到上级派人来检查，肯定烂他的场子和大丢他的脸面。他已经拍了三次桌子，疯狗一样逮谁骂谁。据玉和后来清算，那骂娘骂爷的粪团子至少砸下了一筐。

说起来，玉和虽是尖嘴猴腮苦瓜脸，但在同姓宗亲中辈分居高，被好几位白发老人前一个"叔"后一个"伯"地叫着，一直享受着破格的尊荣。因为读过两三年私塾，他能够办文书，写对联，唱丧歌，算是知书识礼之士，有时候还被尊为"吴先生"，吃酒席总是入上座，祭先人总是跪前排，遇到左邻右舍有事便得出头拿个主意。想一想吧，这样的堂堂君子为何今天成了茅厕板子说踩就踩？成了床下夜壶说尿就尿？不就是迟到么？不就是赶了一回牛并且在水沟里摔了一跤么？他姓邱的凭什么狼心狗肺当众打脸？

玉和抹了把脸，端坐着一声不吭，只是休会时在门口拦住了书记，说你慢点走，我有事要说。

书记斜瞅了他一眼，说你迟到这么久，还有什么屁事？说完向另一个人交代运化肥和挖塘泥的任务，发出哈哈大笑。几个人额对额地借火点烟，亲热出抹脑袋和捅腰身一类动作。

玉和嘟哝一句：我要辞职。

"你说什么？"

"我要辞职！"玉和只得高声。

对方这才扫来胡乱的一瞥："想叫板？你今天迟到，我骂你有什么不对吗？"

"骂得对，都对。"

"那你还有什么好说？"

"你骂我对，骂我娘不对。我娘没有要我迟到，还特别怕我迟到，今天一黑早就起床给我煮饭，三番五次催我出门，说山上有雪不好走。你如何左一句'猪娘养的'右一句'妈的×'？这事与我娘到底有什么关系？你同我说清楚。"

邱书记一怔，翻了个白眼："我这是……这是……教训你。"

"你明明是骂我娘，哪是教训我？这大家都听到了，人人可以作证。"

书记左看一眼，右看一眼，说不出话来，最后憋出了一个大红脸，呼啦啦甩下烟头拂袖而去。

副书记见玉和跟上去纠缠，只好插上来紧急救驾。"玉和同志，你辞什么职？给人剃了半个脑袋就丢下不管？有话好好说，好好说。你看事情是这样的。今天你来迟了，与你娘确实没关系。书记也不是要骂你的娘，只是他当过几年兵，习惯了行伍里骂人的一些口白。你不能太认真呵。"

"怪事，对娘不认真，他姓邱的是树上结的？是土里长的？是螺蛳壳里蹦出来的？莫非只有他的娘金贵，别人的娘就是狗屎？"

"你消消气，骂娘确实，确实这个么……"

"今天才初六，照规矩元宵节之前都是过年，得讲个喜庆和睦。他这个时候当着上下百多号人来指着鼻子骂娘，是不是欺人太甚？"

"人家老邱可能根本没掐这个日子……"

"我比他整整大一轮，多吃了十二年的饭，他也没掐一掐？出门要尊贤，入门要敬长，他连这个道理也不懂？"

"这样吧，你抽烟，你抽烟，我把你的意见转告他……"

"你告诉他：去年他来我们队蹲点，我娘为他煮过饭，烧过茶，洗过衣，做过鞋垫，亏了他么？他不记恩也就算了，为何一转脸恩将仇报？我娘快七十的人了，一辈子没做过恶事，连蚂蚁都不踩，连蚊子都不打，脑壳痛了十年，腿痛了二十年，眼下只剩下几粒牙齿喝稀饭……"

玉和不愧是吴先生，一较真果然有板有眼，条理分明，证据确凿，情理并茂，大义凛然，气壮山河，铁齿铜牙足以逼得对手一截截出屎。副书记知道今天遇到大麻烦了，再递烟也无济于事，再拍肩再赔笑也阵脚难守。眼看着幸灾乐祸挤眉弄眼的闲人越聚越多，他只好适度背叛一下。"老邱怎么搞的？确实不该这样说么。这样吧，我给你道歉行不行？我代他向你道歉行不行？杀人也不过头点地，我们认错了，不行么？"

"你不用道歉，这不关你的事。冤有头债有主，我只找他，要他到我家去坐一下，同我娘说清楚，就可以了。"

"好好好，会去的，你放心，肯定要去的。"

下午开会，邱书记成了霜打的秋茅，不时用袖口在额头抹汗，嘴里干净了许多，在造林一类问题上还无端称赞了吴玉和几次，散会时又主动前来招呼，说天在下雨，玉和同志你要不要借把伞？

玉和戴上自己的斗笠扬长而去。

"雨太太太大了吧？……"书记的结巴和巴结都留在远处。

几天过去了，玉和一心一意等着，等着老邱上门来的那一刻。其实他嘴硬心软，没准备下毒手和动大刑，甚至不打算说重话。他平日里对待牛马猪羊都和颜悦色从无恶语，如何会为难一个人？一个长官？他只要对方来坐一坐而已。坐一坐就是坐一坐么，喝杯茶，抽根烟，天南地北说几句，事情点到而止就行。玉和还准备了酒肉，说不定到时候还要贴上一顿呢。老邱最爱吃的小腌笋，他一直小心地留着。他知道老邱的行伍脾气，知道人非圣贤孰能无过。问题的严重性在于，那家伙不该在不当的时间、不当的场合、以不当的方式、向不当的对象撒泼发癫，这一背天理，二败习俗，岂能听之任之？士可杀不可辱也，树活一张皮人活一口气也，老话就是这么说的。

门外总算是有了脚踏车的铃声，玉和清清嗓子出门迎候，发现来人不是老邱，是一个走门串户的蛇贩子。

屋前的老黄狗大吠，玉和拍拍身上的灰屑钻出厨房，发现来人仍然不是老邱，是一个挑着空箩筐的亲戚，大概是来借粮。

不是说了他会来的么？

玉和等得心里越来越虚。直到家里的小腌笋霉得只能沤肥了，还不见姓邱的影子和声气。后来听人说，邱天保来什么来？这家伙刚接到调令，脚板下抹了油，已经去其他地方上任，你八人大轿也接他不来了。吴玉和顿时两眼发直，全身抽搐，像重重挨了一枪，胸口有撕裂的剧痛，差一点口喷万丈鲜血然后直挺挺地倒下去一命呜呼。天呵天，那家伙肇事逃逸，欠债不还，杀人不偿命，屙完臭屎屁股一撅就溜了？他吴玉和老娘头上的这一泡臭屎只能没完没了地顶下去？

他大病了一场，额头上贴膏药，在床上躺了半个月，整个人瘦下来一圈，不再兴冲冲地办文书、写对联、唱丧歌，也不再吹嘘祖上那些翰林、都督、御医的故事。他不知乡亲们会如何议论此事，甚至不敢出门见人，但相信自己已斯文扫地可笑如猴，他婆娘就是猴子的婆娘，他儿子就是猴子的儿子，他孙子将来就是猴子的孙子。一只飞鸟此时刚好把两滴稀粪屙在他的茶碗里，更让他看到了形势的严重。他拿定主意，忙去打听邱某人的去向，然后给所有去那个地方的人捎口信，拜托各位开车的司机、走娘家的女人、卖竹席的小贩、补锅或者修伞的师傅，去找到那个王八蛋，就说这里有个姓吴名玉和的人在等他，要找他，永远跟着他。他得听好了：躲得了初一但躲不过十五，他就是躲进了蛇洞，吴玉和也要挖洞灌水凿洞灌烟；他就是逃到了台湾，中国人民也一定要解放台湾！

不知这些口信捎到了没有。到最后，他气呼呼把儿子叫到面前，说养兵千日用兵一时，你给我带上一双草鞋和两斤米，明天就到河口乡去。记住：你到了那里，找到那个姓邱的货，一不要讲理，二不要打架，三不能毁坏东西，只是咒他邱天保不得好死。记住：你要咒九九八十一遍，嗯啦，八十一遍。你回来以后，老子付你口水费，让你吃三天肉！

儿子一听说吃肉，乐得摩拳擦掌："要不要咒他绝代根？"这是一种村里人最恶毒的命运预告。

"不可，他娃娃与此事无关。你不能乱来。"

"要不要咒他癞头猪在粪坑里訇的？"这是一种乡下的下流描绘。

"不可，他爹娘与此事无关。你也不能乱来。"

"要不要往他窗户里砸牛屎？"

"不可，不可。你砸了牛屎还不是他婆娘来清洗？他婆娘又没骂我，不关她的事。你休得连累无辜。"

儿子把老爹交代的政策和纪律记住了，顶着一个草帽，提一根打狗棍，斗志昂扬上路而去。不料他这一次毫无战果，原因是他寻到河口时，姓邱的不在那里，据说他不久前违法犯罪，闯下大祸，一头栽进了公安局。

玉和先是一惊：公安局？他姓邱的能犯什么罪？接着是一喜：老天总算开了眼呵？走多了夜路要碰鬼呵？这个贼坏子也有栽跟头的时候？再下来却有点左右为难：因为他听人说，天保那家伙吃官司，一不是拿错了钱，二不是上错了床，三不是反党反社会主义，不过是擅自下令砍了公路两旁的行道树。事情的起因，是河口遭受水灾，上面迟迟拨不下救灾款。眼看着几百灾民没房住，他一冒火，"妈那个×"，就带人去给干线公路猖狂地操刀剃头，把护路的樟树、杉树、梓树统统砍了，然后分给灾民盖房子——这种毁林毁路之罪，在那个年代尤其罪不可赦。

但不破坏又怎么办？不擅自不猖狂又如何？吴玉和大张着嘴，有点想不通：那些树反正没运出国，不都是给中国人享用了？又没烧成灰，没化成水，不也是派上了正当用场？这算什么违法犯罪呢？未必有了"黑木耳""变戏法"，有了"篱笆公社"的革命哲学，灾民就可以不住房子了？或者房子就可以用纸片来糊？……邱天保居然为此获刑两年，丢了饭碗，一栽到底，实在匪夷所思。玉和由此想到小人暗算、权奸作乱、昏君恶法、国运不兴一类大事，想着想着就把私仇一段暂时放下。这一天，去县城卖猪鬃和拉酒糟，他还忍不住去看一眼邱犯天保，想送上一碗牢饭。

在送完牢饭以后再啐他一口，这样做可能比较合适？

后来他知道，天保没蹲看守所，算是刑期监外执行。那家伙在县城也没住房，只是眼下靠老婆当临时工养家，就在城郊租了一间库房，方便老婆去大米厂上班。这样，玉和顶着烈日打听了好几个地方，最后在大米厂围墙外找到一排库房，找到了邱家一张歪门。库房是以前用来囤放石灰和水泥的，已经破旧，还阴湿，还窄狭，墙壁不过是篱笆上糊了些黄泥，炉灶不过是墙角里几块砖上架一口锅。有一张木椅因为少了一条腿，只能斜斜地靠着墙。一线蚂蚁从墙上爬到了椅子上，聚叮着几颗剩饭。

往日的大书记眼下又黑又瘦，胡子又乱又长，在黑暗中瞅了好半天才认出来人。但他没法站起来——右腿据说是不久前在一次批斗会上被踹伤。他只能捉住来客的手，禁不住浊泪一涌而出："我在三个地方任职为官，前后干了十多年呵，没想到……没想到只有你今天来看我。"

"你不要动，不要动，就这样好。"玉和让对方坐稳。

"上茶——"老邱凶猛地表示客气。

一个小女孩赶忙来招待客人，但揭开热水瓶的盖，发现里面没有水；从井边提来半壶水，发现火柴盒又空了；好容易从邻居引来火，又发现小铁筒里已无茶叶。看到这场忙乱，玉和轻轻地叹了一口气。

他喝着一碗白水，见小女孩靠两张凳子相叠，爬到小阁楼上去写作业。"这么爬上爬下好危险，你不给她打一张楼梯？"

"早就拜托了人，都一个多月了，人家也没个回音。"

"怕是木匠没空吧？"

"没空？我算是明白了，世态炎凉呵，墙倒众人推呵。如今我成了王八蛋，还有什么人情面子？"

"这事好说，包在我身上。"

"麻烦你？不用，不用，我自己会想办法。"

"你啰唆什么？五天之内，保你有楼梯用。"

"哎呀呀……"天保眼里闪着泪花，"那也好吧，到时候我给你算钱。"

"钱？你要说钱？那这事就不能谈了。我吃饱了没事干呵？要赚你这几个臭钱呵？算了，你另求高明吧，我也没得空。"

鼻涕声更响亮，天保再一次紧握来客的手，嘴巴张开了两三次，像一再慎重挑选词句，要说出激动和重要的什么话来。

玉和等着，等着，等着呵等着，甚至等得自己怦怦心跳，一心等到对方最应该说出的那句话，等着云开雾散阳光灿烂的美好。但不巧的是，小女娃偏在这要命的时候问父亲一个字，又问一个题。这事刚消停，主人的老婆又下班回了家，于是天保的口舌胡乱支应离题万里，让玉和暗暗叫苦。

主妇见家里有客人，顾不上一身灰土，忙去买了一条鱼，打回一瓶酒，留客人吃晚饭。豆豉大蒜烩鱼的香味很快在窝棚里弥漫开来。天保揭开热气腾腾的汤盆，喜滋滋地说："来来来，吃！"

"你吃。"

"你吃。"

"你先来。"

"你吃嘛吃嘛吃嘛。"

"你来嘛你来嘛。"

推让三番五次，天保嗓门越来越大，见客人还是怯怯地往后缩，竟急红了一张脸："你到底吃不吃?"见客人呆呆的，更是气不打一处来，端起鱼盆往地上吮当一摔，"不吃就不吃，不吃了不吃了不吃了!"

他气呼呼地摸火柴抽烟，吓得玉和差一点翻下椅子，面色惨白，不知所措。好容易看清眼下的局面，玉和只得先安抚哇哇大哭的女娃，又与主妇争着去在地上救鱼，争着用扫把和抹布清理污秽。幸好装鱼的是铝盆，没摔破。主妇回头将鱼用清水漂一漂，略加油盐，还能上桌。

"你急什么急? 人家这不是在吃吗?"主妇把筷子重新塞到丈夫手里。

一顿回锅鱼吃下来，邱犯天保还是喝醉了，脖子都红红的，哭出一把鼻涕一把泪，先是骂法院判决不公，接着骂自己脑子里长草，再骂某人落井下石，骂某人见风使舵，骂某人皮笑肉不笑，骂某人明明输了棋偏不认账……都是一些玉和不知头也不知尾的事，让他接不上话。只有妈那个×妈那个×妈那个×一类口白，"你小子""我老子"一类前缀，玉和倒是听得耳熟。

玉和不再说话，只是一听对方说"吃"就赶紧操作筷子和嘴巴，全身紧张一直持续到欠身告辞而去。

四天之后，一张小楼梯就由玉和求村里的木匠打好，托拖拉机手捎去县城。据说那楼梯又光洁又结实，长短恰到好处，还有防滑倒的挂钩，显然是来自一种用心的观测。邱家人见了喜不自禁。

但玉和再也没有去过那一家。有时捎去一包茶叶，有时捎去半袋豆子，这点人情倒是有的，但他不愿再进那张门。日子久了，熟悉他的人才得知，他无非是嫌邱家缺文少墨，不遵礼数。做女儿的不会叫人，是个哑巴么？当主妇的在客人面前穿短裤，白花花的肉晃来晃去，天气再热也不能如此不成体统吧？再说吃饭，主先客后，这是规矩，就算是吃碗老萝卜烂白菜也得讲究的，为何推让几下你就要瞪着眼睛摔碗？你拷问犯人呵？你痞子闹场呵？真是莫名其妙——人家客方一个肚子是来装饭的还是来装气的？一餐饭下来没长肉还要吓得掉肉呵？

最后一个捎豆子的人回来时说，邱天保已经搬家。相关的好消息是，因为不少群众一再上书，法院重审案件之后终于对邱天保改判。这家伙命好，八字硬，居然还得到某个大人物的赏识，虽写下一份深刻检讨，但最近被提拔为副县长了。

听到这事，吴先生点了点头。

"你不高兴吗？"传信人觉得对方还应该有更多表情。

吴先生提着牛鞭出门："高兴什么？这家伙，落难惹人怜，得势遭人嫌。"走出地坪好远又在柳树林那边扔过来一句，"你们看吧，他那张嘴巴又会变成大屁眼，到处喷屎喷尿，哪个受得了？"

邱副县长是否到处喷屎喷尿，不得而知。不过他当然不会忘记玉和，据说很快就捎话来，邀他去县城走一走，请他去看什么大戏，接他去赏什么灯会，但他充耳不闻，就当没这回事。

有一次，副县长在路上见到他，远远就要司机停车，热情万丈地迎上来，但他借口手上有泥水，没接住对方伸过来的手，自始至终也只是点点头，或者摇摇头，不咸不淡地支吾一下。

老伴事后埋怨他："事情过去就过去了。你们这对冤家也结得不容易。照我说，冤仇宜解不宜结，得饶人处且饶人么，你呀……"

没料这句话引发玉和的勃然大怒："我又不是个疯子，凭什么要握手？凭什么要应答？"

"他问问你有什么困难，怎么说也是好意吧？"

"困难？我最窝心的困难，他装模作样不知道？"

"他可能……真是忘记了？"

"这种事都能忘记？那他就更不是个人！"

老伴吓得舌头一伸，再也不敢接话。

一天，四五个乡干部一齐来到玉和的地头，见两口子栽瓜秧，就这个帮忙点粪，那个帮忙覆土，另有人大张旗鼓地砍树枝扎棚架，"吴伯""吴爹""吴先生"一类叫得特亲热，递烟点火一类动作也让人应接不暇。他们无事不登三宝殿，其实是想接先生去县城走一遭，帮他们去拉拉关系，解决乡政府旧楼改造的资金问题。照他们说，这四乡八里就吴伯面子最大——不然邱副县长为何三天两头就要问到他吴玉和？他雪中送炭青松傲雪慧眼识英雄的感人事迹谁个不晓？

玉和一直不吭声，最后冷冷一笑："我是三岁娃娃吧？你们还要我去找那个王八蛋，不是偏偏要踩我的痛脚？"

众人吓了一跳，面面相觑。黄乡长怯怯地问："你说哪个是王八蛋？"

"你们说哪个，我就是说哪个。"

"这就怪了。前……前……你与他不是来往最多么？在他最倒霉的时候……这可都是邱副县长自己说的。"

"那是我看在他落难。"

"吴伯，这我们就不懂了：一面破鼓，补它是你槌它也是你？"

"有什么不好懂呢？桥归桥，路归路，一码归一码。他蒙冤落难，我要行公道。他伤我太深，是亏了私德。懂不懂？公道与私德是两笔账。诸葛亮气死周瑜和哭吊周瑜也是两笔账。我吃了五十多年的干饭，连这个账都算不清？"

众人说不过他，甚至听不懂什么诸葛亮的账。另一个干部只好苦着脸另找话头："吴伯，你就算是帮我们一个忙吧。你看我们那个办公楼，实在破得像个猪窝了。昨天一下雨，我在房里摆三个桶子接漏水呢。老鼠天天在我头顶上打架。你老人家菩萨心肠，大人大量，德高望重，对我们全乡的发展建设功勋卓著！这样吧，你老人家消消气。到时候我们在城里最好的酒馆摆上一桌，你与人家老邱相逢一笑泯恩仇，往事一笔勾销……"见玉和一张苦瓜脸正在转暗变黑，又赶忙顺着来，"哦，当然啦，都按你老人家的要求办，人家邱副县长肯定有个说法。是不是？我向你保证，事情一定圆满解决。今天我一个脑袋赌在你这里……"

"这关你们什么事？"玉和把来人的一张张脸盯过去。

"我们不就是要促进团结么……"

"在酒馆里搞团结，我娘听得到？我娘有这么长的耳朵？"

玉和哼了一声，挑起粪桶径直下坡去了。

大家拍拍脑袋，这才想起一个重大疏失：玉和老娘的坟头在这里——既然事情因她而起，当然就得在这里了结，酒馆里再圆满再伟大的团结也是锣槌没打在锣上，不合吴伯的章法。

日子就这样过着，有晴有雨有暖有寒地过着。又一个冬天到来了。村里遭遇一次山火。那天风太大，烈焰横窜，火团远跳，几乎逢路过路逢溪过溪一往无前。离火舌还十几丈远的林子，哪怕隔着荷塘或地坪，一眨眼就由绿变黄和由黄变黑然后噼噼啪啪自燃，把在场者都吓得差点尿裤子。谁也没见过这么疯魔的火，不知道如何对付。玉和的儿子就是在火场差点丢了小命，黑乎乎的一团送到医院时，冒出皮肉焦煳的气味。

听说儿子需要清创、消炎、植皮等费用两三万，母亲几天来以泪洗面。玉和赶到医院时，女人告诉他很多人都来看过了，其中包括乡干部和邱天保，都在着急钱的事。

玉和忙着倒水和打饭，又去上厕所，好像没听到。

女人吞吞吐吐地说，邱天保还批了一张条子，要县民政局特事特办，参照抢险抗灾英模待遇，给伤者家庭补助一万元。

玉和愣了一下，接过字条看看，顺手撕成碎片，扔到地上还踩一脚。"无聊！无聊——"他冲着墙角瞪眼睛。

"你要死呵？"女人大惊，忙不迭地捡起碎片，"你挨千刀，你下油锅呵——这是什么时候？你还称什么大？赌什么气？要什么横？"

"你也不看看，什么狗屁字？猪蹄子戳的？狗爪子挠的？"

"你抠什么字？你的字是比他的写得好，但你的字不值钱。"

"还有脸当干部。就是给我当学生，我也要打烂他的手板。"

"没见过你这号人，山穷水尽了还酸，你就是孔夫子又怎么样？"

"错别字也太多了吧？太无聊了吧？"玉和仍是一根筋，想起了更可气愤的，是字条上儿子吴懿风的名字居然也被写错。"还'一风'呢，哪来的吴一风？他怎么不写成一级风、二级风呢，气象预报呵？他怎么不写成东风、南风、西风呢，打麻将呵？就他这水平，把政府的脸丢尽了，只配去发酒疯！"

"人家可能是没记住，或者觉得那个字难写……"

"列祖列宗在上，我吴家从来没有野崽子。吴懿风就是吴懿风，上了谱的，入了帖的，行不更名坐不改姓。我吴家再穷也不能去拿人家的钱！"

"怎么是人家的钱？不就是一个字么，总不会比我儿的一条命……"女人嘴一歪，哭着夺门而去了。

吴玉和翻了翻医院账单，摸摸衣袋，挠挠脑袋，只能出门去卖血。发现儿子连肉汤都喝不上，连鸡蛋都吃不上，当娘的更是餐餐靠酱巴下饭，他更知形势的严重性。他总不能指望老伴去垃圾堆里捡烂菜叶吧？不过他年纪偏大，个头瘦小，面相还丑陋，被采血的护士皱着眉头瞥了两眼，当歪瓜劣枣打发出门。他想了想，只得坐车来到一个小镇医院，找到一个当医师的亲戚，算是走后门通融，偷偷卖出了红色液体——那里有个病危者正好需要这种血型。"你们肯定还有病人！是不是？肯定还会有难产的、中风的、撞车的、跳楼的、闹癫痫的……"他捏着钞票还不愿走，一个劲地纠缠这个或那个医生，恨不得这一刻有千万人大祸临头，都抬进急诊室，都气息奄奄，都急需他价廉物美的鲜血。不用说，他望眼欲穿也没有等到这种奇观，倒是自己几乎被亲戚轰出了院门。

他这才感觉自己有点头晕，两脚如同踩在波浪上，周围一切飘忽不定。扶墙歇一会儿以后，他喘口气再走，差一点撞到树。有位路过的熟人发现他脸色不好，问是不是要用脚踏车驮他一程。他缓缓地摇手，说自己不过是想赏一赏风景，不过是在等一个朋友哩，不急着走，不急的。

他其实很想叫住那个骑车人，请对方帮一把，但不知为什么话到了嘴边又咽回去，还是咬紧牙继续观赏美丽秋色。

儿子出院回家后，身上虽有几块疤，但行走什么的已无大碍，让全家人松了一口气。"不吃嗟来之食，饿死了吗？饿死了吗？"玉和对这种结局兴高采烈，冲着儿子问一句，冲着老婆问一句，冲着邻家的鼻涕娃娃也问一句，问得他们都迷迷瞪瞪，然后面对门外的重叠山峰摆上一碗谷酒，好好地豪壮了一番。不过，治伤所欠下的债，以后得慢慢偿还了。从这一天起，这一家不开电灯，晚上能摸黑就摸黑。这一家也不用肥皂，洗衣时只用草灰或茶枯凑合。玉和豪壮地戒了酒，不买烟，胶鞋换成草鞋，皮带换成草绳，成天着装像个叫花子，在务农之外寻找一切挣钱的生计。他以前从来不去屠房的，总觉得那血淋淋的砍杀，嗷嗷嗷的惨叫，实是不仁，实在戳心，但现在也不能不硬着头皮去那里帮着操刀行凶。他以前从不挖坟砖的，即便是挖一些无主的野坟，死者为尊，虽殁犹存呵，后人岂能吮吮当当地打砸抢烧横加欺凌？但眼下的青砖值钱，卖一口就赚两

330

角哩，他也不得不寡廉鲜耻地扛着锄头混入小人行列。最后，他还跟着后生们上山倒树。一个年过半百的老汉，还经过多次卖血，在根本没有路的陡坡上和密林里窜上窜下钻来钻去，被马蜂蜇，被树刺扎，被毒草割，被风雨淋，一张沾有青苔和泥沙的脸经常像恶鬼，落在水潭里吓自己一大跳。

他手捧清水洗了几把，才在水面倒影中辨出自己的苦瓜脸，兴之所至，还随口吟出一联："人面兽心方可恨，兽面人心又何妨？"

他那干瘦如钉的两条腿越来越哆嗦和晃荡了——终于有一天，他突然觉得肩头重量消失，膝盖和腰身忽然舒坦，阳光明亮耀眼，山风鼓荡爽身，整个身体有一种飘起来、浮起来、飞起来的感觉，有一种浮游在五彩天宫里的自在逍遥。

这才是人过的好日子呵——他差一点笑了起来。

其实他是在村民们的大声惊呼中，一失足便连人带树坠下山崖。几只鹧鸪在那个落点的周围大叫着绕飞不已。

落物惊起一大群金色蝴蝶，如一朵灿烂浪花升起来，然后缓缓地溅散。

村里人在谷底找到他的时候，发现他嘴巴、鼻孔、眼眶、耳穴里都流血，手腕已无脉跳，全身正在变冷。玉和，玉和伯，玉和爹……大家的喊声撕肝裂肺，然后在村里引发一阵阵炸响的鞭炮。家人们哭号着，发现他手冷如铁，只得赶紧给他洗身与换衣——据说尸体僵硬后就不方便这样做了。

遵照他以前有过的交代，丧事一切从简，比如道场和傩戏是断断不可。但有些规矩则不得马虎：儿孙晚辈一定要跪着守灵，白豆腐和白粉条一定要上丧席，香烛一定要买花桥镇刘家的——那一家的质量最好；祭文一定要出自桃子湾彭先生的手笔——那是死者生前最为知心的文友。出殡的队伍还一定要绕行以前的两个老屋旧址——死者在那里度过几十年，必须向熟悉的土地和各类生灵作最后一别。

入殓前，儿子发现父亲大睁双眼，目注苍天，不论亲人如何揉，如何搓，如何抹，眼皮也只是半闭。他的牙关紧紧咬住，咬出了一个宽宽嘴形，咬得腮帮微微鼓起，整个一张脸有些扭曲和张扩，活生生一个怒不可遏上阵打架的模样，让身旁人无不想起佛庙门前的怒目金刚。

是不是人家欠了他的粮？是不是他欠了人家的钱？……人们悄悄议论。只有家人最明白他的心事。儿子凑在他耳边大声喊："爹呵，爹呵，那个人已经来过了，已经给你赔不是了，你就放心去吧……"

金刚还是紧紧盯住屋梁，时刻准备出手。

"爹呵，爹呵，他实在是太忙了，但已经写来了条子，打来了电话，这事大家都知道的呵……"

死者依然严阵以待。

儿子拿一块白布盖住死者面孔，但仍然不解决问题。更麻烦的是，白布盖上去不久，有人听到嘎巴嘎巴的声响，若有若无，似在非在，来自左边又来自右边，待大家侧耳细听小心寻找，才发现越来越大的异声其实来自死者，来自他体内各个骨节的暗中发动。人们赶紧揭掉白布，消除这恐怖的声响，在临战者周围吓得一个个脸色发白。村长急得直摇头，说不行不行，和爹是什么人？你们想拿一块布打发他？这件事再难也得帮他办实了，不然他如何死得透彻？如何走得顺心？

村长赶忙到村部去打电话。这是一个通信不太方便的时代。邱天保在省城办事，从嗞嗞嗞喳喳喳的电流声中知道事情原委，不免大吃一惊，依稀想起了十多年前。他连夜赶火车，换汽车，把慢腾腾的火车汽车骂了个狗血喷头，差点与无精打采的汽车司机打上一架，以至于连跑带窜赶到死者面前，已是天亮时分了。他跌跌撞撞扑向床前，一把抓住死者的手放声大叫："玉和大哥，对不起对不起，我今天是那辆狗屎汽车给耽误啦——"

随他推金山倒玉柱扑通一声跪拜，死者的家人忍不住掩面放声大哭。门外更多的人也跟着抽泣或唏嘘不已。

"我就是邱天保，我在这里给你赔礼，给你娘赔礼——"

人们真真切切听清了这一句。这时，天上突然劈下一个惊雷，震得灵堂烛火慌慌地跳荡，在山谷里激起隆隆回声。顷刻之间大雨也狂泄而至，在门外拍过白花花的一浪浪雨雾，又把一团团雨雾送入门内。据说死者就是在这一刻牙关松弛，欣然闭目，隐隐呼出最后一丝气息，眼角还神奇地挂上了一滴泪。

有人偷偷地笑了，说这就好，这就好，生要晴日亡要雨日，老天也在陪着他放声一哭呢。

2009 年 8 月

＊最初发表于 2009 年《北京文学》杂志，2009 年获《小说选刊》年度优秀作品奖，2011 年获《北京文学》优秀作品奖、《小说月报》年度优秀小说奖。

附　录

韩少功印象及延时的注释

蒋子丹①

印　象

大凡漫画家最忌讳画那种五官过于端正的人物，因为无论强调哪一部分都会失掉其夸张的准确，于是要么画不出来要么画得平庸。至于写家尤其是不想把文章写成八股式颂歌的写家，遇上一个行为过于标准①的人物，自然同样不知要如何下笔，其结果无外乎写不出来或写得平庸。我以为韩少功正是此等人物，故而敬请各位不必对这篇印象记抱什么希望。

若以中国人世代相袭的道德观念作准绳，韩少功无疑是极符规范的一个。诸如治学则博闻强识学贯中西，为文则金相玉质不落窠臼，出言则持之有故崇论宏议，处世则思深忧远宠辱不惊，居家则不丰不杀，待客则不卑不亢，以及和谐于伉俪之间睦处于四邻之内

① 蒋子丹，1954年生于北京，祖籍湖南，为中国作协一级作家，曾任海南省作家协会主席，迄今出版小说集《左手》《桑烟为谁升起》《黑颜色》，散文集《乡愁》《一个人的时候》等，以及长篇小说《长大不容易》和长篇散文《边城凤凰》。1995年协助时任海南省作协主席韩少功对《天涯》杂志进行重要改版，从此担任杂志主编、社长八年。

尊其长恤其幼之类的优点，简直罄竹难书。然而好比一个社会生产过剩就要发生经济危机一样，一个人优点过剩的后果是重如泰山的信誉负担②，这对韩少功来说，似乎已成为无可逃遁的定局。此生此世，他非要背着这副辉煌的十字架艰苦跋涉了。

新时期以来的文学舞台大浪淘沙般地筛选着各路精英，从当年的伤痕文学到而今的探索小说，乱哄哄你方唱罢我登场各领风骚三五年。人们都会记得，彼一时韩少功曾经披挂了《月兰》《西望茅草地》的现实主义行头亮过一通相，博得满堂彩，而后便随着伤痕文学之声的销匿有过两年的沉寂。倘若从此如是，那他后来的日子倒也轻松了，新时期文学史的聚义堂一百零八将终归有他一席之地。谁知冷不防，此一时他又忽然举出一面寻根的旗去弄探索的潮，并以《归去来》《爸爸爸》等一系列轰动文坛的小说去实践自己并不完善的理论。这一为，韩少功声名大噪，几乎成为什么什么流派的领袖人物被众口说是论非评头论足多时。尽管韩少功一再声明，他当时发表在《作家》杂志上的那篇不满五千字的小文章《文学的根》，不过是为了给一本集子的印张凑数的信手涂鸦之作，并非深思熟虑的倡议或宣言，无须大张旗鼓讨论，更烦花样百出的引申。可叹是浮起来由你沉下去则由不得你，说是者希望他将既成事实的理论进一步完善，论非者提醒他既然你弄出了一种主张你就得负责到底。批评家不问皂白青红把韩记新作一概拿来肢解，指出其根所在；舆论界又确乎要论证韩少功天生就是一个善变的作家，他在完成了这一次脱胎换骨的嬗变之后，定然还要一如既往地变下去再次独辟蹊径。固然韩少功是个有智慧有主见且极善思辨的主儿，路要怎么走文要怎么作皆有他自个儿的章法，但面对这一切他也不由得格外地警惕起来，让落在稿纸上的方块字尽可能别出心裁。他原本不是以高产取胜的作家，不写则已写一篇就算一篇的严肃，业已塑成了他作品的形象。于是，文路在他笔下就更加地崎岖坎坷了，一部长篇小说在案头把玩了近一年工夫，还只积攒了七八万字。以他素有的功夫和名气，假若仅仅以出版后引起一点小小大大的波澜为目的，大约不必这么苦心经营的，这么干除去他对文学的真诚，余下的只好引用古人一句话来说明——高处不胜寒。至于这种心境是否还笼罩了韩少功文学生涯之外的一切生活，毋庸置疑，在他不是一个作家而只是一个常人的时候，他的所作所为已经做了回答。

我曾不只一次听外地同人说起韩少功时异口同声断言他很忠厚。我以为这是一种错觉。产生这种错觉的原因，不光在于时空的阻隔，更在于韩某大智若愚的伎俩。看他态度的平和，看他衣着的素朴，看他老老实实听人说而不说人的谦让，看他嘿嘿一笑不了了之的宽容，你一定认为这就是忠厚的具象了。其实不然，鲁迅先生说忠厚是无用的别名，一个在事业上有所成就特别是在以窥探人生暨生命奥秘为己任的文学事业上有所成就的人，是绝不可能把忠厚作为其实质的性格特征的。既然韩氏的作品已经验证了他的有为而不是无用，那么以浅来形容他与忠厚的缘分似乎比用深来描写更为恰当。这还只是就必然所作的推断。辩证法一贯亲切教导人们，必然只有通过偶然才能表现出来，只要你细心观察一下韩氏谈笑时黑眼珠子间或的一轮，言语中须臾片刻的迟疑和停顿，就可知道他的锋芒和精明是怎样含而不露地显现了。我们多数人常犯的一个错误乃是在交往中让人感到"我比你高明"，即便你的确高明，一旦被张扬殆尽也就了无高明可言了。韩少功大约是深得其要领，所以很少犯这一类的错误。他几乎从来不在别人发表见解哪怕是误解的时候当面指出破绽，甚至不因为你说的事他已经知道或你已经跟他说过一遍、第二次重新说起而打断你的话。不管这个旧故事多么冗长，他也像听新故事似的听你说完。倘若听完之后，他又漫不经心地说一句"我早就知道"或"我已经听你说过一遍"，那个喋喋不休的叙述者自会难堪而韩少功的精明也还没有到家。关键是他很少这样失误，因为还没有一个人因高度健忘或者恶作剧地来次试验，把已经讲过两遍三遍的故事再对他讲上若干遍，直到他终于忍无可忍说出那两句话为止。这种到家的精明乃是西方人的礼貌与东方人的狡猾之混合。

作为一个地道的东方人，韩少功没有必要也不大可能时时事事去兼顾西方人的礼貌。记得去年全国青年创作会议前夕，韩少功置湖南代表团领队的责任于不顾，突然决定不去北京开会，理由是他女儿的腿受了伤需护理。据知情人言说，他女儿摔伤了腿也是事实，不过那小女孩已近康复。于是韩氏此举就平添了几分蹊跷。直至会议开幕那天晚上，我们在首都体育馆高远的座席上，看各位客串演员的著名作家穿梭于音乐与灯影之中，数着《我们与你们》晚会节目单上缺勤演员的姓名，方才恍然大悟，韩氏虚晃一枪，原来醉翁之意在此。倘若照直说出不愿参加演出，自然不合他平素的随和；倘若去到北京再图临阵脱逃，难免多费许多口舌。好在中国幅员辽阔，不妨因地制宜回避则个。事情的结果证明了韩少功骨子里处处充盈着东方人含蓄柔软的狡猾③。

人们对韩少功所存的另一种错觉，在于他的年龄。素昧平生者观其思想之深邃、文笔之老辣，相识而并非交厚者察其谈吐之沉着、行事之持重，无不以为他年逾不惑。去年某个时候，我听说韩氏乃1953年出生，也毫无例外地吃了一惊。就韩少功十三岁遭父亲自舍之难，十四岁受流弹戮伤之苦，十六岁离家插队，十八岁恋爱有成，以至二十五岁始结秦晋之好，二十六岁初尝人父之乐的经历而言，他确比一般人超前。加上文学创作早早成就了高屋建瓴之势，使得他在年长者面前有举足轻重的影响，在同辈人中间有运筹帷幄的位置，如此等等都让人误以为他当然应该笑得慈祥①。

不知是否由于经历的超前导致了思维的超前，韩少功常常做一些别人尚或还没想到、尚或想到了还没有行动的事情。例如说，四五年前他曾不惜从文坛上隐退转去攻读英文，有些人便以为他不过假学外语之名掩江郎才尽之实。不期只两年又半载的工夫，他不光操熟了英语，还东山再起占了文学新潮的鳌头。时至今日，他已经翻译出版了两部英文小说，出国访问或接待外宾，则不要翻译或充当翻译。与其说他是看准了中外文化交流的势才去投学习外语的机，不如听信他自己所言：小说总有写尽的时候，还得多一条谋生之路，比起所谓横观文坛纵览世界的玄说，这个解释也许更真实也更能体现一个人的超群拔萃。韩少功的明智，恰在于他正值春风得意还想灯火阑珊⑤，所以才能在伤痕文学强弩之末趋势未显的时候就开始现代主义的探索，而在探索文学方兴未艾不知天高地远的当儿，看到中国文学的前景艰难：伤痕文学完成了人道主义的补课，探索文学完成了现代主义的补课，这两次变化都是远远跟在世界潮流后边学步，从人类意义上说没有任何创新可言。现在中国作家和外国作家已经坐进同一考场按同一只码表开始答卷了，要取得一席之地须得有前无古人的创造。他这么说，如若不是援引词，这番宏论自然称得上是目光深远的先见之明了。

韩记小说向来是以理性见长的，小说以外的文章就更充满了理性。与一般现身说法的作家不同，韩少功公之于众的文字（包括创作谈），特别是《爸爸爸》之后冷峻沉郁的文学，已经最大程度地湮没了作者本人的形象，以至人们完全无法下一个简单的结论说文如其人或不如其人。若果真如前文所述，韩少功无论从行为上或从观念上都毫无选择地接受了汉民族文化的传统，他的众多从意识到技法统统为现代色彩所覆盖的小说，又如何能炮制得这般天衣无缝呢？当然不能。不管是《爸爸爸》对国民劣根性痛心疾首的关注，还是《女女女》对生命存在意义的审视，抑或《归去来》对人生世事飘忽不定的感觉，无一不浸透着对传统精神传统道德传统思维方式的悖反情绪，且此种情绪之强烈概为一般造作的现代小说所不及。不难判断的一点是，这种悖反情绪正是现代人心理特征的集中表现，那么也就不妨冒着自相矛盾的风险认定：韩少功本质上仍是一个清醒的现代人⑥。这么说，并不意味着要否定韩少功符合传统规范的行为种种，平心而论，那一切不过是一个正常人为使自己适应环境进而成为环境的主人所必须进行的一种个人与社会环境之间的交易，是一种自我功能的良好发挥。其实我们每一个人都在与社会环境做着这类交易，仅是由于智力心力的差异而不能像韩少功那样把自我功能发挥到极致罢了。不幸的是自我功能发挥得越好，现实对意识产生的压抑也就越深重，于是可以自圆其说，深重的压抑表现在小说里，就是强烈的批判精神与反叛情绪。

按照我们祖祖辈辈约定俗成的循因究果方式，既已自圆其说文章便该就此打住，偏又想起还剩下几句有关这位作家近况的话需要交代。韩少功正在苦心经营着他的第一部长篇。我觉得很难写。难就难在已经找不到一种可以推动写作的情绪，哪怕是一种偏激落后的情绪。除去可数的两三个作家，现今的中国文坛面临着普遍的情绪危机。他说。我好像成了一个怀疑论者，连怀疑也怀疑①，我认为怀疑也是一种信仰。他还说。我听他复述了他新近抛出的短篇小说《谋杀》，那里面充满了有因无果无因有果非因非果因果倒置的错乱关联，充满了对命运乃至生命的不可知的恐怖、神秘和荒诞。我以为这正应了他怀疑的信仰，这种怀疑已经超越了世俗，深入到生命的本体中去了。至于这个在写作长篇的间隙中插入的短篇，跟那部尚未问世的长篇或者有什么相干，或者完全不相干，倒不必枉费猜度。韩少功总是不到火候不开锅的，一候开锅自有绝活儿示人。

1987 年 12 月 21 日写于长沙

延时的注释

一点说明

《韩少功印象》写于 1987 年，当时我跟他并不太熟悉，虽然同在湖南省作家协会这一个大锅中谋饭，但私人间的交往，仅仅是我请他为我的第一本小说集写过一篇序。他把写好的序送到我家，我不在，便留下一张条子说，借你的序说我的话，所谓借尸还魂，大家分一点稿费赚。说实话，这篇借尸还魂的序言，让我不怎么满意，因为韩先生在那篇文章里，大谈女人的思维与女作家创作之特点，用他的话来说，是希望好女不与男斗。但在我看来，却处处流露出好男不与女论的优越感。于是在此后半年时间里，我数次遇到韩先生，并不跟他谈及序言的事，他也自然明白了我的感想。所以当我接受上海《文学角》的委托，为写印象记去采访韩先生的时候，他就说随你写，给你一个机会报序言的一箭之仇。

其实我也未必真有报复之心，只不过朦胧想到，要在纸面上找回一种平等而已。大约正是基于他这个不失大度的允诺，我在写这篇印象时了无禁忌不讳调侃，使文章不至于成为好人好事大全。或者更确切地说，这篇貌似好人好事大全的印象记，仍然暗藏了我的某些怀疑与讥讽。韩先生是一个聪明人，不会读不懂，但他只是一笑了之，没有做什么辩解。

以上这些话说出来，是为了表明我在七年前写《韩少功印象》的背景。这一次《当代作家评论》多次信函与电话，要求我再写一篇韩氏印象记。说实话，我并没有追踪报道的兴趣义务，但在过去的七八年时间里，由于在韩少功主编的《海南纪实》杂志社与之共事，渐渐感到上一篇根据采访写出的印象记多有语焉不详之处，自觉有必要做一些解析和补充。

①行为过于标准

"行为过于标准"这个评语，在当前崇尚个性的时代不一定表示贬义，但至少算不上褒义。即使是在过去不那么崇尚个性的时代，人们也还是喜欢张飞、关羽胜过喜欢刘备，喜欢李逵、武松胜过喜欢宋江。行为过于标准的韩少功在主持《海南纪实》杂志社时，倒也对同事中的标榜个性的言行给予了理解，尽管他本人最富个性的事迹，只是在急躁的时候迸出一两个粗字。可是他的有个性的同事们，在睡过懒觉之后来到办公室，面对的是韩氏兢兢业业伏案作业的场面，就无声胜有声地感受了谴责。而且韩少功身为主编，工作具体到为杂志赶写赶译时效性较强的文章，甚至校对清样及跑印刷厂，在不知不觉中破坏着人们将动口不动手的特权包装成潇洒个性的努力，使之不得不沦为躲躲闪闪的尴尬。于是韩氏的行动被一些人指摘为"严重压抑个性"，但这种指摘绝不能阻止韩氏在有些人的个性表现为公款私吞、私活公干时拍案而起。韩少功说，压抑这种藏污纳垢的个性，我无上光荣。

另一件让韩少功感到无上光荣的事，是在杂志开创之初主持制定了杂志社公约。按韩氏自己的说法是，该文件熔资本主义、共产主义、绿思潮和联合国人权宣言精神以及会道门式行帮义气于一炉。它诞生之后的遭遇，是被一些人首先言之凿凿赞同（杂志社一无所有，只有无数设想与无穷热情的时期），继而被这些人闪烁其词地怀疑（杂志的声名鹊起，发行量大得令人始料不及的时期），最后被同一些人愤怒地指摘为乌托邦式的大锅饭宣言（杂志社动产与不动产已经很可观，有可能让一小部分人率先暴富的时期）。面对变化多端的反映，韩氏以不变应万变，只用一句话来回答："假如杂志社成了一个只是以求财为目标的团体，我就退出。"说来说去，韩氏的确是一个有自己的标准并且按标准行事的人，褒也好贬也好全都奈何他不得。

②信誉负担

韩少功于1988年春节迁居海南，最初住在几家共同租用的一排旧兵营里，饭食用柴火烹制而成。旧营房没有天花板，亚热带的阳光和雨露从青瓦的缝隙里漏进来，一些老鼠在屋梁上跑，扫下成分不明的灰屑。那年正是十万人才下海南的涨潮期，韩少功在这个没天花板的集体户里，接待过各地前往海口闯荡的文学爱好者以及其他爱好者。有时候，流水席从中午开到了晚上，电锅的电线煮得发烫，买一桶花生油，两三天就吃得一滴不剩。最后韩先生终于招架不住，只好在门口贴出一张启事，内容简单到了一共三条：不谈生意，不言招聘，不管食宿。可见信誉随时可能遇到危机，乐善好施者也有善不了施不出，关起门来拒客的时候。

③狡猾

韩少功与同行者们相约南迁，动身时口袋里揣着他的辞职报告，他太太的工作关系（没有接收单位，尚不知转往何处）、女儿的转学证明和全部存款（其中包括变卖长沙的家私电器所得款项），还有被褥脸盆热水瓶等家常用品。韩少功按事先约定的破釜沉舟方式，干脆利落办理了所有行前事宜，把自己的房子也让给了别人。到了火车上他才忽然发现，只有他一家人粮草这么充足辎重如此丰富，同行只带着皮箱手袋，全然旅游装束。当然我和更多的人则属于下海的第二梯队，还站在岸上，处于进退两可的优越地带。韩氏一直被人视为处事持重老谋深算甚至不乏狡猾之人，可见狡猾者也有本分的时候。

1990 年，小说家韩少功在某天忽然想到要以诗言志。他在一首至今尚未发表或许根本不打算发表的诗里写道：哪怕世界上所有的面孔都变成谎言，我还有权利闭上眼睛。与韩先生初来海南时的破釜沉舟行为一脉相承，这首诗表现了湖南人的某种一条道走到黑，走到黑也不回头的犟气。把犟气和狡猾糅合在一起，肯定会形成一种有趣的气质。

④慈祥

韩少功在很年轻的时候，就已经满脸慈祥的笑容，那么步入中年之后，理当更加慈祥才是，但实际上，韩氏的慈祥与年龄并无关系。萍水相逢的泛泛交道，韩氏待人总是慈祥有余（具体表现为礼让、宽容、大度或者成全对方的利益），然一经被其视为同道与同志，不那么慈祥的一面也就要时常领教一二（具体表现为严格、急躁，甚至苛求或者难说对方一句好话）。曾经在沙龙中与他过从甚密的朋友，在跟他共事后宣布与之割席，原因在于当他的朋友常要牺牲个人的利益，比如在一个团体中事要多做利益少得。韩少功在非慈祥的时候，其表情用冷若冰霜一词形容绝不过分。

　　⑤灯火阑珊

　　1993年某个时候，韩少功坚决地谢绝了中央电视台《东方时空——东方之子》记者的采访，理由是本人生性木讷不善言谈，尤其不善在镜头前言谈。结果让这些通行全国无阻的国家电视台记者大为不满也大为不解。

　　这几年，曾经高朋满座的文学殿堂渐渐冷落下来，真有了一点灯火阑珊况味。于是引得不少领风骚一度的作家望凋零而兴叹，为文学的潦倒不平不安。文学界的有志之士不甘寂寞，推出了各种将文学加温炒热的方法，并自我解嘲地称之为玩文学。具体说来有玩通俗，玩讨论，玩流派命名，玩群体效应，玩电视电影，玩采访出镜，等等。好玩的事情都玩过了，却少见韩氏露面。他好像并不太想到聚光灯下去当演员，倒很安心在中国最南方天偏地远的海岛上当这些热闹喜剧的后排观众。他对时髦似乎有一种天然的免疫力，有点像某则民间故事中的人物——热闹的地方不去。也许在韩少功看来灯火阑珊自有清静的妙处。

⑥现代人

按时下通常的理解，现代人意味着开明、新潮、高学历，有嬉皮或雅皮风度，观念与生活方式统统跟西方文明接轨。韩少功的表现似乎与此大相径庭，尽管他也溜溜地玩电脑、玩摩托、玩汽车，每天早上还听听英语新闻，还是时不时便要奚落"现代风尚"，想方设法躲避如港语中的"派对"之类的"现代交际活动"，怕穿西装，对跳舞毫无兴趣，抓住一切可能的机会在谈话与写作中运用他的湖南方言，同时肆意攻击可口可乐和汉堡包而盛情赞美辣椒和豆腐干。对吃喝不出声音的餐桌文明每每心怀不满，一碰到洋人表现文化优越感就忍不住要当面还击以倡"国粹"。他还用美术字写些诸如"请勿乱扔乱吐"一类的爱国卫生运动标语贴在公用的楼梯上，然后周期性地担任楼梯的清扫工作，用马王堆汉墓出土的汉帛字写下"四季平安"的吉祥话贴在自家门扉，表达他的良好愿望。他的蛰居生活的内容大约是，读书看报，写散文或者小说（近一两年写序业务大增且居高不下，迫使韩先生提前进入老作家行列，令他十分头痛），跟女儿下象棋或者解答她感兴趣的一切问题，当太太工作很忙的时候买菜做饭（据他女儿揭发，妈妈出差期间，爸爸三天才开一次洗衣机，一星期才拖一次地，炒菜从来不洗锅），每周游一两次泳，三五天跑一回步，一天抽一盒半烟卷，伺候母亲起居，到银行或邮局取稿费，看中央电视台新闻联播，陪上门的文学爱好者谈天说地，复信。当然还有些不属日常生活的事务，比如穿 T 恤衫去开省政协常委会，在供大学生理发的小理发店，花三块钱理一个二十几的头，再带着这样发式出国访问，等等。

⑦连怀疑也怀疑

说起来，韩少功的确是一个怀疑论者，很少有什么事尤其是时髦的事儿不被他怀疑，但在怀疑之后他又如何呢？

韩少功怀疑钱（总是恶毒攻击拜金论与拜金者，同时拒受嗟来之钱），但又领着一伙人赚过大钱，并且继续鼓励他人赚钱；怀疑科学（认为科学可以使人的心灵变得狭隘），但又特别爱读通俗自然科学读物，谈起概率论或者量子力学的皮毛就掩不住得意之态；怀疑宗教（认为任何宗教一旦制度化或者组织化，就一定会蜕变为新的专制或者实用经济手段），但又坚持说，真正的人是需要保持宗教感的，尤其文化人艺术人丧失了宗教感就丧失了根本；怀疑善德（称之为贵族自我拯救的心理减肥操），但又向来苛求亲人与朋友须有善心善德，并且对公益慈善活动不乏热心；怀疑自由（认为今天大街上的自由都有太多的口香糖味儿，只代表"免费"、"闲暇"、"不负责"……这些词义的熠熠利诱），但又把他自己独立思考与逆潮流而动的自由看得高于一切。

诸如此类的矛盾现象，充斥于韩少功的言行，我们只能将其理解为对怀疑的怀疑。也许到了这一步，怀疑反而会变成进取的动力，用韩少功自己的话说即是——悲观进取。

1994 年 9 月 24 日写于海口